百年文学主流小说大系

总主编 张清华 翟文铖

本册主编 张高峰

喜鹊登枝

浪潮与奋进
"十七年"的合作化小说

山东城市出版传媒集团·济南出版社

图书在版编目（CIP）数据

喜鹊登枝 / 浩然等著 . — 济南：济南出版社 ,2022.1
（百年文学主流小说大系 / 张清华，翟文铖主编）

ISBN 978-7-5488-4945-2

Ⅰ . ①喜… Ⅱ . ①浩… Ⅲ . ①中篇小说—小说集—
中国—当代②短篇小说—小说集—中国—当代 Ⅳ .
① I247.7

中国版本图书馆 CIP 数据核字 (2022) 第 005962 号

百年文学主流小说大系·喜鹊登枝
本册主编：张高峰

责任编辑：宋涛 孙愿
装帧设计：牛钧

出版发行：济南出版社
编辑热线：0531-82772895
地址：山东省济南市二环南路 1 号
印刷：济南新科印务有限公司
版次：2022 年 1 月第 1 版
印次：2022 年 1 月第 1 次印刷
成品尺寸：148mm x 210mm 1/32
印张：8
字数：178 千字
印数：1—5000 册

定价：56.00 元

如有印装质量问题，请与出版社出版部联系调换
电话：0531-86131736

总序

自从 1918 年 5 月 15 日 4 卷 5 号的《新青年》上刊载了现代中国第一篇白话小说《狂人日记》至今，新文学已走过了百余年历史。百年以来，新文学始终与现代中国社会历史的风云变迁相互交织激荡，从启蒙到救亡，从民族解放到社会变革，所有重大的事件、历史的转折，还有这一切背后的精神流变，都在文学中留下了生动的印记。

因此，本套丛书的出版目的，即是要通过对经典作品的系统梳理，完整而形象地再现这一过程，展示其历史与精神景观。每篇作品都承载着一段民族记忆：或是一个历史的瞬间，或是一个生活的小景，或是一朵思想的火花，或是一道情感的涟漪，但这一切都与大历史的变迁息息相关，都与社会进步的洪流汇通呼应。

为了尽量完整地呈现这种历史感，我们按照时间线索，依循文学史演变的轨迹，选择了若干重大的现象，它们或属文学流派，或是文学运动，总之都是百年新文学中最接近于社会主流运动的部分，故称之为"百年文学主流"。这一名称，得自丹麦文学史家勃兰兑斯的《十九世纪文学主流》的启示，同时也贴合着百年新文学的实际。

　　这套丛书的定位是普及本，阅读对象首先是普通读者、文学爱好者，包括广大学生读者，其次才面向专业研究人员。因此，主题内容上的积极健康是我们选编持守的一个基本标准。选文尽力容纳每个时代最具代表性的作品，因为它们更多承载着时代的主导价值和进步的精神追求，且能让我们以最直观的方式感受到历史跳动的脉搏。

　　除了上述要求外，最能体现本丛书编选特色的，是我们还特别关注作品的艺术性和可读性。尽管是"主流"，但绝不意味着对于艺术标准的忽略。同样是某一时期的作品，我们会尽量选取那些艺术上更为成熟和讲究的，如孙犁的《铁木前传》、宗璞的《红豆》、王蒙的《组织部来了个年轻人》这些脍炙人口的名篇；甚至还有一些特别富有艺术探索倾向的作品，像魏金枝的《制服》、萧红的《手》、端木蕻良的《爷爷为什么不吃高粱米粥》、萧平的《三月雪》等，都采用了儿童的叙事视角，通过对视野的限制和陌生化处理，使叙述显得更富有诗意。

　　正是因为对艺术标准的注重，这套丛书还选入了一些相对"另类"的篇目，在其他普及本中难得一见。如洪灵菲的《在木筏上》、曾克的《女神枪手冯凤英》、秦兆阳的《秋娥》、徐怀中的《十五棵向日葵》、海默的《深山里的菊花》等等，不一而足。这些作品要么在人物与故事上更加新奇，要么在风格上更为独特和陌生，总之都会给读者带来更新鲜的体验。

　　长篇小说是"百年文学主流"中的砥柱之作，但篇幅所限，无法像中短篇那样尽行选入，只能在今后该丛书的其他分类卷次中一一展现。

　　丛书以历史的流变和风格的趋近为划编依据，分为以下10卷：

《天下太平》　普罗文学与"左联"小说

《没有祖国的孩子》　"东北作家群"小说

《暴风雨的一天》　抗战时期的"左翼"小说

《喜事》　解放区的翻身小说

《一颗未出膛的枪弹》　解放区的战争小说

《喜鹊登枝》　"十七年"的合作化小说

《十五棵向日葵》　"十七年"的革命历史小说

《明镜台》　"十七年"的探索小说

《第十个弹孔》　新时期的反思小说

《阵痛》　新时期的改革小说

　　将"东北作家群"独立编为一卷，是有特别的考虑。早在九一八事变以后，东北作家群已开始了四处漂泊的生活，创作出大量以悲情怀乡与抗日救亡为主题的作品，这应该是中国最早的"抗战文学"了。这个作家群后来与"左翼"作家非常贴近，萧军、萧红等深受鲁迅影响，亦是人所共知的事，因此，他们又被视为"左翼"创作的重要力量。将他们单列出来，除了因为其作品数量庞大，当然也是为了凸显该作家群的渊源与风格的独特性。

　　另外还需交代的，是每卷前面有一个编选序言，简要说明了该卷所涉作品的总体倾向、艺术特点、文学史地位等。每篇作品均配有一个简要的导读，分"关于作家"和"关于作品"两个部分。"关于作家"是一个作家小传，介绍作家的生平和创作简历；"关于作品"则主要介绍所选作品的思想艺术价值。所有导读文字，力图做到学术性和通俗性的结合，以让中学生和普通读者能够读懂。

至于文本版本的选定，原则上原始版本（初刊本或初版本）优先，亦选用"新文学大系"等权威选本中的文本，还有作者本人声明的定本或其他善本。每卷的字数大体均衡，约为 16～18 万字。此外，为保持作品原貌，使读者更易对写作时代的特点和笔触的风格产生深刻理解，对其中与现代用法不尽一致的字词暂做保留。

本丛书的编选者，或在高校任教，或在研究机构任职，或在国内外修读博士，但都是专门从事中国现当代文学专业研究的学者。依照本套丛书的选编顺序，编者们的具体分工如下：第一卷和第二卷由周蕾负责编撰，第三卷由黄瀚负责编撰，第四卷和第七卷由翟文铖负责编撰，第五卷由施冰冰负责编撰，第六卷由张高峰负责编撰，第八卷由刘诗宇负责编撰，第九卷由薛红云负责编撰，第十卷由陈泽宇负责编撰。

成书之际，适逢建党百年。百年风云舒卷，百年洪流激荡，百年文学亦堪称硕果累累。作为这一"主流"的一个汇集，一个展示，足以令人心潮澎湃。愿此书能够给亲爱的读者们带来一份慰藉，一份喜悦。

张清华　翟文铖

2021 年 6 月 8 日，于北京师范大学京师学堂

序

　　历经万千艰难险阻，苦难中的血与火的洗礼，随着1949年新中国的诞生，我国开始了从新民主主义过渡到社会主义的社会历史进程。正如诗人曾满怀憧憬地写下："时间开始了！"历史化革命激情在持续燃烧，转入以和平建设为主旋律的时代主题下，百废待兴的国家建设事业宏图向人们走来，鼓舞着召唤着文学紧跟新时代的步伐。1949年至1966年17年中，农业社会主义改造在土改之后，又一次成为影响中国农民命运发展的巨大历史变革实践。从成立农业生产互助组，到农业生产合作化初级社，再不断扩大成立农业生产高级合作社等，轰轰烈烈地在古老的土地上展开。翻身做主人的新一代农民，开始以自己的血与汗浇铸集体共同富裕的梦想。因此，社会主义现实主义创作，已经是作家在时代精神的感召和要求下普遍的自觉选择。与此同时，作为农业生产合作化运动的主体，广袤的乡村天地在新时代的政治意识形态宣传和影响下，正在发生着的深刻的历史变化，成为众多作家时刻关注的文学创作的主要内容与题材领域。

　　伴随着社会主义集体主义思想在乡村大地上的扎根生长，对于传统小农经济意识的改造与转化，是农业合作化集体化发展的历史必然。这一时期的作家重视乡土生活的切身体验，积极融入农业合作化的农村生活实际当中，来获取、积累能再现农村历史变革的文学书写经验。如作家赵树理、周立波、柳青等，都具有长期的农村生活实践经历，长期与农民在一起生活、吃住、劳动，历史发展在农民身上发生的变化，都使得他们体会到新一代农民参与推动历史进程的热望。如湖南作家周立波曾于1954年10月在湖南益阳市郊桃花仑竹山湾居住，并任大海塘乡互助合作委员会副主任。1956年再次返回桃花仑，任益阳市桃花仑乡党委副书记，参与山乡农业合作化运动，从事劳动生产锻炼。在与泥土和乡民的火热集体劳动里，周立波从情感深处体会到农村底层农民心理的波动，以及根深蒂固的传统保守意识的复杂纠结，为他创作小说提供了丰厚而真切的乡村日常生活经验，也使得他可以在文字的脉搏中感受时代跳动的同时，形象化地塑造出众多典型化的人物形象。同样，陕西作家柳青为了获得创作的生活实际感受，他于1953年3月辞去了长安县委副书记职务，主动落户到长安县皇甫村14年之久，也正是在农业合作化历史实践的第一线，他掌握了大量来自乡村农民真实的劳动生活和思想感触，从而为创作奠定了扎实的生活素材和内容。当我们重新阅读以"十七年"农业合作化运动为题材的小说时，会感受到作家倾注在创作中的满腔热忱。小说中跌宕起伏而令人思绪万千的故事情节，淳朴深沉而各具特色的语言风格，都开创性地激发着人们投身社会主义农业合作化新农村新生活的建设和发展高潮。

这一时期的中短篇小说，因为自身体制容量，可以快捷地捕捉社会主义改造和建设过程中农村的变化，也成为众多作家文学创作集中选用的文体，从而出现了大量书写农业合作化运动的文学作品。如赵树理《锻炼锻炼》、康濯《春种秋收》、李崒《李双双小传》、刘绍棠《青枝绿叶》、秦兆阳《秋娥》、王汶石《大木匠》、马烽《我的第一个上级》、孙谦《伤疤的故事》、郭澄清《社迷》、刘澍德《老牛筋》等，都栩栩如生地塑造出众多性格各异的人物形象，令人过目难忘、印象深刻。他们普遍用现实主义的笔法，来描述农村社会的变革与农民思想意识深处的艰难变化，传递出新旧观念的激烈交锋和破除精神枷锁的时代呼唤。

"十七年"农业合作化运动小说，书写故事内容集中在农村题材的选取，体现出广阔而深厚的现实生活内容，叙述基调往往质朴明朗、激情澎湃，以乐观主义的昂扬奋进，歌赞新时代新生活，颂扬社会主义道路，竭力批判腐朽没落的剥削思想以及残留在农民头脑深处的封建传统保守意识。合作化主题小说的创作，在为现实政治需要服务的同时，对于主人公人物的塑造，也体现出理想主义与英雄主义的情结，这也成为合作化小说创作倾向上呈现出来的经典化叙述方式。众多作家会汲取民间文学艺术形式，重视文学叙述语言与现实生活相呼应，自然运用方言俗语传神达意的丰富表现力，从而使得文学语言充满地方色彩和乡土气息。在刻画小说人物形象时，注意日常生活细节与心理活动，真实而生动地呈现人物性格特征。"十七年"农业合作化小说，书写社会主义新时代，翔实生动地描写出了社会主义农村改造过程中农村新风貌和农民心灵的巨大变化，也反映出新中国成立初人们渴望改变贫困现实境况的创业兴国的理想追求，洋溢着昂扬的斗志、乐观向前努力发展的热情。同时，也写出了农业合作化运动中农民传统观念意识转变的艰难曲折过程。"十七年"合作化小说取材现实，以文学化的笔触，感受、记录、呈现出特定历史阶段的社会思潮和精神风貌，并在农业合作化历史实践中引起强烈的社会反响，深深地介入到历史开创性的探索之中。

编　者

目录

青枝绿叶

刘绍棠

【关于作家】

　　刘绍棠（1936—1997），河北通县（今北京通州）人，"荷花淀派"的代表作家之一，"大运河乡土文学体系"的创立者。1949年在《新民报》发表第一篇小说《邰宝林变了》，开始文学创作。1951年被借调到河北省文联《河北文艺》编辑部当见习编辑，后到通州潞河中学读高中；高中期间发表《青枝绿叶》《大青骡子》等作品，引起广泛关注。1953年，时年17岁，出版短篇小说集《青枝绿叶》。1954年入北京大学中文系学习，后退学专心从事创作。1979年调到北京市作协。1985年担任文学杂志《中国文学》副主编。其中篇小说《蒲柳人家》获得1977—1980年全国优秀中篇小说二等奖，短篇小说《蛾眉》获1981年全国优秀短篇小说奖。著有短篇小说集《青枝绿叶》《山楂村的歌声》，中篇小说《蒲柳人家》《碧桃》，长篇小说《水边人的哀乐故事》《京门脸子》《豆棚瓜架雨如丝》等。

【关于作品】

《青枝绿叶》以1951年农村农业合作化运动为历史背景，描写了村互助组蓬勃地开展生产劳作，以集体互助合作生产优势教育转化单干个体的故事。单干个体户李满囤固执地坚持单干，为着田地棉花起早贪黑；怀孕临近生养的满囤嫂，也无奈地被丈夫强迫下地参加棉田治虫。在村农业生产互助组组长春果、副组长宝贵及组员的支持和帮助下，满囤家棉花治虫、积水排涝等顺利完成并取得成效，加之儿子双旺的诞生，都使他感受到集体的温暖，感受着互助组集体生产的巨大优势与单干的种种劣势不足的对比。满囤终于打定主意加入农业生产互助组。

这篇小说是作家早期书写农业合作化运动的代表作，语言淳朴明朗，清新自然，充满乡土农村气息，故事情节曲折动人，结构设置巧妙，善用对比化的笔法，推动故事叙述发展，呈现出新时代精神的农村生活生产景象。

刘绍棠早慧的文学颖悟，使得他的创作充分地展现出过人的语言才华，《青枝绿叶》作为他的成名作，1952年被《中国青年报》刊发，当年收入高中语文教材。因为歌赞社会主义农村政策，充满特定历史年代的时代精神，而产生了广泛影响。这也促使和激发刘绍棠在文学创作的道路上，广泛关注农村生活题材，此后形成了热情讴歌农村劳动者，乐观劲健而清新通俗的文学风格。

一

一九五一年阴历六月，是毒热毒热的天气。

从地里收工回来，互助组长春果的浅花褂子，被湿得裹在身上，一双油黑的小辫子，也热得盘在脑后。副组长宝贵跟在她身旁，嘴里含着一片谷叶子，慢慢地往回走，说："你回去劝劝永春嫂，别让她再下地，五个月的重身子，提防累出好歹来，这是你们妇女的福利问题。"春果点着头："是咧。"又回头嘱咐宝贵："你多跟永春讨论讨论，今晚那技术学习充充实实的；紧跟着就开展比武夺魁，省着再费一道手续——又开个动员会。"宝贵说："好吧！我到河边玩一会儿就麻利回来。"说完，就学着布谷叫："赶快布谷！"奔河边去了。

李满囤老婆挺着大肚子，靠着篱笆泡烟水，满脑袋汗珠子，雨点似的落在桶里，"叮叮当当"地直响。她看清春果，笑着说："宝贵喊你哩！"春果回头看看，宝贵早不见了，只是接连着布谷叫，满囤嫂哈哈笑起来："你听！宝贵一个劲儿朝你喊：光棍好苦！光棍好苦！"春果也笑了，指着她脸说："你这贫嘴老婆！"

宝贵跟春果都刚十九岁，一根蔓上两个瓜，他俩真是脸对脸长大的。前年春天，一块儿入了团；起初联络几家帮工搭套，辗转组织起互助组。今年三月间，春果头个成了候补党员，宝贵也填写了申请表。春果到专署参加过互助组长座谈会，宝贵在农场学习了四十天；从那时起，组里政治技术学习才有个制度。

下晚，大月亮下，村西头河高崖上，互助组技术学习完了，比武夺魁挑战正欢热。永春嫂一旁咬着薄嘴片，眨着眼睛不言语；

等大家静下来，她说："你们是家雀抬杠乱嚷嚷，春果！咱俩劈合同。"

听她这一挑战，宝贵直皱眉头，他看着春果，春果脸上一点不挂急；心里上下翻滚的，却是永春。老婆怀着五个月的孩子，还一股劲地争强，他想提出来，碍着自己是技术员，在组里大小算个头目，不好张嘴；又怕老婆顶撞他，老婆那两片薄嘴，他是服在口上，怕在心里。

永春正在为难，春果说了话：

"永春嫂，前晌不是跟你说啦，不许你再下地，留在家里干些零星活；你怎么不听话？"

永春嫂那薄片嘴抢过来：

"哟！我又不是千金之体，怎那么娇嫩！人家满囤嫂快生养啦，不是照旧下地治蚜虫！"

"你是明白人说糊涂话。"春果说，"满囤嫂从地里回来，哪回不是龇牙咧嘴！只是家里没人手，不硬强下地，地里就得乱营。单干户跟互助组，这点就瞧出不一样。"

宝贵说："就是呗！咱组眼下正耪四遍；大家稍微加点油，就能把你替换下来，你就该安生生地留在家里。身子骨儿是本钱，这工夫你跟它过不去，早晚它也跟你过不去。"

春果跟宝贵这一番话，说得永春嫂闭口无言；她暗里却用手拧永春。永春装出没关系的样子，说："她自己愿意，就依她吧！"

一个俏皮小伙子嚷起来："永春嫂！你白机灵，我瞧得清清楚楚，永春大腿快让你拧肿啦！永春，亏你五尺男子汉，也真受得下去。"说得他们夫妻俩，脸涨得红布似的。

大多数组员都说："留在家里吧！""人家春果跟宝贵那话正

确。"永春嫂还想争辩，春果笑着拦她："没有你发言权啦！这是大家的决议。"宝贵说："咱组该立下这个章程。"他瞧了一下那些不发言的年轻媳妇："省着日后再费口舌。"夜深人静，大家回家去了。

宝贵夜晚睡在河崖上，仰着脸，瞧着天空，拉长调子，学着布谷叫："赶快布谷！"春果刚要睡着，听见一声接连一声的"光棍好苦！光棍好苦！"在静静的夜里，声音非常清响。她爬起炕，到河边找着宝贵："睡吧！别叫啦。"宝贵说："叫几声怕什么！多好听。"春果一双水汪汪的眼睛，盯问他："你心里想什么？"宝贵背过脸去，说："想咱组哩！一个个心气这么旺盛，秋收一定超过爱国丰产计划。"春果说："咱俩更要加油，按照区委的指示，往合作社的路上引。"宝贵抢过说："不止哩！还要朝集体农庄引；到那时节，屋里有电灯，黑夜能演电影，耕种收割有拖拉机，闲在时，坐上农庄的汽车，到北京参观参观。"春果一串铃似的笑个不住声，她推推宝贵："你想得真是一步登天，这得慢慢来，互助组这个地基砸结实，才能盖上高楼大厦呀！"宝贵笑着说："有毛主席指引，有苏联的榜样，还不快当。"春果说："互助组搞得满堂红，往上升到合作社，再到集体农庄；咱们离北京这么近便，毛主席也许抽空来看看，我想那时咱俩也不过三十上下。"宝贵说："再过十年，你早嫁出去咧！还能老留在家里做闺女。"

春果脸红红，不言语，一个蝈蝈在邻近叫起来。

宝贵回过头："不早啦！你回去吧。"春果站起来说："你也睡吧！别再'光棍好苦！光棍好苦！'地叫，叫得人心里不踏实；不到二十岁，就担心起这些没影的事来，谁还会眼瞧着你打光棍。"说着，就顺着小道跑走了。

过了半天，宝贵想起春果那话，故意长长地叫了一声："光棍好苦！"可是春果早睡着了。

二

花开两朵，各折一枝。

永春夫妻散会回家，永春嫂奔村南小道走，永春说："糊涂啦！这条道绕远。"

"你明白！啰唆什么，走吧！"

永春听出老婆正在生气，便不再搭腔，低头跟在后面。夜晚，这条道最清净，只有他俩脚步"嚓嚓"的声音。永春嫂瞧着四下没人，于是雹子雨似的，数落永春："你是座泥胎？在一旁就不帮我说话。"永春笑嘻嘻地说："你呀！三十岁的人啦，还是小孩性情，就不知道心疼点自己。"永春嫂气哼哼地一捽袖子："甭跟我嬉皮笑脸的！"就撇开永春，自己走了。永春在后面笑着说："嘿！好一个三十岁的娃娃！"

永春躺在炕上，心里暗暗想到："春果跟宝贵他俩，照顾得真周到呀！咱平日干活没拿出十分劲，总觉自己是技术员，多干不上算，真他娘的自私脑袋！都像我这种脑袋，这辈子也走不到社会主义。"他推推永春嫂，永春嫂已经睡着，他说："喂！你说状元红旗谁头个抢上？"永春嫂迷迷糊糊地回答："不是宝贵就是春果。"永春说："好！你等着瞧。"

第二天清早，永春修理一下锄杠，听宝贵哨子一响，就集合下地了。这块地坐落在运河旁边，四十亩满种棒子，眼下已是暑伏时节，花红线一缕缕地绣出来，黑绿黑绿的豆秧里，开着绛紫色的小扁花；从地里冒出闷闷的热气。地头，立着一个高大的木牌，牌上写着黑真真的字，那是这块地的爱国丰产计划。

春果一声令下，一群燕似的，大家扑向地里，起始就像一字长蛇阵，并排着向前；后来，宝贵领在头里，春果赶紧追上，永春透过叶子一看，照着手心唾口吐沫，握紧锄杠，跟了上去。

歇息时，宝贵跟永春平，宝贵让了，状元红旗插在永春地头。在遍地碧绿上面，一片艳红轻轻飘浮。

傍晌收工，永春回到家，坐在葫芦架下吃瓜，永春嫂一边放桌子，一边问："状元红旗谁拿上啦？"永春装得不起劲，说："你猜呢？"永春嫂说："跑不出宝贵。"永春说："他抢着一回。"

"那两回呢？"

"那两回呀！嘿嘿！"永春绷不住脸，拍着胸脯，"咱的。"

"你？说瞎话。"永春嫂不相信。

永春急啦："你这个人，我什么年月骗过你！"

永春嫂知是真的，也按不住高兴："你这可是太阳从西出来，别乐得驾起云，认不清东南西北，有本事天天保住！"

今天永春嫂特别喜欢，格外给永春炒了五个鸡蛋。

三

天麻麻亮，睡在房檐下的李满囤，早就醒过来。他伸起胳膊，敲着窗棂，吆喝他老婆："起！"满囤嫂披上褂子，揉着眼睛，嘟念着："谁像咱家，脸不洗饭不吃，披星戴月就下地，人家春果他们……"满囤说："你就会说泄气话，这时劳累劳累，看秋天咱那庄稼！春果他们眼下是挺欢热，鸡多不下蛋，不定搞出什么名堂！"满囤嫂还想说两句，满囤说："走吧！亲娘总是疼亲儿，自己耕种顶牢靠。"说着，就直奔河边那五亩棉花地。

水灵灵的棉花，自从上了蚜虫，就像秋霜打过；枝上叶上，一层层地爬满蚜虫。满囤一看，登时青筋暴起，眼睛瞪得滴溜圆，提起一桶烟梗水，生牛似的奔向一垄。满囤嫂累得站在地头，扶着扁担，大口喘气。

太阳露头，地里冒白气，春果互助组也下地来了。宝贵喊叫着："满囤哥！你们两口子真卖命啊！挑灯夜战！"满囤抬起头，笑笑没言语。春果说："大嫂快坐月子啦！应该多歇歇。"满囤嫂用袄袖擦把汗，刚要说："从鸡叫……"满囤瞪她一眼，就憋了回去。

互助组歇头歇，满囤地里还不声不响治蚜虫。春果对宝贵说："满囤嫂实在够累啦！叫她过来歇歇吧！"宝贵说："满囤哥怕不高兴。"春果说："咱俩去。"

他俩刚直起腰，那边突然吵得热窑似的。满囤蹦跳着，骂他老婆："懒骨头，我说瞧不见你，原来坐在垄里偷懒！"

满囤嫂坐在地上，嚷叫着："谁偷懒呀！打鸡叫干到现在，歇会儿都不让，你是诚心把我折磨死。"

满囤还是直劲吆喝："起来！"满囤嫂说："我就不起！"满囤说："不起也得起！"说着动手就扯，满囤嫂也打起千斤坠。

春果跟宝贵赶来了，宝贵把满囤推推搡搡拦在一边。春果说："满囤哥！你就是老煤油桶——一点火就着的脾气。累得慌就歇歇，两口子还能动不动就粗脖子红脸！"

满囤说："春果大妹子，你看：棉花让蚜虫缠得打蔫，不紧着治就要完蛋；她一死要歇着，歇！秋后你他妈拿筷子支起上膛，

8

坐在房脊上喝西北风!"

春果说:"蛤蟆跳三跳,还要歇一歇。大嫂没几天就要坐月子,真累出好歹,你的急处更大。"

满囤嫂鼻头一酸,眼圈儿一红,朝着春果诉起苦情:"春果大妹子!人家永春媳妇多福气,刚五个月就不下地,我好苦呀!"眼泪"劈嗒拍嗒"落在衣襟上。

满囤蹲在一边,闷着头,一锅一锅地吸起旱烟。在浸过烟水的棉杈上,蚜虫又露出来了。……

吃晌饭时,满囤嫂端上香喷喷的菜汤,黄灿灿的饼子,摆在满囤面前,满囤叼着烟袋:"吧嗒!吧嗒!"其实烟叶儿已经烧成灰末末了。满囤嫂说:"吃饭吧!"满囤说:"你说,咱的棉花怎办呀?"满囤嫂说:"大热天,别急出毛病来;过晌我还跟你下地。"满囤摇摇头:"甭啦!你也该歇几天了。我想跟王富家借把喷壶,使唤这个物件,快当得多。"满囤嫂说:"那个小气鬼,你还去找他!春果他们有三把呢!不是张手就借来。"满囤说:"王富小气也要分跟谁,跟咱不会。"吃过饭,他便去借,半晌光景,空手回来了。

满囤嫂说:"我说他不借,你还偏去碰钉子。"满囤说:"这家伙日子越过越旺,却变得不懂情面,咱家的东西,永远不许借他!"

晚上,满囤翻过来掉过去睡不着,棉花上的蚜虫,像是钻进他的心窝里。坐起来,想去找宝贵,几次三番又躺下:"春天劝咱参加互助组,咱一死不肯,说是单挑鞭满顶;人家表面不露,心里可记下哩,眼下出了难题,再去找人家帮忙,咱脸往哪搁呀!"

蚜虫在他心口窝爬呀爬,躺不是,坐不是。屋里满囤嫂说:

"把被子盖严实，留心房檐风。"满囤说："你怎么也没睡呀?"满囤嫂笑着说："我都睡醒一觉哩!"满囤抬头一看，启明星已经有些偏西，村里叫驴吼吼地叫，已经是半夜了。

满囤硬着头皮，来到河崖，宝贵睡得正香甜；满囤把他叫醒，宝贵说："你还没睡!"满囤叹口气说："火烧眉毛尖，还会安心睡觉! 棉花眼看要完蛋啦! 你给想个法子。"宝贵说："俺家存着鱼藤粉，你再找点煤油，咱俩起个五更，赶紧配药。"满囤笑咧开嘴："好咧! 你安心睡，傍亮时分我来喊你。"宝贵说："你要忙碌不过来，俺组给你拨两工。"满囤笑着说："你真把我看扁啦! 五亩棉花再整治不了，那真对不起每天三顿饱啦，兄弟! 不是大哥吹牛皮，论力气你还得赶个三年五载的。"满囤那股愁闷，好像雨过天晴，他乐颠颠地回到房檐下，脊梁骨贴墙，不大一会儿就睡着了。

四

六月六，看谷秀。

满囤家河边的棉花，好像一丛丛树棵子，四外伸满枝丫，一朵朵淡粉色的花，夜里开得遍地全是。

满囤坐在地边，眼睛眯成一条线，烟袋不离嘴，眼睛不离棉花。赶着胶皮轱辘车的宝贵，路过这里，在半空打了个响鞭，满囤"机灵"清醒过来。宝贵说："我看你都着迷啦! 棉花长得不错，大嫂瓜熟落地，真是人财两旺。"满囤从嘴里拔出烟袋，笑着说："棉花是比往年强些，心里多少凉快点。你配的药真灵验，立秋那天请你吃饺子。"宝贵说："等大嫂养个胖娃娃，满月喝喜酒吧!"满囤说:"好咧!你套车上哪?"宝贵抓紧缰绳,把牲口拦住:"眼下挂锄啦,河西修工厂,拌三合土用白沙,我这是出车拉沙子。"满囤咂着嘴:"出一个月车,干落也是笔大钱。那些人呢?"宝贵说:"盖场房哪!秋后组里家具多啦,又摊些公份,得有个妥帖地间存放;再说三九天,组里开个会,学习政治技术,都要占屋子。三五天就上梁,过后到工厂包上半月临时工。"

傍晌,漫天黑云下来了,小风清凉清凉地吹着,庄稼什子"唰啦唰啦"地响,满囤赶忙往回走,嘴里打着口哨。村里,小孩们蹦跳着,唱:"大下小下,下到今儿个明儿个,淅沥沥,哗啦啦,扁豆角,架黄瓜……"满囤说:"下吧!六月连阴吃饱饭,一滴雨点一粒粮食。"

大雨瓢泼似的,从傍晌到天黑,还是不止。满囤嫂躺在炕上,肚子疼得哼哼着,对坐在旁边的满囤说:"快啦!请收生员去吧!"满囤推开门,大雨就像开了锅,震耳响,道上伸手不见掌;他往前跑着,差点跟前边的人撞个满怀,一个女人"呀!"了一声,满囤被人揪住。

"谁?"是个女人的声音。

"我是满囤。你是春果吧?"

春果松了手,忙问:"大嫂要生养吧?我们跑来帮帮忙。"满囤说:"正躺炕上哼哼哩!"刚才"呀!"了一声的女人,"咯咯"笑起来,满囤听出是永春嫂的声音。心里热辣辣的:"弟妹!黑更半夜大雨天,辛苦你啦!"说着,把身上的麻袋披在她俩身上。自己却顶着大雨,去请收生员。

好半天,春果跟永春嫂在外间屋,听见屋里孩子"哇哇"哭出声来。永春嫂笑着说:"满囤哥!恭喜恭喜。"满囤笑了,大嘴咧得瓢似的，连说："大家同喜……"

这时雨住了，满天星斗，月亮像盏灯，照亮了院子。满囤推门一看，登时眉头皱起来，刚才那张笑脸，抹上一层青灰。春果说："雨一住，腰花存水，清早太阳一晒，就得烂掉啦。"满囤说："就是呗！种棉花顶怕夜雨脱桃。那七亩高粱站在迎风口，准吹得东倒西歪，地带又洼，垄里雨水没脚腕；又要赶紧得排水，又要忙着收拾，唉……"两手捧着脑袋，坐在锅台上叹气。

满囤嫂在屋里清醒着，有气没力地说："趁着月亮天，还不麻利下地！唉！都怨你……眼瞧着庄稼受害救不了。……"

满囤从屋角拿起铁锨要走，春果拦住说："你伺候大嫂吧！"满囤站住脚，扶着铁锨，说："那地里呢？……"春果说："甭愁。明天让宝贵他们去拾掇棉花，他有办法。高粱地也帮你收拾。"满囤一听，眉眼舒展开了，可是又一想，满腔高兴憋回去："春果，你知道我日子不富裕，这些人的工钱真掏不起，青黄不接，管饭都犯难。……"

"不用！"春果摆着手，"写在借工账上，眼下欠工，秋收时还工。""好咧！"满囤笑了。

"还是互助组好哟！"屋里满囤嫂眼睛漂着泪花。……

五

清早，李满囤睁开眼，从棉花地的窝棚里走出来，到河旁洗洗脸，就回家去做饭。迎面，宝贵赶着大车，小伙子们坐得满满当当。"干吗去呀？"满囤问。宝贵说："到河西做工去，你的棉花怎样啦？"

满囤说："亏得你跟他们几个帮忙拾掇，棉桃结得压颤枝。"宝贵说："棉花是宗细水长流的活，够你们两口子忙碌的。"满囤笑着说："只要丰收。日子好过，累点都不怕。"宝贵一摇红缨鞭，大车过桥到河西了。

满囤家的烟囱刚冒烟，春果带着妇女们，已经下地了。半月过去，小雨淅沥淅沥下个不住。好容易盼个晴天，永春套上车，进城到医院给老婆检查胎位。春果去找宝贵："趁着好天，咱俩也进趟城吧！"于是他俩追在车后，坐在车厢上一同去了。

满囤嫂苍白着脸，给满囤送饭，看见永春嫂坐在车上，头上打着旱伞，喊道："他永春婶！出门上哪呀？"永春嫂笑着回答："到医院检查去。"满囤嫂说："你真福气哟！"永春嫂说："都是春果摆弄我，说实在的我真害怕。"满囤嫂又问春果跟宝贵："人家两口子检查去，你俩凑什么热闹？"宝贵眨着眼，说："嘿！俩警卫员陪着，走起来多威势！"春果说："听他胡扯！眼看就要收秋，进城买些家什。"满囤嫂说："你们河边那四十亩棒子，秧子小树似的，镰刀不锋利，非得崩刃。"又低声对满囤说："人家那棒子，一棵秧三两个歪歪着，真是聚宝盆。"

傍晚，大车回来了，车上装着笆筐席篓，还有权把镰刀；永春嫂挤到车头，春果跟永春坐在两边车辕，宝贵好神气，骑着一头大青骡子，跟在后头。满囤嫂老远就喊："嘿！买来这些东西。"满囤眼尖，早瞧见那头大青骡子，连跑带颠跑过来；拉住笼头，掰开嘴岔："嘿！六口正当年。"宝贵说："一百六十万①，贵不

---

① 一百六十万：这里指旧人民币的票面额。1955年，我国进行货币改革，发行新人民币。新人民币一元折合旧人民币一万元。

贵?"满囤说:"便宜。这骡子身挺四胯都好,你俩眼力不差。"满囤嫂看见骡子,叫嚷起来:

"哎哟!瞧这大青骡子,真是龙种;秋上一点急甭着。"

满囤问:"每家摊几石粮食?"春果说:"半点没掏,用的是那半月工钱。"

车走远了,满囤望着那头膘肥腿壮的大青骡子,露出话口:"还是人家呀!……"

六

满囤整天长在地里,一点捞不着闲空;晌午回到家,从满囤嫂怀里接过肉头肉脑的胖儿子——儿子名叫双旺,取得是人财两旺的吉利——亲亲胖脸蛋,抽袋黄烟,自自在在地坐在东旁,喝起汤来。

吃到半中腰,宝贵来了,满囤赶忙让坐:"尝尝!煎饼卷大葱,吃个新鲜。"宝贵说:"麻利吃吧!回头咱俩看看你那高粱去。"满囤瞪眼问:"高粱怎啦?"宝贵说:"你这家伙真偏心眼,一心扑在棉花上,就不去照看照看高粱。我打地头路过,一大群鸡正吃豆角,再往里一看,青草夺垄,野猫乱窜;你是顾脸不顾屁股。"满囤已经吃不安心,把碗一推,筷子一撂:"不吃啦!赶紧瞧瞧去。"说着,也不穿裤子,光着脊梁奔高粱地去了。

回来时,满囤眉毛锁个蛋,瓮声瓮气地对满囤嫂说:"过晌你也下地去吧!"满囤嫂说:"孩子呢?"满囤说:"搁家。"满囤嫂说:"他是五岁六岁,放他满处跑,刚刚出满月,撂在家里不是找吓着。"满囤拧着脖子喊:"你是想躲懒,拿孩子当倚仗。"满囤嫂

"啪!"把筷子摔在桌上,吵起来:"胡说!老街旧坊谁不知道我勤俭,炕上地下哪样干得比你少!不是我,你能挑起这份家当!"这一叫喊,一个多月的双旺,两手一抓,咧嘴哭起来。

春果听见声音跑过来,把满囤嫂劝到她家;春果抱起孩子,对满囤说:"刚出月的娃娃,你就想摔打他,还早哩!"满囤赶忙解释:"孩子是眼珠,咱会不疼!可也不能光顾人旺,财不旺呀!真要是那七亩高粱收不下粮食,日子还是过得紧。"春果说:"这就是自家人手少的难处,我给想想法子看吧!"满囤追着送出门,连说:"那真谢谢你哩!"

过了一顿饭的工夫,满囤嫂抱孩子回来了,脸上绷不住喜欢。满囤忙问:"春果给想了什么办法?"满囤嫂说:"把孩子搁家。"满囤说:"那不像话。"满囤嫂"扑哧"乐啦:"那真不像句人话。春果说,把孩子交给他们托儿所,秋后给老太太缝缝连连,换工互助。"满囤喜得点头:"互助组真搭帮咱家,这才是两全其美。"满囤嫂说:"参加互助组更美。"满囤说:"再瞧瞧,秋忙帮工倒合算。"满囤嫂撇撇嘴:"你又瞧上那头大青骡子,跟那辆汽胶车;人家宝贵跟春果是机灵里挑出的,撅屁股就知道你拉什么屎,能白白叫你占便宜。"满囤说:"碰碰试试,碰上是运气,碰不上拉倒。"满囤嫂说:"没脸没皮,没羞没臊。"

晚上,民兵下地护青,宝贵背枪往河边去。满囤早在路旁等候,一把拉住他:"跟你提件事。眼看收秋了,我想跟你们组帮工,你掂量掂量……"宝贵想了想,说:"行啊!只是骡马车辆都要合工,实在麻烦。"满囤说:"我也有头小驴,都甭算工。"宝贵说:"那不行,大家不能吃亏呀!"

宝贵刚走,春果背着枪又来了,满囤又跟她念叨一遍,春果说："让大家吃亏，这话说不出口；你不用三心二意，爽地加入互助组吧！"满囤不言声，蹲在道边发愣。

二更天，春果在地当间碰见宝贵："坐下，咱俩商量商量满囤的事。"宝贵靠她旁边，坐在豆丛下，说："满囤真不嫌寒碜，像这找便宜的话，也说得出口。"春果说："满囤肚子里的小算盘，正紧着算账！话里话外，透着对互助组眼热，咱们该找他谈谈。"宝贵说："谁去？"春果说："咱俩呗！"

第二天下晚，春果跟宝贵去找满囤，坐在他窝棚外边，说到小半夜，宝贵困得直打哈欠。春果问满囤："想得怎样啦？"满囤脸上挺为难，嘴张得老大，只是一个劲儿："这这……"他百年不遇有点结巴，这工夫，却当作台阶装起来。

宝贵跟春果往回走，宝贵说："满囤这家伙心眼太杂。"春果说："他肚里算盘还拨着，容他算完账，自会找上门来。"

七

七月末尾。……

宝贵被批准为候补共产党员，还有几个姑娘小伙子，被吸收为青年团员。永春提议："这是咱组一件大喜事，一定要热闹热闹。"永春嫂拖着快到月的重身子，提着柳条篮，找来香瓜和早熟的葡萄，地点在场房前头。

宝贵跟那几个新团员，穿着年节的新衣裳；春果也穿上新缝的碎花褂子，辫子插着两枝浓香的桂花，黑红的脸上挂着喜气，今天她是主席。

永春把香瓜葡萄摆在当间，说："吃吧！大喜兴的日子，欢喜欢喜。"春果说："大家吃着，也甭拘束；今天给宝贵他们提提优缺点，日后他们好改正。"宝贵说："咱是党员哩！就得严格着点；平日里的错误，瞒不过大家的眼睛，提吧！越多咱越高兴。"

春果掌握着，一直到月亮西斜才散会。春果说："咱组今天迎来个大喜，明天动手收秋，再来个出门见喜。"

永春两口子回到家，永春说："本想吃吃喝喝，不料想开个批评会，党员就是跟咱不同。"永春嫂瞪他一眼，说："平时你是瞎子，咱组不是春果跟宝贵两个党员领导，会有这大成绩！"永春拍着凉洼洼的心口窝，说："这话不错。秤锤压千斤，人小骨头重，别看春果、宝贵在组里顶年轻，领导得实在不差。瞧咱组那棒子豆子，真是压倒往年。"永春嫂抱怨起来："早不赶晚不赶，偏偏赶到收秋重身子，关在笼里见不着天，捞不着下地砍高粱掰棒子。"

永春笑着说："嘿！嘴噘得都能拴头驴，不管你怎么生气，反正不让你下地。"永春嫂说："瞧着吧！我跑到地头坐着去，也不在家闷着。"

第二天，月亮挂在东南天角上，趁着天气凉爽，互助组要下地抢割。宝贵的哨子，一紧一慢地吹着，男男女女带着镰刀，小跑着到大场集合。

永春嫂提着水壶，头前来到地头，她瞧着那棒子，红澄澄的一尺多长，长在青竹竿似的秆上。她手心痒痒着，可是组长不准她拿镰刀。她抱怨起永春……

宝贵跑进场，组员已经到齐，只差还工的满囤没来；永春拉着那头大青骡子，正在套车。宝贵说："喜歌念在头里，今年咱组是五谷丰登，一定超过爱国丰产计划，等算出数目，就写信给毛主席报喜。……"永春套上车，一旁接过下语："告诉毛主席，咱组是青枝绿叶，俺那组长春果、宝贵，是两朵盛开的大红花，互助组好比台阶，咱们是登着台阶一步一步朝社会主义走。有毛主席教导，咱农民是万年长青！"

秋娥

秦兆阳

【关于作家】

秦兆阳（1916—1994），湖北黄冈人，中国共产党党员。1934年进入湖北武昌乡村师范学校，并开始进行文学创作。1938年到延安，曾入陕北公学分校、鲁迅艺术文学院（原鲁迅艺术学院，1940年更名）学习。1939年到华北联合大学文艺学院美术系任教。1943年起，先后任黎明报社编辑及社长、前线报社副社长、冀中军区文艺工作者协会常委等职。1949年后历任《文艺报》执行编委、《人民文学》副主编等职。著有长篇小说《在田野上，前进!》《大地》，短篇小说集《平原上》《幸福》《农村散记》，童话《小燕子万里飞行记》，文学理论《文学探路集》，散文集《风尘漫记》等。

【关于作品】

《秋娥》围绕农业合作化过程中，村委会副主任崔金田与妻子秋娥夫妇间的生活展开，描写了崔金田教育、帮助年轻媳妇秋娥转变落后思想，积极进步，参加学习和农业生产的故事。年龄间的差距，及作为独生子女在家任性惯了的秋娥，常常不满丈夫崔金田忙于工作深夜晚归，一次夜里，在秋娥的负气下，崔金田终于不再忍受，故意要离家出走，从而使秋娥回心转意，与他定下了积极进步的条件。党小组干部也参与到秋娥保守思想的教育当中，激发了秋娥自我要求进步的主动性。她积极学习文化，参加青年团，成了一名生产努力、有追求的农村青年妇女。

《秋娥》篇幅短小，却新颖动人，小说故事情节紧凑且构思独特，充满农民热烈的深厚情感与纯净的诗意，语言淳朴而真切，情景交融地描写人物心理，细腻入微，塑造出了秋娥这一性格鲜明的北方青年妇女新人形象。

《秋娥》收入作者的短篇小说集《农村散记》，极为充分地体现出作家秦兆阳歌颂社会主义新农村的热情，与倾心表现人物情感世界丰富的生活之美。他的短篇小说充满艺术性的语言魅力，故事情节充满打动人心的感染力，从而提升着合作化小说创作的艺术品质与文学性价值。

崔金田在村里担任村副，有时工作忙，夜里开会，回家挺晚，引起了他那年轻的媳妇秋娥的不满，时常唠叨："你说开会比吃饭睡觉还要紧呢，不是有会开就不困不饿了吗？还回来干吗？"热天，金田吃罢晚饭，出去开会前，总要在屋子里点着一根熏蚊子的草绳，可是每次回来，那草绳总是被人踩灭了，屋子里蚊子嗡嗡得震耳朵，媳妇却睡在房顶上，把上房的梯子也拉到房顶上去了。冬天，夜里开会回来，房门总是插上了，叫也叫不开。

金田是个翻身农民，二十六岁娶了个十九岁的媳妇，他知道媳妇在娘家是个独生女，任性惯了，十九岁还像个孩子似的，不忍心跟她吵架，只得忍着。

去年秋后，村里试验推行速成识字法，金田报名参加了，一连半个多月，天天半夜才回家，临睡觉时嘴里还老是嘟念着注音字母。这就更引起了媳妇的不满，唠叨话就更多了："速成法，速成法，我看是个迷魂法，把你的魂都迷住了！"金田对她宣传文化翻身的重要意义，她也听不进去。

秋娥在娘家时，除了在家里做针线活以外，只在地头场边做轻便庄稼活，一切家务事全不过问；再加上这一带解放较晚，她娘又比较守旧，不叫她参加村里的社会活动：这样，她怎么会不像个小孩子一样呢？怎么会懂得工作和学习的重要呢？

她长这么大只摸过一本书，那是她出嫁时，娘给她夹针线和鞋样子的，一本厚厚的，布面线装，里面有红格儿黑字的书。每逢要做针线活儿了，她就拿出来翻翻，可从来没有想过这到底是一本什么书，上面写着一些什么字。金田参加速成识字法学习以后，他有时也带回家来一两本薄薄的书，但秋娥对它不发生兴趣，相反的，倒是有时候嫌他占住了金田的精神，狠狠地把它扔到一边，甚至把它藏了，害金田找半天。

这一天，金田照例回来晚了，用小刀子拨开了房门，点着灯一看：媳妇搂着孩子，脸朝里躺着，动也不动，呼呼地打鼾。

金田心想：我敲了这么半天门，你还能不醒？真会装样！

他咳嗽了两声，又咳嗽了两声，秋娥还是一动不动，呼呼地打鼾。

他就着灯亮抽了袋烟，使劲往炕沿上磕烟灰，咚咚地响。

"半夜三更回来，还要闹个惊天动地，有脸吗？"秋娥翻身坐起来，光着脊梁，鼓嘟着嘴。

金田半开玩笑半认真地说：

"我怎么没脸？我提高文化，好为人民服务。"

"你为人民服务，我为你服务，做熟了你就吃，窝暖了你就睡，半夜三更的，我还得丢下孩子去喂牲口……"

"你别说了好不好？"金田怕邻舍听见了丢人，希望赶紧结束这场争论。

"不说就不说，往后咱俩谁也别理谁！"秋娥把嘴一噘，钻进被窝里，又脸朝里躺下了。

金田觉着耳根清净了，解开衣裳上了炕。可是，秋娥把被窝裹得紧紧的，怎么也拉不开。

"你是真的是假的？"

不管真假，媳妇动也不动。

"你是想死还是想活？"

不管想死想活，媳妇还是不动。

"好，你不理我，我就算是没有这个家的，我走！"

金田就真的开了门，走到街上溜达起来。

秋末天气，凉风嗖嗖的，繁星在天上冷得发抖，街上寂无人声，连狗也不咬。

他溜达了一会儿，又回来了。

秋娥还是动也不动。小油灯的灯焰儿挺得笔直，黑烟子一条线似的升向房顶。

金田又抽着了一袋烟，对着灯亮儿出神，心想：打她吧？男女平权，使不得；说她吧？我的嘴笨，她的耳朵发死……

但他忽然得了个主意。

他从靠墙的大红柜里拿出一床新被子，一双新鞋，两双袜子，几件衣裳，一条线绳，在炕边上包裹着，折叠着，一边嘟囔着：

"……我早就有这个心，到北京去找个工作，省得在家里生气；天也不早了，走到城里正好天亮，一上火车，永远也不往家里写信……"

被包打好了，搁在炕沿上，他反过背来，蹲下来，把胳膊往绳子里一套，一直身子，嗬！好沉！

秋娥死死地抱住他的被包，声音有些嘶哑了：

"你好狠心啦！你真的要走哇！"

"不是真的还是假的？"金田挣扎着想背起被包来。

"你呀，你真能丢得下俺们吗？"秋娥的话语里更带着哭腔了。

"不是我狠心要走，是你狠心赶我！"金田用更大的劲挣扎着。

"哎呀！金田呀！你好狠心呀！"秋娥真的哭起来了。

被窝里，三个月的孩子也哭起来了。

金田把胳膊从被包绳子里抽出来，转过身来，手按住被包，说：

"你不要我走，也行，咱们得讲好条件。"

"什么条件，你说吧。"秋娥放了被包，心疼地把孩子抱在怀里，把奶头塞进小嘴里。

金田坐在炕沿上，忍住笑，掏出烟锅来，说：

"第一，往后我夜里开会，无论回来多晚，你不许插门，不许嘟囔。"

"这一条我依你。"秋娥松了口气。

"第二，现在推行速成识字法，扫除文盲，很重要很重要，我参加了，你也得参加。"

"我每天黑更半夜去参加学习，孩子怎么办？"停了半天，秋娥为难地说。

"我夜里学习，白天教你，还不行？这如今正在冬闲，又不忙……"

"行！行！"秋娥连说了两个"行"字，笑了一笑。

金田说："你答应了我这两个条件，我也答应你三个条件：第一，我每天保证瓮里不缺水。第二，每天夜里要是开会和学习时间长了我就抽空回来喂喂牲口。第三，我保证耐心教你学文化，绝不嫌烦。"

从第二天起，夫妻俩就开始实行公约：在炕头上搁个小炕桌，秋娥把孩子窝在怀里喂奶，手指着书本上的字，跟着金田念"ㄅ，ㄆ，ㄇ，ㄈ……"。

第三天，秋娥正在家里一边做针线活，一边温习注音字母，忽听院里有人叫：

"家里有人吗？"

"没人！"秋娥尖声回答着。

"怎么没人，你不算个人吗？"

随着这种半玩笑半责问的口气，村长卢正元一掀门帘走了进来。

"秋娥，你不是个人吗？你这脑筋还差得远呢，还不知道什么叫男女平权呢！"

"谁说我不知道男女平权？"秋娥有些不服气。

"你知道，为什么不把自己当人？"

村长卢正元有四十多岁，有两片小胡子，因为多年来脑子里常考虑工作上的问题，面孔习惯了一种严肃的表情。这时他虽然是半开玩笑性质，在秋娥看来，那脸色和态度都很严厉。

秋娥的脸红了。

"在村里的户口册子上，你家登记的是一口人还是三口人？你这孩子也算一口人吧？"卢正元像是抓住了别人的弱点就故意不放松，竟坐在炕沿上，掏出烟来抽着，眼不住地向秋娥瞅。

停了一会儿，他又说：

"我猜想，金田准是外边好些个事儿都不对你说，光让你在家里看孩子做饭……"

"真，他什么也不对我说。"秋娥找到了理由，转成了埋怨的脸色。

"那可不对！"村长下了判断，"你年轻轻的，他的年岁也不大，两口子得互相帮助着进步才对哩！"

秋娥的脸又红了，村长就走了。

又过了一会儿，院里又有个女人的声音叫道：

"有人在家吗？"

"谁呀？进来吧！"秋娥这回改变了说法。

"不进去了，跟你说没有用，你不能当家。"是妇会主任郑秀英的声音。

"你看你这人！"秋娥有些生气了，"怎么跟我说没用呀！怎么我不能当家！"

"我说你不能当家你就不能当家。"妇会主任笑着，一掀门帘走了进来，"你看，是互助组里清工的事情，金田不在家，跟你说有什么用？"

"金田不在家，跟我说没用，怎么你代表着你家春明的爸爸来找金田？"——春明的爸爸，就是郑秀英的男人——秋娥还以为自个满有理呢，还以为学会了刚才村长那种巧嘴儿呢。

"你看,"郑秀英坐在炕沿上,"第一,虽说金田是我们一个互助组,可是他跟你不一样,你没有正式参加地里劳动,组里评分记工没有你一份,你也弄不清评分记工是怎么回事;第二,你不识字,不能看账算账——你知道这上面画写的么呀?跟你说还不是白说?"她说着,把账本儿往秋娥面前一晃,"我,我好歹识几个字儿,也知道这里边的勾当……"

秋娥的脸又红了,郑秀英就走了。

又过了一会儿,院里又来了个人——民政主任王建,叫道:

"家里有人吗?"

秋娥停了好半天才回答:

"有,有我。"

"有你不行,还是找他去吧。"

王建就走了。秋娥的脸又红了。

她有些生气,心想:怎么今日一连串来了这么多人,并且尽这么别扭?

她不知道,金田已经把前天夜里的故事,和她落后的情况,统统告诉了自己党的小组,希望小组的同志们帮助教育她,因此他们今天这些行动是根据秋娥的具体情况,预先计划好了的。他们说:"咱们这些当干部的,谁的家庭落后,大家都有责任……"

又过一会儿,金田回来了。秋娥小声埋怨说:

"你到了家里,外边什么事儿也不跟我说。刚才来了好几个人,说的那事儿我都不知道。"

"是我不愿对你说,还是我说你不愿意听?"金田忍不住笑,"往后,你也该进步进步呢。"

秋娥的脸又红了,也笑了。

金田心里高兴，顺手把秋娥夹鞋样的大书拿起来，翻开一看，上面写着："付衙门收发师爷礼钱五百文正"，"付王先生写状纸钱二百文正"……他一边看一边念，却引起了秋娥的好奇心。

"再念下去。"她催促着。

金田又念道："五月三十日，第十三次过堂，未判。……付饭店房饭钱一串三百文正……"

"哦！我知道了！"秋娥猛地把腿一拍，把睡着了的孩子也吵醒了，哇哇哭起来了。

原来秋娥的爷爷曾经因为地亩的事情，跟财主家打过半辈子官司，把日子赔进去了一多半。这就是那打官司花钱的账本子。

"这个败家账，我娘用它做针线夹子用了一辈子，又给我，真晦气！看起来，女人就是不知道事儿！"

秋娥把刚才的别扭劲儿完全发泄在这账本子上了，把针线和鞋样都抖搂出来，把账本往炕洞里一塞，点着火烧起来。

金田又趁机会对他讲了好半天道理。

当天夜里，她思前想后，一夜没睡着，还抢着起来给牲口添了两回草料，第二天一早，不等金田起炕，她就挑起水筲，把瓮里担满了水。她跟金田定了个新的条件："只要你帮助我学文化，帮助我进步，只要你在村里好好工作，家里事情我包下了。过了年，我还要参加田间生产……"

从此秋娥变了。她经常抱着孩子上识字班，并且积极地要求参加青年团。有人来找金田的时候，她就说："有什么事对我说吧，我能做主！""我知道你能做主，你两口子的事我知道。"人们说。

但是，到底变成什么样子了呢？这只有金田一个人知道得最详细。

这天，已经很夜深了，他从外面开会回来，轻轻地推开了大门，轻轻走进外间屋，又轻轻地推开了房门，只见炕桌上小油灯的灯花哔剥地响，孩子甜蜜地睡在炕里，被子已经铺好了，枕头横在一边。可是，人呢？

他没有叫嚷，却拿起小油灯，轻轻地走进外间屋。果然，秋娥坐在灶门口，歪在灶台上，头枕着胳膊，另一只手拿着一支铅笔和几张纸，软软地搭在腿上，几丝头发散落地搭在她的红脸蛋上，闭着的眼睛像两弯月牙，嘴角上挂着微笑。

近来，当两人在一起学识字的时候，金田时常看见她嘴角上的这种微笑。

他呆呆地站在那里，决不定是叫醒她，还是让她再睡一会儿好。忽然秋娥猛地一惊，直起腰来，大眼忽闪忽闪地望着金田笑起来了：

"哈！我正做梦说你回来了，你就真的回来了！锅里的水也开了，馎馎也热了……"

"你这人！"金田顿了顿脚，"叫你夜里不要等我，你就是不听！"

"我愿意么。并且，我还有两个字要等着问你呢！"秋娥说着，搁下手里的笔纸，站起来揭开锅盖，接着说，"你到处对人宣传，说我努力学文化，不害臊！"

这时，从锅里猛地卷出一股热气，把灯吹灭了。

灶台两边响起了吃吃的笑声……

春种秋收

康濯

【关于作家】

　　康濯（1920—1991），湖南湘阴（今汨罗市）人，中国共产党党员。1937年发表散文《故乡琐记》，积极在《观察日报》上发表宣传抗日的文章。1938年抵达延安，就读于鲁迅艺术文学院（原鲁迅艺术学院，1940年更名）文学系；结业后奔赴八路军一二〇师进行战地实习，任三五八旅宣传干事。1939年从部队回延安，任鲁迅艺术文学院路社文艺团体副主任。1940年任文化界抗日联合会宣传部部长、晋察冀边区抗日联合会秘书长，主持编辑《文化导报》《工人日报》等。新中国成立后，任《文艺报》常务编委、中国作家协会书记处书记等职。1979年任湖南省文联主席等职。主要作品有短篇小说集《我的两家房东》《春种秋收》《太阳初升的时候》，中篇小说《水滴石穿》，长篇小说《东方红》等。

【关于作品】

　　《春种秋收》以社会主义农业合作化为故事背景，讲述了岭前庄青年团副书记、农业生产合作社青年技术委员周昌林与岭后庄女青年刘玉翠的自由婚恋故事，展现出女主人公刘玉翠看待农村生活的前后思想转变，歌颂了社会主义新农村男女青年，在劳动中对幸福生活的追求。周昌林在村中积极创办农业社，却一直未成婚；刘玉翠高小毕业未能再升学，她向往城市因而对婚姻也充满渴望，也经历过几次感情受挫。玉翠姨搭线说合两人婚事，但因各自对彼此的误会与偏见，而相互拒绝了。因为坡上刘玉翠家的地与周昌林新换的地相邻，随着在农业生产劳作中两人不断接触，以及周昌林积极参加培训学习新技术，两人渐渐建立起互相倾慕的好感，终于成婚。

　　这篇小说汲取民间文艺形式元素，以"我"的叙述视角，巧设悬念，语言质朴细腻，真实而生动地纪实般展开故事，细微地呈现人物的心理变化，充满乡土淳朴风情气息。"开头"与"结尾"的引入和补充，都有力地推动和完成着故事的叙述。

　　《春种秋收》刊发后，1958 年被改编为电影《她爱上了故乡》，故事中歌颂农村新生活新气象的乐观精神，具有深切的感染力，在当时农村合作化生产时期，受到广大青年好评。

开　头

　　前年冬天，我在岭前庄住了些日子。今年，二月早春时节，我又到了岭前庄。相隔一年多，村子里变化真不少，半天的工夫，党支部的宣传委员就告给了我几十件新鲜大事。吃罢黑夜饭，我正说要再去找他谈谈，他可又自己跑来了；并且笑咧着嘴，急急忙忙地对我说道："嘿，我还忘了个挺大的事儿没跟你说哩！"又好像故弄玄虚地停了下来，看了我半天才接着说："你知道周昌林结了婚……"

我大叫一声，抓住他的胳膊使劲摇晃，让他赶快说说这件事，他可要拉着我先去昌林家看看，并要我去叫昌林自己说。我就忙忙乱乱地跟着他上了街。

这个宣传委员名叫周天桂，他说的周昌林是一个远近四乡都有点儿名气的好青年；担任着村里青年团的副书记和农业生产合作社的技术委员，听说在去年秋天参加了党。据天桂谈，昌林结婚还不到两个月，他那恋爱的故事可真是好得厉害。又说他住的新房也挺美——单另住着土改时候分给他家的那两间北屋。我知道那是在一个小独院里，我催着天桂，连跑带窜地跨进那个院子的北屋，只觉着猛然间浑身亮透；就像是刚从陡岩直立在两边的山沟里第一步迈上平原，眼花得看不过来面前的景色和风光……

周昌林大手大脚地跑到我跟前，又笑又嚷，推推抱抱地把我直往炕上送。炕上一个年轻的妇女早给我和天桂扫净了一片地方。我从炕桌上的灯影里看了看这个妇女，不禁大吃一惊，觉着这真是左近的山沟沟里第一个闪光发亮的姑娘，丰润的脸上透着粉红的嫩气，稳重的神色当中不露半点羞臊；利利索索的两双手，扑扑腾腾的满身的劲儿……她好像和我很熟，问着我外边的各种消息。我一边回他的话，一边注意着这个喜气盈盈的屋子——村里党、团、政权、农业社和亲戚朋友们送的彩旗、横幅和各种摆设，都还是一片刷刷新；粉白的墙头，也还是明光闪闪……我转向昌林，开门见山地笑道："好哇，昌林！"又看了看他那个仰脸望住我的妇女："你看，我一不喝你们的喜酒；二不跟你们闹房。就是要听听你们恋爱的故事。你俩一块儿说说吧！啊？"

炕上的妇女拢了拢头发，笑着低下脑袋，把一条手绢绑在手腕子上。昌林可把脑袋扭过一边，光笑——笑得傻里傻气的。

我催着昌林，让他快说，天桂也帮我催促着。昌林却支支吾吾地老说要谈谈别的。我可顽强地坚持着自己的要求，一点都不妥协。我这不是开玩笑。也不只是因为天桂说了他们恋爱的故事好得厉害，这才引起了过分的好奇。而是因为昌林的结婚，的确算得上是村子里的头等大事。要知道，眼前同那么一个漂亮的妇女住在这里的新人，原本是村里青年们婚姻问题上的最大的"问题"呢！

记得前年冬天我在村里的时候，昌林已经满了二十二周岁，正是农村青年早该结婚的年龄，他又是个挺红的干部，长得又英俊，劳动更可以顶住一个半人；没念过多少书，但靠着自修，肚里的墨水也不少。不用说，他找对象的条件自然不会太低。可是，外村的姑娘大多不愿意来这一带山区，本村几个高小毕了业的姑娘，眼皮更高，目标根本就没放在村子里。本村当然还有些没念过多少书的闺女；别看她们过去不怎么起眼，这二年生活好了，打扮一下，上上地，去去民校，一个个也都变成了宝贝一样的明珠。她们虽也愿意找本村的男青年，并且也有几个跟昌林谈过恋爱；但有的是昌林不满意，有的又因为受了高小女生的影响，却都提出来不管是谁，一定得先答应了帮她上学校，她才答应跟谁订婚。这么一来，昌林那伙年轻青年当然不干；他们说："我帮你学到高小毕业，你怕不又要考中学，不又要跟我退婚，另找外边的干部结婚吗？哈，天底下谁干那种傻事儿哩！"于是，没结婚的男女青年形成了对峙的局面。姑娘们倒还可以去外边找对象；男的，可只能在没事的时候，在昌林的带领下，找着上级干部和村里的党支书，一扯一宿，并且非常激动地提出质问，发着牢骚：

"咱们这都是打从参加儿童团，就干革命的哩！这如今，国家不管要咱们干什么去，咱们没说的——提起腿就跑就走。要咱们安心农业生产也行，咱们就好好发展互助合作。可是，咱们是不是也应该结婚呀？啊？你们是不是也应该帮咱们解决解决这问题呀？啊？"

那时节，我也会被昌林他们质问过不止一次。现在，看着这充满喜气的新房和这一对漂亮的房主，我在万分欢喜当中好像还带着点报复的心理；我接着就大声嚷道：

"怎么，昌林你还不说呀？不说我可要闹房啦！"

周天桂和小两口不觉都哈哈大笑。炕上的妇女一边使绑在手腕子上的手绢擦着脸，大大方方地对我说：

"你闹吧，康同志！"

突然间院子里一声吆喝："慢着，慢着，闹什么哩？等等我啊！"跟着就有个小青年射箭一样地蹦进了屋子。这是个高小毕业的学生，名叫周天成。身架儿精瘦精瘦的，人们都管他叫"一根筋"，但他却精力旺盛。担任着农业社的文化娱乐委员，他提来一小篮本村出产的梨和花生，跑到我跟前说："我知道你准在这里。嘻嘻，闹了点吃的，咱们聊聊。"把小篮往炕桌上一搁，又说："呃呃，老康，你是想要闹什么呀？啊？"不等我回答，又接着说："我看啦，你最好什么也别闹。你不知道，我昌林哥他们两口子是

33

白天黑夜甜不丝的，真好比什么书上说的鸳鸯一样，结婚以来就没有离开过一步；今日黑夜恰好农业社和民校里又都没有事，他两个当然更得在家里'亲爱'一番……老康，你看，你要是闹闹这闹闹那的，闹得打扰了人家的爱情，那可是不'道德'哇！"

屋子里哄腾大笑起来。炕上的妇女笑得倒在被子上。昌林可转过身子，嚷道：

"我撕了你这嘴！"

真的就在天成的脸上拧了一把。身子也摇摇晃晃得快坐不稳，赤红的脖子一吱一扭，"吃吃吃"笑得脑袋都抬不起来……我实在不知道周昌林还会这么害羞怕臊。真的，他是个又高又壮的漂亮青年，严肃，大方，谁见了谁都会赞美。他往地里担粪的时候，身子不弯不荡，就像随便走道儿那样迈着大步；肩膀上吊着一二百斤重东西的扁担，随着他的步伐，走一步，好像便要跳起来二寸高；推三百斤的小车，他使一个巴掌抓住一边车把，就能走半里地。可是，现在却像碰见谁在他胳肢窝里搔痒痒那样，变得没有了一点力气。天成这个"一根筋"一胳膊就把他搡倒在炕沿边，不理他，继续对我说着。

"当然啰，老康，你是个稀客。"天成对我眨了眨眼儿，说，"你在这儿坐一坐，说说话儿，那还是可以啰！再有，我昌林哥他们的恋爱故事，你怕也应该了解了解。是吧？啊？你就是想听这个？好！我看，为了节省时间，就先让我来上一段……"清了清嗓子，屋里的人谁都不顾，跟个什么了不起的主角一样，给我介绍开了昌林他们恋爱的事儿。

昌林的爱人——炕上的这个妇女叫刘玉翠，是个呱呱叫的高小毕业生。娘家住在岭后庄。岭前岭后两个村子只离着十里地，但却隔着一道不小的坡梁，坡梁上的道儿，又是一条盘来绕去的羊肠子，因此两个村子平日的往来并不多，两个村历来也不归一个区管辖。没想到这可正好！就正是在这么两个说近不近说远不远的村子里，哎哟哟，周昌林和刘玉翠……

"就闹出了个又是恼人，可又是新鲜漂亮的怪事儿！"

天成刚说到这里，昌林就嚷着要扯断他的这个"一根筋"。玉翠却抓了一个梨，朝天成一摔。天成接篮球一样反手接住梨儿，正要打闹；天桂插进来说："好啦，好啦，别光门嘴啦！"顺手拉了我一把，悄悄地笑道："老康，快叫昌林他们自己说吧！也就是，他们那恋爱过程跟恋爱态度……"

天桂的话好像还没有说完，我却早已经忍耐不住。我简直是在命令昌林，叫他赶快说，昌林可还是腼腆地扭着脑袋，支吾着："真是！这有什么说，说头！"我再一次地命令着他，一边就也让玉翠说。玉翠使两个指头拂了拂头发，淡淡地笑笑，瞟了昌林一眼。昌林可还没答应。天成说："咳，真是！这有什么不好说哩！昌林哥，要不这么吧！——还是让我来说吧！我保证……反正你们那过程我也……"玉翠急忙抢着说："昌林，说说就说说！这反正也没有什么稀罕的！你先说吧，我随后补充。"昌林道："行！说说说！"又推了天成一把："你呀，你保证？你是个美国电台，光会造谣！一边去！"天成高兴地对我吐了吐舌头。

昌林剥着一颗花生，在考虑着他的恋爱故事。玉翠把油灯挑亮了些。屋子里静下来，嵌着玻璃的木格子窗上，透进来院里一棵梨树的影子。早春时节。梨树的枝丫又秃又光；枝丫的缝隙里还露出几颗天上的星星，在玻璃上轻轻地闪动……

就在这安静下来的喜气飘扬的屋子里，周昌林和刘玉翠开始说着他们的故事。他们免不了要有说得简略的地方，甚至还要有意地丢掉一些情节；这时候天成就会真像"一根筋"那样蹦跳起来，补充一番。天成也有说得夸大和过火的地方；就又有天桂出来公平地校正，并在双方争论的问题上做出结论……不用说，我听到的一切情节都是可靠的，整个故事自然也是完全真实的。下边就是这个真实的故事。

故　事

故事发生在去年春天，春耕刚刚开始的时节。地点是村北的坡梁上——就是隔开岭前岭后两个庄子的那个大坡梁。

有一回，昌林去那坡顶上的地方做活，正碰上玉翠也在那里做活。他们两块地挨得近，只隔着一道一步就能迈过的垄沟。那工夫，他俩还并不熟；不过到底都是在岭前岭后长大，就总也多少有点认识，正因为这样，他两个便都显得特别的不自在。昌林是光觉得好比钻进了圪针窝，难受得要命；又好像是被困在不远处的一面峭壁顶上，要上要下都没有办法。只在心里头对自己说：

"咳咳，这才是走遍天下也找不着的别扭事儿哇！"又问着自己："嗯？我倒了什么霉啦？怎么就偏偏碰上了她呀？"

这的确也难怪昌林。他们碰在一块儿，原本是一个偶然又偶然的事。坡顶上玉翠养种的倒是她自己家里的地；昌林去的那块地，早先可并不是他家的。去年春天，他们村里农业社扩大了一倍，做生产计划的时候，发现他家有一亩多自留地夹在社地中间，挡住了社地连成一片；这当然应该换。昌林又是个干部，因此就随便拣了坡顶那块又远又不好的地换了。没想到这一换就跟刘玉翠碰到了一块儿……而恰恰在碰见玉翠那以前十多天，玉翠她姨姨刚刚跟昌林和玉翠说了亲事，昌林也刚刚拒绝了这门亲事……

话说清楚：昌林为什么要拒绝这门亲事？这是因为他瞧不起人家。可为什么要瞧不起？原因据说在刘玉翠的身上。

说是刘玉翠在高小毕业以后，因为没考上中学，回到村里，就整日疯疯癫癫。不做活，也不工作。每天吃了饭，就光打扮起来挑对象。而且，听说还一定得挑个工人出身的共产党员，或者是要挑个大干部。左近邻村的男青年，又更给拌蒜加葱，说她的条件是要"两高两相当"——地位高，文化高，年岁长相也得相当……

不知道这些说法是不是完全可靠。但是，搁不住各人一张嘴，十张嘴就能说活一个死人。说的人越多，说的话也就味儿越重。这么传风煽火，直煽得玉翠她爹娘都受了传染——天天替女儿着急，时时埋怨女儿眼皮太高。做娘的，又难免要把自己当作处理女儿婚姻的问题上的"负责干部"；于是，碰见左近村坊的老姐妹，把嘴一张，就要又伸脖子又眨眼，又跷指头又逗点，数数落落，连埋怨带夸，一齐来。

"那死闺女呀，不是党团员不要，不是文化比她高的不要，年岁不相当不要，脸蛋子不白也不要……咦呀呀，我的老姐妹，可把人难得啊……你说吧，那死闺女也是个团员哩！也拿了高小文凭！看上书是一页一页往下翻，写上字是唰溜溜地——笔尖儿顿都不顿！再说长相嘛……总也算五官端正，不短不丑吧！嘿嘿，你说不是么，老姐妹？"

老娘娘们说说道道，保不住就要顺口托讯问人。正赶到去年头开春的时候，岭前庄玉翠她姨姨去岭后串亲，跟玉翠她娘三言两语就拉呱上了玉翠的事。她姨姨倒不是个媒婆子；不过是兴不由己，有口无心地张嘴搭话，随随便便就跟人家提起了周昌林：

"那小伙子呀！身架儿就像画上的狮子，肚里头墨水也满多！又领导团，又办农业社，在区、县都是敲响了的人物！找对象找了二年，如今都还没找下——在岭前怕就也没有配得上的姑娘……我说呀，咱玉翠要是跟他……那才是狮子配凤凰哩！嘻嘻……"

不用问，事情一说就成。尽管当姨姨的有点失悔自己的冒失，但搁不住玉翠她爹娘的九催十请。姨姨的热心肠一抖动，回到岭前庄，气都没喘，便上了昌林家。

昌林的家长当然也是欢天喜地。昌林却说：

"她呀！趁早……她那脑瓜子里装满了资产阶级享乐思想的……说得好，是我没那福分，说得不好呀，我起根儿就瞧不起她！"

把个爹娘气得快换不转气来。但消息传到了村里，昌林的行动却得到了绝大多数青年的拥护。周天成就是拥护派的代表人物；他领着一伙群众，找见昌林，跳着说：

"完全正确！昌林哥，就是刘玉翠非要找你，你也不能理她！你是咱们团的领导人，是有骨头的……"

"别说啦！"昌林抹了把嘴，打断了"一根筋"的话，"老提那事干什么！你对姓刘的妇女有兴趣是怎么着！"

"对！我赞成你这话！"天成说，真像一根筋那样蹦跶了两下，向他周围的群众嚷道，"同志们！这事儿是风吹云散，往后谁也不许提啦！"

昌林和玉翠的亲事，这就这么闪了一下，好像星星点点的一场小雨；雨过了，鞋都不湿。

没想到小雨刚过，天空又起了乌云，周昌林正闹罢了不能拒绝婚姻的事，这一天，猛又跟他拒绝了的妇女碰在了一道！还不是碰在人多的场合，也不是碰那么一会儿半会儿的工夫；是碰在坡梁上左近没人的地方，并且还得同在一块儿做半天的活……这就是多么了不起的人物，怕也要觉着别扭，也会很难对付的吧！

不光是周昌林别扭，刘玉翠当时也是同样的别扭。那一天，刚刚在地里碰见昌林的时候，她轰一下就浑身发热。手脚也马上不听使唤，好像都不是长在自己身上的东西。心眼里忙忙乱乱的，对住自己又说又嚷：

"咦！这不是他？是，是他……"

这原因，同昌林一样。她娘跟她姨姨说合了亲事以后，回头告诉她，她的答复也是一个"不"字，她也同样拒绝了这一件婚姻——老实说，她还更瞧不起周昌林。

她这个没考上中学的高小毕业生，牛皮还挺大。在学校当过团的干部；论知识，论长相，也自觉是很有些分量。从小又是在贫农的家庭长大；家里地里的营生，不论是针眼里穿线，不论是坡地上扶犁，也都是拿得起放得下。只因为世界变动得太快，她没考上中学，却带了个一心想往城市的新思想，回到了她从小在这里生长起来的老山沟。

城市的妇女当中，有田桂英，有郝建秀，有抗美援朝的光荣的女护士，有说不尽的远大的前途。而且，城市是电灯电话，高楼大厦；花衬衫，洋袜子；妇女的头发听说都是一卷一卷的……再看看自己住的小山沟，农民翻身了，可也翻不出夹着石头的二亩硬土！村里连个农业社都没办，想闹个俱乐部也闹不起来。而且，坡梁上是一片乌柏，一片臭松；树高林密，草棵连绵；那怪石、岩堂和孤峰、峭壁中间，还有着跑来跑去的野兽……真是个荒山荒野哇！要到什么工夫才有美好的前途……说快点，再过二十年吧——自己就快四十岁……咳，连山前的平原都赶不上！赶个会，看个戏，出门就得走二十里地……

刘玉翠回到村里，就好比是住进了监牢里。见了人，怕人笑话；整天对着一本书，连书上的字都看不清。上地里劳动吧，人去了心不去；回家里做活，人回了心又不回。就这么要死不活地待过了一些时光，忽然间，碰见外边的干部找她来谈恋爱……

这是个机会！找一个好对象，不是可以出去追求前途么……刘玉翠跟人家谈说了起来。不过，她跑区去县，连别人介绍带自己认识的，先后碰过四五个县区干部；可一个也没有谈成……

从此以后，刘玉翠更加心烦意乱——前途问题没解决，又有一个婚姻大事混搅了起来……正是冬闲时节，她也去互助组里做点零星活；做着做着，说不定都会要一个人烦乱地悄悄走开，闹得大家猜不透她是个什么迷。于是风风雨雨，有人说她是找对象找得迷住了心窍，接着便出来了"两高两相当"一类的各种谣言怪话。这当然只会更增加她的烦乱。恰恰就在这个时候，她娘告她说：要把她许配给周昌林……

当时她听都没有听完，就堵娘的嘴。娘可是滔滔不绝，再三地劝说着她，闹得她气上心来，干脆说了个"不"，就一个人跑回自己的小屋，对着一面镜子，埋怨开了自己的老人。

"唏！还想要给我包办哩……可抓住个什么人就跟我说！"好像是在给镜子里头的人诉说，又好像是在听镜子里头的人诉说，"周昌林……一辈子待在个老山沟里，初小怕都还没有毕业，只会

个笨劳动！这样的人有什么出息！有什么稀罕！我在外边碰见的
那些，哪一个不比他强……"

婚姻她是拒绝了，但事情却没有闹完。她爹她娘虽挡不住她
自己找对象，但总不大愿意让她找到老远的地方。因此，老两口
对周昌林是一百个愿意。她拒绝以后，娘是哭哭闹闹，眼睛和鼻
子没断过水滴滴。爹更是整日骂她疯疯癫癫，骂她不好好劳动；
她上地也不给她像样的农具使唤，吃饭的工夫饭都不让她端。她
家里参加的互助组，原来就嫌她不好好做活，那阵子，刚刚计划
春耕上地，就正式提出来不把她算在组员里头……村子里，更是
满天的云雾，说得她不像个人；如同一场暴雨打在她的脑袋上头，
党团员还把她好批评了一顿。

刘玉翠没有接受批评。只因为被逼得没有办法，这才下了个
决心：要好好劳动一下，给人们看看。她就跟她爹要了坡梁上那
二亩来地，使着不像样的农具，埋头干了起来。

可是，谁能想到拐了这么些弯子，还是开春以后第一回上坡
里做活，就说巧不巧地闹了个"不是冤家不碰头"啊。

说了半天，还没有说到两个人碰上以后的故事。其实，头一
回也并没有什么事，只不过双方别扭了一阵子。别扭的还很有好
处：因为谁都瞧不起谁，干起活来就都挺卖力气。他们都是在使
镢头刨地。玉翠刨得汗水直流，一点都不愿意松劲儿；而且看都
不屑往过看一眼，好像自己比不远处的那个人高大得多。昌林更
是使出自己的能耐，吸了两口气，憋上一股劲儿，高高地举起镢
头，一家伙就刨起来磨盘大小的一块硬土。刨几下，又使镢头重
重地把土块打成粉末末。这么又刨又打，不喘气，不出声，很快

就做出了老大的一片活儿。后来，到了该收工的时候，就同时收了工。

碰见的第二回，出了点事。

那是一个后晌。两个人还都是使镢头在刨地，昌林当然还是觉着别扭，好在他那后晌也另有个任务——家里的粮草棚子塌了半边，他得在坡里砍几根棍子回去修补一下。他刨了一会儿地，想起了这个任务，就扛上镢头，走到地边，提起带来的斧子，上坡里砍棍去，同时也想躲一躲眼前的那个别扭姑娘。

这时候，刘玉翠埋头干着活，心眼里却有个很不正确的想头，自己上这坡梁也不止十回八回，过去可从没有碰见过周昌林，知道他家在那里没有地。他们村办农业社，这两回他大概是在给社里做吧，但是为什么要连着去两次呢？为什么每次都是一个人去呢？

"他不也跟我一样，拒绝了咱们的事吗？莫非他还口是心非？他还就是对我有意思，故意要找个机会跟我接近接近……哼，要那么着呀，他才是更没出息哩！"

昌林去砍棍子的工夫，她往过瞥了一眼。发现人家不在了，这才平静了一会儿，站直身子，扭了扭疼痛的腰肢，仰着脸拢了拢头发，又解下绑在手腕上的手绢擦了擦汗。觉着那个人对自己怕也并没有什么……心里丝丝地颤动了一下，镢头上也就更加了劲儿。

再说周昌林。他爬上一面坡梁，只见远近的山头都像是留着长头发的脑袋。松柏榆杨挤得不透缝儿。要砍几根棍子，伸手就是一把：很快便够使了。天气还早，他的自留地也还没刨完；社里的活儿又正当紧，他自然不好就收工回去，便又勉勉强强地回到了地里。

又是两个人刨开了地。不用说，两个人的劲头都绷得像梆子戏上的琴弦。简直是在闹什么比赛一般，可又都发了誓——绝不注意对方。不过，他们这可不是一会儿半会儿的事，这是老长老长的工夫呢！工夫一大，这眼睛就变成了个怪东西！不定怎么一来，就会要你眇我两下，我眇你两下……

这么眇来眇去，昌林发现了玉翠干得那么欢实——不喘，不哼，镢头不偏歪，不摇晃，稳扎扎地刨一下是一下，还蛮像个干活的派头……昌林差点要叫出声来，赶紧搓了搓巴掌，给镢头上更加了分量；并且又再一次往过瞟了瞟眼睛。突然间，发现玉翠呆呆地站在地里，眼睛直愣愣地望住他眼前不远的地边！

昌林赶快扭过身来，心慌慌地猜摸着这是怎么回事。紧跟着又瞟了一眼，这才看清是人家的镢头掉了把。人家正望住他这边地上的斧子，大概是想要借去楔上镢把儿。

"借不借给呀？"这是个难题，"嗳，看她怎么着吧！"

哦——玉翠捡了块石头，钉开了镢把子！嗨嗨，哪能顶事？别看事儿小，可除了使斧子楔，还就是没有别的办法哩……昌林的脑瓜子里打了打仗，忽然忘记了眼前这个妇女的"资产阶级思想"；感到人家反正不是个反动派，总还是在好好劳动——自己要不帮助人家，怕不好。他还有点狐疑地又抬起头来，往过一望……

人家也正定定地望着他，还半张着嘴，"啊"了一声。他脸上一热，心里一软绵，不知不觉就走到地边，弯下腰去，提起斧子，迈过垄沟；把斧子往松土上一扔，并说：

"使，使这楔吧！"说完就想走。

"光使这也不行!"玉翠说。

玉翠脸上红通通,直往下滴汗……原来她不光是旧镢头掉了把儿;刚才使石头钉了钉,又给镢把上嵌着的一小片木头楔子给钉坏了!这坡梁左近,树木是多;但要找一块小木片,却像在人海里找亲人一样,说不上有多么困难……

昌林看清了眼前的情况,也只好干瞪着眼,望住地下。过了一会儿,听得玉翠"哈"了一声,像拾宝贝一样拾起斧子,朝着一个陡岩走了过去……陡岩的半坡上,突出来一疙瘩倒了树身的树墩子;从那树墩子上倒能劈下木片儿来。不过,陡岩除了放羊的,别的人实在怕爬不上去……

"呃呃,我,我去!"昌林说。

昌林小时候放过羊。他抢过斧子,攀住陡岩上的藤藤葛葛,爬上半坡,一只手拽住一个石头角角,一只手举起斧子,往树墩子上只一劈,一片木头就往地下一飞。昌林跟着木片跳下来,又砍又削,把木片削得些微那么一丝丝,咬住牙,咧着嘴,举起斧子,使劲往镢把上楔。一边沙沙哑哑地吆喝着,楔一下,吆喝一声:

"狠!狠!狠!"

玉翠站在一边,看着这一切的细枝末节,她说不尽的感谢,也止不住地慌乱。突然见到昌林那么个咬牙咧嘴的傻愣样儿,不知怎么心里"扑哧"了一下,差点没笑出声来。赶紧转过身去,使袖子捂住了嘴。

昌林可根本没注意玉翠。拾掇好镢头,拿起来试刨了两下,就往地上一搁。提起斧子,捎带注意了一眼这个妇女刨开的地,两步就迈了回来。跟着,两个人就又干开了。

两个人的心思都松散了一些。喘喘气，咳咳嗽，直干到老晚
才收工。

他们在坡上做活，远近的地里并没有什么人。但是，昌林歇
工回来，青年们却像烧起了一堆篝火，把他跟个罪人一样地团团
围住，提出了一千个问题，要他马上回答出来。

其中又数"一根筋"嚷嚷得最响，"门争"得最凶。

"你可连咱们也都给丢了人哩！咱们团的副书记，咱们还推荐
你做入党对象了呀！你……"天成说，气派严重得有些可怕，"你
为什么要给那资产阶级的妇女投降哇？啊？你说呀！"

原来人们早知道了他在坡里的事。现在就是在坚决抗议他帮
玉翠拾掇镢头。说他就根本不该理人家；说他是犯了原则错误！
他辩解道：人家总还是在好好劳动，因此他的帮助完全是光明正
大的行为！人们可又说他是袒护玉翠，说他是对玉翠有意思，有
幻想，说他没骨头……

问题是天桂出面解决的。他组织了一批同意昌林的做法的男
女团员，跟天成那一群开了个讨论会；最后他又做了个结论，肯
定昌林做得对，并批评了昌林的"报复主义"。但天成并没有服
气，直把昌林急得嚷嚷着要换了他那块自留地。不过，那是又远
又赖的地呢！他怎么能换给人家！那块地他爹原本不乐意要；是
他硬扭着要了，自己包了下来，跟爹保证了打的粮食一定不比原
来自己地里的少……他想不去那地里做活也不行哩！可是，第二
天大早，他为了避讳，也因为农业社里有点儿事，就生生给耽误
了一下，没上坡梁去把地刨完。

第二天，刘玉翠却老早老早就上了地。

　　她也跟昌林一样。昨日歇工回家，也被一场野火包围；只不过这野火是在她自己的脑子里烧起来的……想起周昌林帮她拾掇镢头的事，她一方面是非常感谢的，另一方面又疑心人家是在故意献殷勤……当时她半句感谢的话都没有说，对人家甚至还有点儿说不出来的讨厌。可是……

　　"他要真是在'追'自己，倒怎么对付啊？"玉翠黑夜里躺在炕上，心神不定地思摸，"那么样一股咬牙咧嘴的傻愣劲儿……得整天待在一道……不去那地里啦？地是自己问爹要下的，不去怕不好。往后上地的工夫带上小兄弟去？不行，人家要念书……"她烦乱得眼儿都闭不上。真叫作胡思乱想，突然间，想起了这半年多里边，她碰到过的那些"对象"——那几个男青年……

　　记得头一个碰见的，是光跟她谈什么个性和脾气，一谈开就饭都不想吃。第二个，刚见面就问她："你对我有什么意见？""你不能坦白地说说么？"互相间一点都不了解，有什么意见哩！这两个都是区干部，她都拒绝了。

　　第三个……这算不算一个呢？这……这是在前年秋凉的时候，有一天，县青年团的副书记到岭后庄下乡。副书记找玉翠谈了一阵话。问她喜爱什么功课，看过《刘胡兰小传》没有；并且从兜里掏出一本《安格林娜自传》借给她看。又问她回村以后有什么计划。接着就说，农村的团员应该热爱农村，安心农业生产；应该用自己的手来建设新的农村……她当时是很不愿意听这些话，只是勉强地回答着："我是希望继续学习，或是出去工作。可既是不能出去，我当然要参加生产啰！"

　　过了两天，这个团县委副书记在区里召集一批回乡的高小毕业生开座谈会。刘玉翠去参加了。开会以前，副书记又跟玉翠谈了谈，希望她在会上讲讲话。她没有肯定答复。区妇联会的一个同志把她拉过一边，对她说："人家很重视你呢！说你文化理论高，在高小生当中也有威信。你就去会上讲讲话呀！"又悄悄地笑着告诉她："人家修养能力都很强，十八岁就入了党，还没有结婚；跟咱们开玩笑的工夫，还让帮他介绍个对象呢！玉翠，你……"

玉翠伸出巴掌捂住了妇联会同志的嘴，笑着扯开了别的。但她的胸口里头却丝丝地发颤，正跟黑夜做梦梦见考上了中学的情景差不多……

她过去并不认识这个副书记。但当时的印象却不坏。这个人不打扮，不讲究；长着一副稳重的身子和一张俊气扑扑的面孔，精力旺盛，亲切喜人。在座谈会上做了一个打动人心的报告。讲到刘胡兰和安格林娜，也讲到本县的妇女劳模。还讲到志愿军的战士在朝鲜前线为了战争的胜利，可以把自己的身体倒在敌人的铁丝网上当作前进的桥梁，让同志们从他身上踏过去消灭敌人；而他自己在牺牲的最后一刻，脸上始终露着安静的幸福的微笑……

报告感动了刘玉翠。她在会上表示：要好好参加互助组的生产。会后，在妇联会里无意中又碰见团县委副书记。人家热烈地鼓励着她，要她做一个回村生产和学习的计划。她说："行！你帮我做做吧！"副书记说："来不及啦！我这就得走。让区里帮助你吧！"妇联会的同志说："副书记，你光叫玉翠他们热爱农村，做计划，生产，学习；可你自己倒往城市里跑！"又转告玉翠："他要去省城受训。马上就得回县里动身。"副书记说："我那是工作需要，是组织决定的呀！"玉翠不知怎么暗地里是又高兴又心慌，但却笑道:"啊,副书记你……"本来要问"你还回来不",随即又咽住了,说:"省城是个大城市呢!你去了以后,不能写信给咱们说说城市的事情么?"副书记说:"那行啰!你也写信说说你生产学习的情况,好吗?"妇联会的同志忙说:"当然好哇!玉翠你说不是?一来一往,理所应当啊!"

副书记走了以后,却没有来信。只是有一回团区委的一个同志转告玉翠,说是人家在给区里的信上问候她,问她工作得怎么样……她怎么样哩!她参加了生产,但互助组里瞧不起妇女,说她做活不行!她有心要学习苏联的女拖拉机手安格林娜,并且也知道中国有个女拖拉机手叫梁军;但村子里如今连新式步犁都还没有,拖拉机怕要到她成了老太婆的工夫才能出现!而且,后来又有一个干部跟她谈恋爱;加上村里人们风来雨去地造她的谣,纠缠得她正是情绪不高……

她不知道团县委副书记是因为从区干部的信上听说她工作不好,才没有给她来信,却反而不满意人家,觉着人家是看不起自己。也没有记下区干部告给的副书记在省城的通讯处,并且也不想给人家写信。你瞧不起我,莫非我还硬要找你?你……我看你也光是会说!叫人家热爱农村,自己抬起腿就去城市!看你去城市里找女学生去吧!哼哼……不想想你自己!连一件像样的衬衫都没穿!头发也不梳一梳,衣裳背上给汗水浸上了一条条的白道道……

没多久——是在前年冬天。她跟外村一个同在高小毕业的妇女去了县里。那个同学闹到一个关系,上省城找工作去了。她没有门路,急得像掉进了黑窟窿。正在这时,忽然认识一个县干部——是个百货公司的干部。穿戴得整整齐齐,头发梳得透亮。

谈过两回话，就领她参观公司的仓库和门市部，拿出许多花哨新奇的布匹和日用品，光问她想要什么；又打开罐头，请她吃饭。她饭是吃了，却没要什么东西。不过，新奇的百货的确把她的眼睛迷糊了一阵。那干部很快就提出来要跟她订婚，并答应想办法帮她上中学……她把话扯过一边，跟人家谈起了学习的事。但那个人虽也是满口名词，却忽然疙疙瘩瘩得口齿不灵；甚至连农业生产合作社是干什么的，都不大清楚。刘玉翠没有同意跟她订婚，只不过疑疑思思地没有马上给拒绝；后来就回了家。

再后来，便是这个现在还在闹麻烦的周昌林的事……

刘玉翠躺在炕上，左翻右滚地想着心思。一个一个地想起了上面那些人，越想越没法睡。忽然，她无意中发现了一件深藏在自己心窝里头的怪事……对上面那几个青年，她差不多谁都有些讨厌；唯有那个团县委副书记，却好像并不是讨厌，而是怨恨……他……

"他若是晚一点去省城，"玉翠伤心地想着，"等跟我谈好了，再让我一块儿同去，该多好啊……"接着又闪跳出了自己的前途大事，"城市！学习！建设……莫非就注定要一辈子困死在这个老山沟里面么？"

这一夜，刘玉翠根本没睡觉。熬到天刚露明的时候，猛一下蹬开被子，爬了起来，扛上镢头就走。她好像发了个狠——倒要看看周昌林是不是还会在坡上的地里等她。

不用说，周昌林并没有等她。直闹到半前晌，她的地都刨完了，昌林可还没去。玉翠禁不住有点儿难过。觉着人家对自己还怕就是没什么想头；人家对自己的帮助，也可能就是诚恳的帮助。

倒是自己的心思不大像话……转念一想：

"不对！他怎么在这个忙时候，丢下活儿不干呀？"

瞅瞅四外没人，玉翠就溜到了昌林的地里。睁着眼睛一看："啊！"不由得叫出声来。人家这干的活儿——地刨得有尺来深，地下那常年不动的生土，都刨出了二寸；刨出的土块还打得那么细，就像是使箩箩过的荞麦面。这在她参加过的互助组里，也都是没见过的活儿呢……玉翠再回到自己的地方，看见自己刨的地，脸都有些发红，觉着她这就不能算数……

他两个再一次的碰面，是在播种的工夫。不用说，这一回玉翠干得更专心；眼睛都不肯乱望。昌林也是精神振奋；觉着播种是个技术活儿，妇女们会干这个的不多，可刘玉翠就居然能干……他不免也就咬住牙根，稳扎扎地撒着籽，细致得一抬腿一动手都不冒失；他那一身的力气也"噗噗噗"往外直冒，好像就要冲破那紧箍在他身上的小布衫……

昌林干了一阵，觉着穿着鞋鞋里光进土，就一踢一踢把鞋踢到地边上，光着脚播种。没想到这对鞋引出了事故——他上地的工夫带了张报，是准备休息的时候学习的；报搁在地边上，使土疙瘩压住了。刚才一踢鞋，鞋正好碰开了报上的土疙瘩；跟着又是一阵风，报可不偏不歪，正好给吹到了玉翠地里，又飘到了玉翠的脚跟前！

玉翠突然看见了报，不觉伸手一抓，随口嚷道："啊！"昌林跟着这声音把腰一直，正和玉翠闹了个面对面。

玉翠朝着地下问了一句："你的？"

昌林这才发现自己的报纸飞走了，便也朝着地下答了句："我的。"一边就走过去拿报。

玉翠递过来，说：

"看《青年报》呀？这些天，报上有什么事？"

也不知道是信口发问，还是要考考昌林。昌林可是一片诚心，严肃地说了两件国家建设的消息。玉翠猛然间脸上一热，想起自己这些时候就没有好好学习……不知不觉地便又从昌林手里拿过报纸，摊开来，一边看，一边跟昌林说话；说着说着，慢慢地就是天上地下，从各方面谈起了国家刚刚开始的第一个五年建设计划……

就是这场短短的谈话，昌林知道了玉翠不仅劳动上努力，便在其他方面也并不是个很轻浮的姑娘。玉翠更不用说，她万也没想到昌林的政治、文化有那么高……当然，以后他们又见面的工夫，也就再不绷着脸儿；有什么话要谈，张嘴就是。反正是平平常常的关系，也显不出什么事情来。

夏天到了。有一回，玉翠忽然看着昌林那块地里地土的颜色变了——变得黑得冒油。他们两块地的土质原本是一样的呢！可怎么人家的变啦？还有，人家地里的庄稼苗儿出的也稠得多；这又是怎么回事？玉翠就找昌林问。昌林说：

"这是使了点儿新技术。使'王铜'拌了种，使了肥田粉，也施行了密植。"

"噢！"玉翠在地边上坐下来，又问，"你看我这地也能再往好里侍弄么？"

"别的都来不及啦！"昌林也坐下来，解下包头的毛巾擦着汗，一边说，"只能上上追肥。"

两个人就谈开了化学肥料和新技术的事……

这一回歇工以后，昌林回到村里，忽然发现他那条包头毛巾不见了。哪里也找不着。想起回村的时候碰见过天成，就抓住天成要。天成嚷道：

"我藏你的毛巾干什么！怕不是玉翠拿了洗去啦？哼！"

果不然！没过了几天，两人又在地里碰见的时候，玉翠什么也没说，就把一条洗得干干净净的毛巾还给了昌林；同时还解下自己那洗净了的包头毛巾抖了抖，好像对昌林说："我可不是专为你洗的！我是洗自己的毛巾，只不过给你捎带了一下。"把昌林闹了个大红脸……亏得玉翠说开了话。

玉翠说："我想去城里买点肥田粉。买回了，你帮我往地里上上，行么？"昌林说："行啰！"又问，"你什么工夫进城？"玉翠说："就这几天吧！还没定。"昌林说："县里最近可能要开个会。我也可能要进城去参加。"玉翠说："噢！你要是先去的话，就请你帮我买买。"昌林说："行啰！"……

但玉翠没有托昌林去买化学肥料。她自己先进了城。

玉翠原是因为家里要添置些东西，才决定在这挂锄休息的时候上城去的。突然间，县里那个百货公司的干部连来了两次信，让她一定要再去城里谈谈。这么一来，她反倒不大想进城去了……不知道是从哪一天起，她对自己养种的地开始感觉着亲切，对劳动好的人开始有些佩服。这时候，又想起百货公司的那个干部，想起人家那么一股花花哨哨的派头，忽然觉着那人简直都还不如岭前的这个姓周的……并且，这又是从哪一天想起的哇？她有时候想起自己过去还讨厌过这个姓周的，就觉着难过，觉着对不起人；而在她心窝里的一个什么角角，不知怎么好像还露出一点点喜爱岭前庄这个人的苗苗……

她又是一整夜没睡着觉。后来想起了百货公司那个干部的一句话——上中学！当然，上中学的后面就是远大的前途……她就是发了发狠，借着给家里买东西的机会，心眼儿跳跳跶跶地去了县城。

这一回，百货公司的干部待她更火热。穿着新皮鞋和细腿的裤子，制服褂子的胸前还密密地扣了九个扣子——怪模怪样地硬要拉她去街上转悠。又答应慢慢介绍她到公司里工作，说公司里是薪金制，比县区干部的供给制拿的钱还多。第二天黑夜，又请她看电影。县城里电影不常来，看的人免不了惊奇吵闹。那位百货公司的青年可大为不满，把手套成个喇叭筒，站起来就大声吆喝：

"喂！不许喧哗！要肃静！肃静！好好观剧！"

老百姓哪里懂什么"喧哗"和"观剧"！有人问他是怎么回事，他可就三言两语，威风凛凛地跟人家吵了一场。刘玉翠早就窝憋着一股不舒服的劲头呢！这工夫更是气得没地方待。她找了个亲戚家住了一宿，以后就再也不见那个"漂亮"青年了。

但她心里还是埋着好些话，便去县团委会跑了一趟，想找个熟人谈谈。

刚走到县团委会的院子里，不想可碰见了那个去省里受训的团县委副书记——人家刚受完训回来不久。还是原来的模样，只在胸襟上闪着一颗和平鸽纪念章。玉翠的脸上起了一层粉嫩粉嫩的云彩，胸脯"扑扑扑"乱动，问他道：

"副书记回来啦，没在省里分配工作？"

"在省里分配什么工作？"人家反问着，"我是去受的农业技术培训——原就是为了更好地回农村来工作呢！"

　　"唔……"玉翠这才大吃一惊，闹了个满脸通红。副书记把她请进屋，她低着头，勉强笑着，又问："省里热闹吧？建设得挺漂亮吧？副书记，你不是说了要写信告给我的吗？可怎么……"

　　"嗯，你不是也没给我写信？"副书记也笑了起来，接着说，"省里建设得是不错。工人们紧张得厉害——跟农民不一样，没有挂锄休息的工夫，也没有冬闲。真是跟战场上一模一样的。有的工人每天生产的东西，甚至比咱们一个农民一年的生产价值都还要大！"

　　"啊啊，副书记，那国家为什么不多办些工厂和学校呀？"

　　副书记严肃起来。他说，国家哪能猛一下就有那么大的力量！咱们盼着国家建设得更快更好，这当然应该。不过，你好比现在城市就忙得了不的；生活也高，吃的东西比农村贵，住房都挤得要命……可咱们有些农民却把城市看成个捡洋捞的宝地，不知道建设国家也得建设农村，也得靠咱们多办合作社，多打粮食来支援……咱们有些青年甚至还看不起自己生长的农村，看不起自己的邻居兄弟！就在国家建设得热火朝天的紧张时候，他们还在闹情绪！他们没想到在农村里负起建设的责任，这才正是国家的和自己的远大前途……

　　副书记眼里闪跳着一道一道的亮光。看见刘玉翠仰着脸望住窗外发愣，不禁又想起一件事，就问玉翠：

　　"前些时，不是有你的一个同学找关系去了省城么？"

　　玉翠"啊"了一声，知道这是指上一回和她相跟着来县城的那一个。她都一直等不着人家的信呢！人家……副书记告诉她：她那个女同学在省里找来找去，找了个跟机关干部当保姆的工作。干了不几天，可又嫌麻烦，嫌小孩脏，不干了。后来觉着没办法，听说是害怕回来丢人，就又去干了。干就好好干呀！当保姆不也是革命工作么？可她又瞧不起那工作，情绪低得不行……她也是个团员；去省里是偷偷去的，没带关系，就这么把个团员也给丢了……

刘玉翠的脑门子上好像是狠狠地挨了一棒，痛得她直想哭。正在心慌意乱的时候，忽然从开着的窗口，看见打后院里拥出来一群哄哄笑闹着的男女青年；其中有个人在玉翠的眼睛里亮了一下——周昌林。原来副书记回县以后，正召集了一批全县的团员积极分子，在开一个农业技术座谈会；这群男女就都是参加会议的团员，在休息的工夫出去游散的。昌林比玉翠晚动身一天，是昨天黑夜到的县里。现在他也看见了玉翠；可能是他多少知道一些玉翠进城的目的，就连忙避过脸去，故意不往屋子这边瞅。

副书记却把昌林叫进屋来，并对玉翠说："我给你介绍一下……"玉翠可早跟昌林打上了招呼，一边问着："你什么工夫来的？"副书记忙问："你们认识？啊？"但还是指着昌林，对玉翠说：

"你看他——他可是认清了农村的前途。他积极办农业社，推广步犁、耘锄、喷雾器和各种新技术；有经验，而且有创造！我这一次召开技术座谈会，就全靠他在会上表演、示范——他甚至比县农场的干部经验还多……"

昌林听不惯别人称赞自己，又不大愿意在刘玉翠的面前多待，但也找不出机会插话。他把一只胳膊撑在桌子角上，脸撇过去望住墙头。只听得副书记又说：

"咱们县里正计划明年就要试用马拉农具——你们那岭下的平地就能使。昌林也就是县里选定要在明年春天送去学习技术的一个对象。不用说，将来使用拖拉机，昌林若不是咱们县里的头一批驾驶员，怕也是领导社会主义农业社的骨干呢！当然，你们也住的是前后村；但你怕还没有走到昌林正在走着的路子上来呢！"

玉翠没有觉着自己是在挨批评。她从眼窝的深处望住昌林，问道："你办社跟学技术的事，怎么都没跟我好好说过呀，昌林？"

"可你也没有正正经经地问过我多少呀！"昌林脸还是对着墙，回答着，"你只零星问过我两句。我要多说些吧，还怕你不乐意听呢！"

"我，我……"玉翠低下脑袋，只觉着自己过去那股个人逞强的心思全给跑没了影，她有点慌乱无主地说道，"我也想学呢！我……昌林，你回去好好教教我吧！"又把手绢拧成绳儿往手腕子上绑，一边仰着脸望住窗外的天空。"副书记，我还没跟你汇报我的情形。你……你问问昌林吧，他知道一些……我回村去啦！"

好像接受了任务一般，说完话，扭转身，挺着胸脯走了……

玉翠回来以后就天天直着脖子等昌林。

好不容易把昌林等回，人家待她却有些冷淡。上追肥，昌林是帮着上了。问什么事，昌林也肯说。玉翠又把她过去学习的政治常识和史地数学课本搬到地里，并买了几本青年修养和农村工作的书，要昌林在一块学；昌林也不说不学。可就是劲头儿不热——简直还远赶不上过去……

玉翠却什么也不说。光是火气腾腾地劳动和学习。她爹有一回去坡梁上看了看她养种的地，另外也有些别的人顺路捎脚去看了看；不论是谁，看了都大吃一惊，都称赞玉翠劳动得好。当然，她也就回到了互助组，还给人们讲点技术什么的。村子里有人说她：

"嗨，玉翠又练出了这么一套好本领，了不得哇！"接着就又感叹起来，"可这么着呀，她怕要眼皮更高，更不好找对象啦！"

其实人家早有了对象。这事情瞒得过岭后，可瞒不住岭前的青年。周天桂和别的村干部开始讯问昌林，问他为什么不快些跟玉翠说定了。过去反对过他的天成，这时候也变成了激烈赞成派的代表，也催他们快订婚——一天催上好几回。甚至就在县里开座谈会的工夫，昌林把他跟玉翠的来往告给了团县委副书记，副书记也再三地说过，让他好好帮助玉翠。但他总还有点儿矛盾：他怕人家还不坚定……

快到秋收的时候，天凉了。风儿在坡梁上的密林里吹个不停。有一天，农业社收工早。昌林没有回村，从地里一直就上了北坡。天成问他："还干什么去？找玉翠？"昌林说："瞎扯哩！我去看看我那地。"看地？没灾没害的，有什么看头呀？天成就绕到半坡的林子里，悄悄跟着昌林上了岭。到了岭上，爬在一个陡岩上边，往下一看：嗬！一男一女坐得那么近！只听得玉翠说："你今年多大啦？"昌林说："你问这干什么？"玉翠说："就不能问问？唔，我知道，你快满二十三啦！"昌林说："你知道又还用问？好，我也问问你：你多大啦？"玉翠说："你问这个干什么？"昌林说："就不能问问？我也知道，你刚满二十岁！"

后来昌林又问："呃，你前些时进城，就是去买肥料的？"玉翠笑道："不光是那，还是去找对象的哩！""找下了几个？""一个也没找下。""没找下拉倒！"昌林这么说了，就往起一站，好像是生了气，要走。把个躲在陡岩后面的天成急得差点没摔下来。亏得是玉翠抓住了……不是抓住了天成，是抓住了昌林。玉翠就起根由头，把她怎么找对象和思想怎么变化的那一码事，细密密地给昌林说了一遍……

昌林一声不吭地听着，慢慢地听得像是缓过了劲儿。听完，就问玉翠为什么不再找团县委副书记谈谈；玉翠说，她哪能配得上人家呀！昌林便告诉玉翠，说是副书记刚刚找了一个对象，那是跟他一道在县里开座谈会的一个积极的女团员……接着就又问玉翠：

"你，干部是找过啦！这会儿怕是要找个工人了吧？"

"是想那么着，"玉翠说，"唔，莫非找干部找工人就不对？干部和工人不是也要结婚的么？反正，只要你思想正确……"

"正确你就去找呗！"

"找是找啦！可不是个工人，也还不知道我能不能配得上。"

"谁？"

"你！"

藏在陡岩后边的天成差点就要往下跳。只听得昌林又说："我？唔……我还得考虑考虑哩！"玉翠就说："行，你考虑吧！咱们以后还可以再谈。"昌林就说："好吧！我也可以告给你一件事：你这眼力儿就是不赖——你算是真的找着了一个工人。"玉翠叫道："工人？你……"昌林说："是我。我刚刚批准参加了党，参加了工人阶级的先锋队……"

这一回，陡岩上的天成终于跳了下来。他嚷道：

"周昌林！你这算什么工人阶级？你不说你是到坡梁上来看看地么？你撒的一个好大的谎，可像个什么工人阶级的先锋队啊？"

把这一对男女问了个没处躲闪。昌林抓住天成就揍；玉翠在一边问道：

"昌林，这就是你们村那个'一根筋'？"

天成斥打着玉翠："我'一根筋'怎么着？碍着你啦？"使劲把昌林往玉翠身上一推，自己提起腿就跑……

天成跑下坡就广播。广播得昌林和玉翠赶快订了婚。

结　尾

故事讲完以后，大家好像都说不尽的轻快，都吐出一口长气来。屋子里又安静了一会儿。院里大概是起了风，梨树的枝丫不停地晃动。天上的星星透过枝丫，在窗玻璃上闪闪跳跳，好像是浸映在起伏的河水里头。周天桂先说话，他告诉了我几件开头没有说完的事。

"第一，他两个不光是恋爱成功，"天桂说，"还闹了个'公私兼顾'——他们那两块地都给侍弄得成了丰产地。第二，老康，你知道，前二三年，咱村的青年差不多就没什么结婚的；可眼下这半年天气，在玉翠他们这典型例子的影响下，结婚、订婚的就有八对，八对哩！"

昌林接着说："还有第三。老康，大概过些时候，我就要去学习使用马拉农具的技术啦！"

"也还有第四！"玉翠说，一边打扫着炕桌上的梨皮和花生壳，"我看周天桂和周天成都还没有好好负起责任！哼，你两个到处宣传我跟昌林的事，可就没想到要好好跟村里的老人们宣传宣传。你们去听听！老人们一说起咱们的事，就悄悄密密地议论，说咱们俩在坡梁上闹过什么关系，说得丑得厉害……"

"对！这是咱们的缺点，我负责改正。"天成说，"我看，不光要给老人们讲；天桂哥，咱们怕还得来个第五——把他们的事写下来。他两个的事儿，可帮助咱们青年解决了一个大问题呢！题目我都想好了，叫作'春种秋收'。我是这么想的：'他两个恋爱的过程，恰好是春种秋收；他们又是春天种赖地，秋天的丰收；还有，春天种下了一对儿，秋后收下了整整八对！'你看行不？啊？"

我当然不好推托。就这么写下了《春种秋收》。

一九五四年八月二十四日改作于北京

喜鹊登枝

浩然

【关于作家】

浩然（1932—2008），原1954年到《河北日报》当记者。名梁金广，河北宝坻人，中国共产党党员。1956年在《北京文艺》发表处女作短篇小说《喜鹊登枝》。1959年10月加入中国作家协会。1960年到山东昌乐县城关公社东村下放劳动，后担任该村第一任党支部书记。1961年调任《红旗》杂志编辑。1964年调到北京市文联从事专业创作。曾任北京市作家协会主席。代表作有长篇小说《艳阳天》《金光大道》《苍生》，中、短篇小说《送菜籽》《太阳当空照》《人强马壮》《珍珠》等。

【关于作品】

《喜鹊登枝》以农业合作社东方红社与青春社两个高级社间，青年会计韩玉凤和生产队长林雨泉这一对社会主义新人自由恋爱的婚事为线索。作为韩玉凤父亲的东方红社农业股长韩兴，借着去青春社订换种合同打听林雨泉的人品，路上巧遇泉子，被其热情忠厚所打动，及至在青春社遇到农业副主任——林雨泉的父亲林振，被盛情邀约到家里吃饭，亲见林雨泉作为会计时刻为办社着想，勤俭节约的品质。他的大公无私获得了韩兴老人的由衷肯定，最终高兴地同意女儿的婚事，两人喜结连理。

《喜鹊登枝》用清新朴素的语言，书写出了新时代社会主义浓郁的乡土生活风貌。作者巧妙设置故事情节结构，充满悬念而吸引人；人物形象刻画处处涌动着质朴上进的时代精神，人与人之间在集体劳动兴办合作社中洋溢着情谊与温情。

《喜鹊登枝》作为作家浩然的处女作，热情歌赞社会主义新农村、新人物，小说书写农村题材的取向，对此后小说创作、塑造社会主义新人形象，关注人物的道德品质的刻画，都产生了深刻的影响。

一

清早，两只花喜鹊登在院当中那棵矮矮的桃树上，冲着窗户喳喳地噪叫。

韩兴老头从技术股回来，把粪筐放在猪圈墙下边，扬着脸，捋着黄胡子，朝那两只花喜鹊嘻嘻地笑着。这老头是个乐观而又好荣誉的人。他寻思着喜鹊预兆的喜事。

屋里，他老婆坐在炕上，对着玻璃镜朝他喊道："还不赶快进屋吃饭，一家子人光等着你，粥都凉了。"

女儿韩玉凤眉开眼笑地迎着爸爸进屋。又端粥盆又拿碗筷，给老人盛上，自己跨在炕沿上稀里呼噜地吃起来。还没等把饭咽利落，便放下碗筷，拿起小包裹就要走。

当妈妈的最能观察女儿，见女儿那慌慌张张的样子，又是好笑又是好气，就说："啥事勾你的魂，整天价饭也不吃饱？"

玉凤脸一红，脑袋一晃："今儿个会计网碰头，不忙咋的？"说罢，一阵风似的跑了。

老婆回头看看老头子，还是闷着头吃饭，没好气地说："你呀，整天价像块木头人啥事也不管。看咱们丫头这两天成了没星儿秤，到哪哪儿站不住。"

韩兴老夫妻断不了开个玩笑，因为老婆急性子，常常因为老头子那股又稳当又快活，遇事满不在乎的脾气给惹恼，女儿还得给劝架。这会儿，韩兴故意白瞪她一眼说："人家不是工作忙嘛！"

老婆子更生气了："屁，什么工作忙，就忙着搞'自由'哩！"

"搞'自由'就对咧，何必大惊小怪。"

"我的天，不是你身上掉下的肉敢情是不心疼。年轻人自己办终身大事哪会有主心骨？让人家小油嘴三说两说说转了就得由着人家。像老焦家二姑娘那样三天半又闹离婚，我可不能答应。"

"你不答应怎么办呀，还要违反婚姻法吗？"

"我，我不违反婚姻法，她眼里也不能没我一点，要我看就按着西头她二姨的主意办，把城里供销社那个股长叫咱家来，让他俩对面相，相中了，问得心服口服，还能算我包办？"

老头子忍不住地笑了："要我说呀，你这是变相包办。"

"你不用给我扣大帽子，反正你是不疼闺女。"

韩兴老头是不能无故受委屈的，就分辩说："我怎么不疼闺女？疼得讲究疼法。你明知道人家自己找好了如意的人，不分青红皂白偏要另给找一个，这是为啥？非这样你不痛快？这还不是老思想穿上新外罩出来了?"他说着哈哈地笑了一阵:"要我说呀,咱们应当帮助玉凤把这个人调查调查,要是真好,咱们就设法成全这件好事;要是真不好,咱们再劝玉凤也有话说了。这不是两全其美吗?"

老婆听了虽然还是不大舒服,但自己一时又想不出什么理由来。况且,她也真不敢相信自己那条道道能够走得通,就噘着嘴一气不出。

韩兴老头撂下饭碗想了想说:"哦,有了。咱们社要跟他们青春社订换种合同,我今儿个就借故商量这码事,打听打听根底。"

老婆说:"去就去吧,不定是喜是忧哩!"

二

韩兴老头在黑袄外边又罩上个蓝布衫。换上了纳帮薄底鞋,兜里还装上了几块钱,就背着粪筐朝西走去。

东方红社和青春社相离十来里地,因为当中隔着一道金鸡塘河,古来结亲的少,来往也少。今年开春都转了高级社,并乡又并为一个乡,都觉得有这条河来往很别扭,两处社干部一商量,就分别发动了两班人马,不几天修上了一座石桥。哦,就是因为修那座桥,女儿韩玉凤才认识了青春社的林雨泉,后来也不知道他们怎么常常到一块儿,反正两个人悄悄地搞起恋爱。韩兴老头到县农业技术训练班去了个数月,回来就风言风语地听到这个信儿。做父母的谁能不关心儿女的终身大事?何况自己儿子不在家,就独有眼珠子似的这么个闺女呢!

有一天,玉凤没在家,老两口子正唠叨这件事,西头玉凤她二姨一掀门帘进来了。这老婆坐在炕上就数叨起来："我的姐夫呀，玉凤的婚事你们可该拿拿主意了，你没见东街老焦家二姑娘唱的那出悲戏，自由呀，恋爱呀，末了被二流子一身制服一双皮鞋给哄弄走了，怎么样，三天半又闹开离婚。"她见姐姐被自己的话控制住了，就又转过头说："要我说呀，先下手为强，后下手遭殃，就把我们亲家表侄（在县供销社当股长）给外甥女（指玉凤）介绍介绍，好歹比青春社林家小子强。前几天我听说，老林家是个穷光蛋，那个小子上中学半截就回家撸锄杠了，也不知是犯了什么错误……"

当时，韩兴老头子是这样回答的："穷不穷，咱倒不理，女儿要嫁给富农，拼命我也不干。只要小伙子长得结实，劳动强思想进步，结了婚有四只能干的手还愁不享福。"

从这以后，林雨泉的品质好坏，成了他很重要的一桩心事。有好几次机会，都因为年轻人回避他，没有看见林家小伙子一眼。女儿既然还不愿意把事情公开，自己也不好向她问，事情就这样悄悄地拖了下来。

韩兴老头是个热情的人，村里两姓旁人出了事，他从来不会袖手旁观，大事他帮助化小，小事他帮助化了。如今事到自己亲生女儿身上，他怎么能不放在心上呢？不过，他有一定之规：做父母的既不能像东街老焦家那样对女儿的终身大事漠不关心，大撒巴掌不管；也不能像老婆那样再来个变相包办。做父母的应当尽到责任！要帮助孩子安排前途，让她一生都幸福。况且，他也很相信自己的女儿韩玉凤不会像焦家二姑娘那样没主见，拿恋爱、结婚当开玩笑，随随便便处理了终身大事……

韩兴老头光顾想心事，身后人喊夹杂着铃声他都不曾听见，当他听见响声猛一转身，恰恰闪在一个硬东西上，不由得失步坐在地下。那边，一个小伙子从自行车上摔下来，本子、小包滚出老远。

韩兴老头自知理亏，正想说几句抱歉话，谁知那个小伙子爬起来，也不顾自己的东西先跑来扶他，亲热地问他摔坏没有。老头很感激。他们问清了彼此是哪村的人，小伙子一定让老头骑车子头了走，老头推说不会骑，于是两个人就并肩走起来。

一边走着，韩兴老头留神看看这个年轻人，只见他中流个子，圆脸盘，两道粗眉毛下边闪动两只很俊气的眼睛，多么惹人喜欢的小伙子呀！他觉得这个年轻人还很诚实，就问："你叫什么名字？"

小伙子说："老大伯，您就叫我泉子吧。"

老头又问："你们社有个叫林雨泉的，那个人怎么样，你知道吗？"

小伙子听了停住脚步，望望老人，忽然一愣，脸一下子红了，说了声："你到村跟大伙打听去吧。"蹬上车子一溜烟似的跑了。

三

韩兴老头来到青春社，社主任热情地把他引到办公室，把换种的事商量妥当，就谈两个社的生产。韩兴老头转弯抹角地问起林雨泉的情况。社主任朗朗地说："林雨泉可是个好小伙子，如今担任社里的会计股长，又是联乡会计网的辅导员。不光是个铁算盘会计，生产上还是个拿旗的手。您路过金鸡塘河时不是见到荒沙上许多白杨树吗？那都是他带动青年们栽的。"

韩兴老头高兴起来，又试探着问："听说这个人品性不大好，上中学犯了错误回家的。"

社主任笑了："没影儿的事，那个人可是又老实又厚道有心有志的人。那年我们才建社，找不到会计，人家宁愿不升中学回来帮我们办社。现在党支部正培养他哩……"

正说着话，走进一位五十多岁的老头，这人圆脸高个，满脸黑森森的短胡子茬儿。他把一大沓书籍放在桌子上，一边掸着身上的土问道："这位是哪儿的客？"

社主任忙站起来做介绍："这位是东方红社的农业股长韩兴同志，到咱这儿商量换谷种的事；这位就是泉子的爸爸林振，我们社副主任。"

林振也是个快活的人，高兴地拉住韩兴的手说："东方红社搞得好极啦，我老早就想到您社串门子，讨教点好经验，看我们社搞得多糟？还没吃饭吧，走，咱们家去吃吧。"

韩兴老头推辞不去，林振说："同志，咱们两社是好朋友，难道一顿饭都不过，我这个人可不好客气，走吧，我还有件重要事跟您打听哩！"

社主任又帮忙劝说了一阵，韩兴才跟林振出来。他心里想：这个老头挺开通，吃着饭也好探探林雨泉的底。

他们穿过饲养场，忽见一个大个子中年人，手拿一把长柄鞭子气扑扑走来，嘴里还不干不净地骂什么。见到林振，从口袋掏出一沓发货票，用两个手指头掐着晃晃说："林主任您说会计多么厉害，社主任都当不了他的家，您看这条子泉子不给报账，这样我这个大车队长没法当，会计是您儿子您去说说吧。"

林振看了看条子说："不要着急，我去看看。"

他们走进一所大院子，从屋里传出噼啪啪的珠算声。韩兴没有跟进屋，自动留在窗外边。立刻，屋里传出争吵声音：

"把这笔账下了吧，是咱们主任答应的。"这是林振老头的声音。

"谁答应的也不能报销！"一个年轻人的声音。

"哟，会计股长，你亲爹都当不了你的家了？"是那个大车队长粗暴的声音。

"我不管是谁，按原则制度办事，勤俭办社公约是大伙订的，那你给牲口买这么多红缨干什么？戴上了出门漂亮是吧？谁图漂亮谁花钱；再看看这几张是出车人吃饭发货票，你们在外边大酒大肉摆谱，社里是不能报销的！"

许多路过的社员也都凑到窗前听热闹。韩兴老头觉得这个年轻人的声音很耳熟，好容易猜到了，就是途中碰见的那个骑车子的小伙子，他叫泉子。心里油然产生一种敬意。这会儿，旁边一个社员说："社里就得有泉子这么个大公无私的会计，不的话，有的人得拿社里钱当水泼。"另一个说："别看人家泉子才二十多岁，过大日子可满有算计，就拿春天盖牲口棚那事说，大伙都说买瓦，人家泉子提出用草棚，怎么样，这回省下老鼻子钱。"

一会儿，拿长鞭的那个大车队长闯出屋来气扑扑地走了。林振也红着脸出来，向韩兴神秘地笑笑就一同走出院子。边走他带着几分夸耀的口气说："我们这个小子真给惯坏了，办啥事都较针尖，常常让我这当爹的下不来台。"

韩兴很认真地说："泉子是个好样的，这种人才能办大事，才有前途！"

四

韩兴老头走进林家的院子。

四面长长的土墙围着三间草房，窗前堆积着木料、砖瓦，不用问就是要翻盖新房子。入了社到处一片变化、上升的景象。林振把客人让到屋子里，吩咐老婆和女儿做饭。屋子虽然不太大，里边却异常地干净利落。一条红色的油漆柜靠北墙放着。柜上面摆着一些简单的装饰品，墙上还挂着一块长方的镜框。镜框里边装着一个姑娘的相片。她拿着一束鲜花站在树下，幸福地朝着人笑。那不是女儿韩玉凤还是谁？她的相片怎么到这儿了？他想着眼睛又落在柜上边一个红色绉皮笔记本上，这本子更眼熟，明明是他前些天从县城里给玉凤买来的，而且，昨天晚上他还见女儿伏在灯下往本子上边写什么。难道它长了腿，一夜光景就跑这儿来了？趁林振去外屋张罗，就拿过本子打开一看，第一页就写着：

> 亲爱的雨泉：这本子是爸爸为我买来的，送给你使吧，希望你把学到的东西都记在本子上。
>
> 你的玉凤　　×月×日

摊鸡子、炒白菜，还有两大碗粉条豆腐。整整摆满一桌子。林振兴致勃勃地替韩兴满了一杯酒。两个人同时举起来，一饮而尽。三杯水酒下了肚，林老头的话可就多起来，他从幼小怎么给地主扛活，怎么下关东逃荒，谈到土地改革斗地主，分房子分地，孩子上中学，建立农业社过上好日子。接着又谈到未来的远景：

怎么用金鸡塘的水力发电呀，什么时候使拖拉机呀……两个人越谈越投脾气就越高兴。一会儿林振又说："韩大哥，我也看出你是个实在人，我有件事想跟您了解了解。您不是听见那小子和我吵架吗？今年春起跟您社一个叫玉凤的女队长搞恋爱，我说，这件事咱们是一百个赞成，婚姻自由好处多呀。两个年轻人是一心无二了。前几天，孩子征求我们老两口子的意见，问我们同意呀不同意，韩大哥，让你说，咱一点情况都不了解，有什么资格发言表示态度呀！我想跟您把女孩子家庭根底打听打听，咱好帮孩子选择选择对象。"

韩兴老头是个喝酒就上脸的人，现在他的脸不知是兴奋的，还是喝酒喝得早红成灯笼似的了。他将着胡子，眯缝着眼问道："先告诉我，你儿子到底叫什么名字？"

林振说："大伙都习惯叫他小名泉子，学名叫林雨泉。那个姑娘一提您也认识，是东方红社有名的队长。就是相片那个。"说着下地要去取相片。韩兴一把拉住他说："林大哥，我也不瞒您说，我这次来也是一箭双雕，韩玉凤就是我的女儿，您要打听什么我都知道，保管说实话。"

林振听了先是一愣，一会儿，两位老人就双双拉住手"哈哈哈"地大笑起来。林振使劲拍着韩兴的肩膀说："原来亲家跑我这儿私访来了，我这家让你相漏了吧？孩他妈，快进来……"

屋外边也正在叽喳喳地笑哩。

刚才屋里正在热闹的时候，林雨泉回家吃饭，听妹妹一学说，他害臊地要往外跑，娘儿俩连拉带推把他弄到屋里。林雨泉像个小姑娘见了婆婆，低着头脸红得像块布，小妹妹一旁不住地向他做鬼脸。

　　韩兴老头一把把林雨泉拉到跟前，端详又端详，然后说："你真是个好孩子，人也好，思想也好，家庭也好，我女儿的眼光不错，我跟你爸爸一样——一百个赞成你们。没别的，老丈人也不白相女婿。"说着用一只手从口袋里掏出一张崭新的五元票子，"拿去买一支钢笔使，当纪念。"一屋人都"哈哈哈"地大笑起来。

大木匠

王汶石

【关于作家】

王汶石（1921—1999），山西荣河（今山西省运城市万荣县）人，中国共产党党员。1937年参加中华民族解放先锋队。1942年先后任陕甘宁边区西北文艺工作团副科长、第二团团长等职。1949年起历任《群众文艺》主编、《西北文艺》副主编。生前曾担任中国作家协会西安分会第一任秘书长、陕西分会副主席，陕西省文联副主席，中国作家协会第二、三、四届理事及第五届名誉委员等职。代表作品有中篇小说《黑凤》、短篇小说集《风雪之夜》、歌剧《战友》、评论集《亦云集》等。

【关于作品】

《大木匠》以大木匠、桃叶妈和女儿桃叶准备招待女婿兴娃来家订婚拜访为线索，描述了农业生产合作化运动过程中，热心农业器械农具技术变革的劳动者身上忘我工作的光辉故事。秋收忙完后是社内假期，桃叶妈为准备招待女婿上门求婚拜访，一大早就安排丈夫大木匠到集市去买送女婿的见面礼。大木匠在厦子房内痴迷地研究制作农业拔棉秆器，被桃叶妈催促后恋恋不舍地去集市，在集市上他却来到铁匠炉，和铁匠一起锻造制作起拔棉花秆的农器，日落时分回来时也忘记了买见面礼。桃叶妈与桃叶生气，不满大木匠让女婿在家里久等，而这时本在院子里的女婿也不见了，虚惊之后发现原来女婿正在大木匠的工房里，被拔棉秆器制图所吸引，忘我地沉迷其中。

小说故事情节曲折生动，乡土气息浓郁，鲜明地塑造出农村合作化期间，大木匠和女婿兴娃两代人，一心为公，着迷于农业器械技术革新的感人形象，呈现出社会主义新农村的新风尚新面貌。

《大木匠》选取农村题材书写，关注农业发展器械技术变革的现实主题，刻画出合作社两代农民热心农业生产发展的宝贵品格，感染鼓舞着合作化阶段人们更多地关注农业技术革新。

一

这天早晨，田间宁静得出奇，太阳已高高升到碧蓝的天际，还不见人下地做活。人都挤在村巷里，散在大路上，挎竹篮的，背褡裢的，推独轮叫蚂蚱车子的，赶双套胶轮大车的，你呼我唤，热闹非常。

镇上逢大会。社管理委员会，被社员群众的呼声降服，决定大放假，预备了十乘大车，让社员们美美地去畅快一天。

从小麦搭镰，夏忙开始，整个夏天，又一个秋天，社里的生活就像走马灯，社员们忙得团团转，连个上街灌油倒炭的空儿也少有。现在，秋庄稼已收完，菜蔬卖过大半，堆积如山的棉花进了轧花厂。这时节，像社主任说的："社员的腰包胀了！社长的声音没售货员的声音中听了！"不得不放假。大家都有些私事要办。说实在话，再过几天，冬季生产运动开了头，就连个放屁的工夫也没有了。

私事人人有，各人的私事却不一般。有买油的，有担炭的，有扯布的，还有进戏院的，有那些热恋的青年男女，进照相馆去拍照的，也有和介绍人一起，到女家去送礼求婚，和未来的丈人丈母正式见面的。

这是一个处处表现着富足的，欢乐的日子。即便是那些生性爱唠叨、爱抱怨的管家婆，这一天，她们的唠叨和抱怨，也是喜气洋洋的。

大木匠的老婆，桃叶妈，就是这样个人。她天不明起来，直唠叨到现在，还看不出有歇一歇的意思，甚至越来越上劲，就像她麦月天，在田里，和男人们比赛割麦，在脊背上搁一页瓦，抢一上午镰刀不展腰似的。

她有一个女儿，名叫桃叶，今年已满十八岁，出俏得像年画上的人物一般。妈疼她，不肯轻易许人。有些相好的，前前后后给介绍过三个对象，妈全不中意，只推说："女儿大了，让她自家去挑吧。"如今桃叶自己挑中了一个人，妈妈四处访问，盘根究底，打听了两个多月，觉得女儿的眼头确实不错，这才点了头。约好了今天下午由介绍人领着那个小伙子，来登门拜访，桃叶妈又是欢喜又是焦急。

按照时下不成文的规矩，这一天，男方亲自带着订婚的礼物，到女家来拜访，女方少不得要有一番招待，最简单的，不设筵席，也得留介绍人和未来的女婿，吃一顿"油桶底"①。丈人丈母，给女婿的见面礼，也是少不了的。

桃叶妈不是那等马虎人，她虽出身寒家，过了半辈子贫寒生活，在人情门户上，却从不愿听旁人半句闲话。何况今天，在她看来，是一个顶重要的日子，定要做到皆大欢喜才是。可是她的丈夫大木匠，却是另一号人，他对这一切全不在意。逢着这样大喜的日子，他不说帮帮忙，连问一声也懒得问，仿佛家里今天什么要紧事也没有。他另有使他入迷的事情。

遇到这种情形，桃叶妈要不唠叨一番，就不算真正的桃叶妈了。她觉得全家只有她一人，才懂得这个日子多么重要！至于别的人：丈夫，女儿，全都是些二马虎，不把这么重要的一天，当作一回事。一清早，她就拿重话收拾桃叶两回了。头一回，桃叶正帮她择菜，她气冲冲地嚷道："你搁下，谁要你来穷积极。这厨房，可不是你们那青年突击队。都到这会儿啦，不说把你那头面收拾收拾整齐。今儿是啥日子哟！看你呀！头发像个草鸡窝，衣服脏得像个土驴儿，恰像刚打磨道里钻出来一样。还不快去梳梳洗洗，把衣裳换换，雪花膏啦，生发油啦，买回来不用，放在那儿干啥呀！"

桃叶羞涩地笑了笑，走开了。

可是桃叶刚刚去了不一会儿，她又喊叫开了："桃叶哟，桃叶呀！这死女子，怎么一去就不来了！"她走到厨房门口，斜着身子，望望对面女儿的小房，看见女儿正坐在镜子跟前，左瞧右瞧，便生气地奚落着说："哎呀呀！行了，行了！抱住个镜子就没个

_____

①油桶底，即油饼。

够！都是三天不见两头见的人哪，又不是头回见面，尽着照啥呀，雪花膏啦，生发油啦，都是自己掏钱买的，不是别人白白送的，省着点！"

桃叶熟悉妈妈的脾气，依旧羞涩地笑了笑，走来了。

"哎哟！你怎么头上不擦油呀！"妈妈望着走进厨房来的女儿，"去吧，去吧，不擦些油头发干得像把棕刷子，多么丢人现眼呀！"

桃叶依旧笑着，说："妈，我擦上了，你就没细看！"

"多擦些！你就费，也多费不了二两油，别心疼，买来，就是给你用的。今日不用啥时候用呀！去吧，擦得重重的！"妈妈固执地嚷着，把女儿推过门槛，她又急忙回到案板边去。

要在平时，桃叶早就使起小性子，和妈妈顶撞起来了，可是今天，她觉得一切全很异样，陌生，新鲜，就连屋顶上空的太阳，也仿佛不是往常那个太阳似的；她简直不知道，这一天应该怎么度过，无论什么事，她全没主意，妈妈说啥她听啥。可是她实在不爱那些生发油。此刻，她不知道该怎么办。幸好，她还没走，妈妈又嚷叫起来了。

"哎呀！桃叶呀，咱们的粉条子搁到哪儿啦？"妈妈正在两手不停地翻竹笼，翻壁橱。

"早用完了，妈！"桃叶笑着走进来，"你忘啦！上前天，咱给学校老师管饭，做了臊子啦！"

妈妈摊开双手，着急地说："你不早给我提醒一句么！唉，一家人，到要紧处，一个也用不上，就像这是我一人的事。你早给我提醒一句，你爹上会去买礼物，就一块儿捎着买回来啦，这阵儿，可怎么办？"

"我爹还没起身呢！"桃叶说。

"啊!"妈妈大张着惊愕的双眼,"还没起身!……这半天他在哪?怎么连个人影也不见!"

桃叶用下巴指一指东边一间虚掩着柴门的小房,说:"我爹好像忙着呢!"

"忙什么!"一望见女儿指的那间小房子,妈妈的怒气就冲上喉咙了,她三脚并做两脚地,向那里走去。

这是一间不住人的厦子房,间半宽,四壁用细泥搪过。墙腰钉着一排木橛,挂着大大小小的锯子、刨子;再上去,有一个七尺多长的架板,上面摆着各种刃形的凿子、锉刀、镂花刀;带有水平槽的两用五尺子、锛子、大解锯、斧头,静静地立在墙角落。乍看这些器具,谁也会知道这是个木匠的房子,奇怪的是,房里没有一件木器,却摆了许多奇形怪状的铁制家伙。长翅膀的铧啰,带着纺轮似的长臂宽刃割刀啰……

北墙上开有小窗洞,窗洞两边的墙壁上,用枣刺钉着许多图纸,在方的,圆的,三角的,弯曲的画样上,填满了不同的尺寸。窗前有一张木桌,桌上摆着墨斗、曲尺、土白纸。此时,大木匠正蹲在一条长凳上,伏在桌边,一手握着曲尺柄,一手拿着牛角削成的画线笔,搔着鬓角,聚精会神地望着一张画了一半的图样,口中念念有词:"五寸五,……七分,……弯,再弯大一点,……五寸五……"

"哐啷"一声,门开了。

大木匠动也没动,依旧聚精会神地喃喃着:"五寸五……七分……"

"哎呀!好我那神神哩!看模样,你快要蜕化升天了!"

大木匠动也没动，依旧怅然若失地喃喃着："五寸五，……七分，……"

"倒是一毛！"桃叶妈没好气地说，"听见没有？你聋啦！"

"啊？"大木匠依然动也没动，头没抬，眼也没离开桌上的纸。

"啊，啊，啊！"桃叶妈学着丈夫的腔调，生气地重复着。她知道，不论怎么声大，木匠也不会动一动，哪怕房子着了火，他也不会动一动眉毛。她有另外的法子治他，她向那些奇怪的铁器走过去。

大木匠像被弹簧弹开似的，从柴凳上跳下来，跳到老婆面前插在老婆和那些奇怪铁器之间，像城门口的卫兵似的说："干啥，干啥，你说呀，我听着呢！"

"干啥？你不知道干啥？就像是我一个人的事情，谁也不放在心上！"

"你说得截近些，别扯得太远！"

"我扯得远！"桃叶妈气越不顺了，"你近！近得日头下了台阶啦，你还没起身！再蘑菇一阵，会散啦！"

"马上就去！"木匠用和解的语气说。

"不能再耽搁啦。咱就这么一个女儿，女婿呢？人家是青年技术组长，人前头的人，说啥也不能怠慢！"

"对，对，对！"木匠说，"马上走，这点事情弄妥，马上就走。"说着，他的一脚又跷起来，扎在柴凳上。

桃叶妈一把拉住他的裤脚，一手抓着桌上的曲尺："说走就走！又往桌上爬，爬！"

大木匠无可奈何地说："唉，走走走！你这人呀，真是个抵角牛，不抵倒南墙不回头。你就不想，这么点事，我就能把误了！

路又不远，三脚两步就是一个来回，你啥时用，我啥时去都跟得上。"

"少唠叨些，快起身！"桃叶妈露出得胜的神气，"再捎上半斤粉条子。"

"对对，应该，应该，连粉条都没有，怎么待客呢！半斤少不少？"

"够了，没几个人呀！"

"好！把钱给我。"

"什么钱？"

"称粉条呀！"

"哎呀，不是给过你钱了么？"

"那钱，你该是叫我给女婿买见面礼物么！一双洋袜子，一项制服帽……"

"你身上就再没钱啦？"

"你看这——，你难道不知底么？"木匠理由十足地反问。

近两年，大木匠自从爱上那些奇怪的铁器以后，他的口袋就连一角钱也存不住了。桃叶妈发现他是个无底洞，便把家事从他手里要过来，她真是个有十八道锁的铁柜子，大木匠很难从她手里讨到一毛钱。这会儿，她虽知丈夫身上并没余钱，可是她还要唠叨："总说是没钱没钱，钱都干了啥啦？"她望着那些铁器："票子花够一河滩，啥也没置买个啥，就收了那么些破铜烂铁，锄不算锄，镰不是镰，锉倒是不错，能割麦，能给苞谷拥土，一个人顶十个人，可是，你摊上本钱搭上工，工分呢？人家挣去啦。年底一算账，你没做下活，比不上我桃叶做得多，就别说比我啦！"

大木匠很有耐心地听着，不答话。直到她把票子点了三遍，迟迟疑疑地放到他手里，他才勒了勒腰带，挎上一个荆条大篮子。拿起桌上的锁子，预备锁门。

"啊呀呀，谁还偷你那些破烂不成！"

大木匠不答话，依旧拿着锁子预备锁门。他们夫妇俩，各有自己的禁地。他在桌上找了好久没找到钥匙，没奈何地叹了口气，只好把门虚掩住，回头对桃叶妈说："你看着，不准谁碰我房里的东西！"

他这时的态度是十分严峻的。每当这种时候，桃叶妈是最最懂得丈夫的威风的。母性的温柔、顺从，从她的眼神和声音里流露出来。她知道，不论别的什么事，大木匠都能依从她；可是她要碰了这些破铜烂铁呀，那就算是在太岁头上去动土啦。要不，她就不算是真正的桃叶妈了。

"走吧，放心走吧！"她亲切地笑着，"早点回来呀！"

二

村巷是静悄悄的，田间是静悄悄的，大路上也是静悄悄的，渺无人踪。人们已经到集市上去了。这时，大木匠才感到时候确已不早，难怪桃叶妈要对他大吼大叫啊！

近一个多月以来，他带领着木工组，在社里赶着做活，一有闲空，就钻到他那间小屋里"动脑筋"，整整三十多天，哪里也没去过，郊野，在他的眼前，已经换了另一种装束。

是深秋了。田野忽然显得辽阔、开朗。槐、柳、梧桐，闪耀着金色的光彩；火红的柿林，像一片壮丽的晚霞；成排的钻天杨，正在脱着叶子，褐色的杨叶，微微卷曲着，燕子似的，成群地飘飘摇摇，旋转，滑翔；冬小麦已经出土，褐色的渭河原野，一望浅绿；只有棉花秆，还没来得及拔除，大片大片，夹在麦田中间，恰像无边的绿毯上，特意织就的方形花纹。

天空高远净洁，空气里夹杂着新麦苗的青草味。大木匠贪馋地望着这片他在这里生活了四十五年的、正在改变着旧时面貌的土地，望着这块土地上迷人的秋天景色，这景色在他的心里引起了富足，憩息，和朝气勃勃的印象；虽然，比起别人来他还算贫困，比起别人来他更不愿意休息，可是他的心里，依然充满一种甜滋滋的快乐和旺盛的干劲。特别是当他望着那一片片未拔除的棉花秆的时候，他把周围的一切全忘了，甚至也忘记了他自己。

那些枯黄的棉秆是十分碍眼的，它们牢牢地站在那里，仿佛只是为了霸占着大块土地有意阻碍冬耕似的。要拔除它们可不容易。收过棉花的土地是坚硬的，那些粗壮的棉秆都有入土很深的粗根，需要很有力气的手，拿着挽勾，一棵一棵地把它们拔出来，然后才能让土壤翻身晒太阳。那该多么费工又误时啊！

大木匠正在设计一种简便易行的拔棉秆器械，这种器械，只要安装在普通的木犁上，就能够一面拔棉秆，一面翻地。他是个业余的新式农具爱好者和创造者。从参加农业互助组时起，他开始对这种事情发生兴趣，利用多年当木匠积累起来的知识与经验，加上农具厂制造的新式农具的启发，他设计了几种简便而经济的器具，大部分是旧式农具的改装，或在旧式农具上加一个附件，便可以用来干别的农活，解决劳力不足的困难。他把这些创造称作"小把戏"。拔棉秆的器械，是他的第六个"小把戏"了。曾经有些好事的人，把他的"小把戏"寄给农具工厂，农具工厂没有采用，可是他并不泄气。他说："我这些'小把戏'是咱们乡下的铁匠炉干的活，怎么能趁得起大机器呢！这不是叫轧花厂给咱搓灯芯子么！"

每当他看到铁匠炉给邻村农民打造他发明的"小把戏"，或看到周围农业社用他的"小把戏"在田里干活，他就觉得心里有一股说不出口的快乐的滋味；他往往会站在一旁看半天，比戏迷望着戏台还要迷十分，把身旁的一切事情全忘掉。为这类事，桃叶妈和他翻脸已不知多少回。她变成了个管制他的行动的人。他也只得承认她这种新的家庭地位。

他走着，低着头，两手举在胸前，一会儿合拢，一会儿分开，一会儿一手在上一手在下，一会儿一手前推一手后撤，指头弯曲了伸直，岔开了又并拢，旋回，倾斜、翻转……随着变幻出奇的手势，一幅耕作图映在他的脑海里：肥壮的大犍牛，曳着木犁，在棉田里走着，犁头入土了，铧上的"小把戏"在棉株枝叶下闪闪发光，好！棉秆被"小把戏"紧紧卡住了，弯下了，压倒了，好！棉根轻轻离开土地，被一根铁杆拨到一边了，脚下的土地也在波涛汹涌地翻滚着……他一会儿皱眉，一会儿微笑，口里不住地喃喃念着："五寸五……七分……不，一寸，一寸！……"

忽然间，脚下的土地塌陷了，眼前的道路、树木、电线杆，都在疯狂地旋转，他的头不知撞在什么软绵绵的东西上，一只胳膊被压在什么沉重的东西下面。他张开眼睛向周围看看，发现自己掉在一个大坑里。不知哪个合作社，在路旁挖了一个田间积肥坑，好在坑里只堆着杂草和烂菜叶，还没浇上粪水。他的头就栽在杂草上，他的胳膊压在自家的身体下边，大篮子飞滚得丈把远。

"哈哈，把他妈的——"他一边笑骂一边坐起来，扑落了脸上的草根，拍掉身上的菜叶，揉着被压疼了的手腕，嘴里又喃喃地念道，"五寸五，六分？……不，一寸！……"

　　大木匠踏进集市的当儿，集市正红火到顶点。眼前是一片人的海洋；各种货摊上的白布棚帐，像泊在岸边预备起程的密集的帆樯；堆积如山的绿油油的蔬菜，连绵不断的花布卷，女人们的白色印花头巾，形成一片五彩斑斓的波浪；一片低沉的嗡隆隆的人语，恰像深夜里的涛声。肩膀撞着肩膀，胸脯磨着胸脯，大木匠在人海里游泳。

　　他本当到京货行的棚巷里去，可是他那双脚，却像那识途的老马，把他载到熟识的街道去了。这是一条黑色和铅灰色的棚巷：铁锅，炉条，勾搭，老镢，铁锨，镰刀，成堆的锄把，水车斗，滚珠，锅驼机上的零件，条播机上的小齿轮，螺丝帽……像无数黑色的波浪，把大木匠卷走。这里，多半是他熟识的面孔，熟识的声音，人们不断向他打招呼，向他问好，骂娘，善意地开着玩笑。在大木匠的心坎里，这里才是世界上最美好的地方，这里的各种声音，才是人间最悦耳的音乐。

　　"嗨！王忽悠！"是谁唤他这个名字，这名字还是他学徒时，师傅嫌他太爱活动，爱邪想，给他起的绰号。"忽悠"是句土话，不稳当不牢靠的意思，就像一张桌子各处都脱了卯的那种样子。这名字多年不听人叫了，这是谁呢？

　　"来吧，王忽悠，没想到今天会碰到你！"

　　原来是李栓，多年前的老朋友，学徒时的同伴。这人早年学木匠没学成，又去学瓦匠也没学成，学铁匠抢了半年大捶不干了，最后去学生意，出门多年，不知啥时回来。

　　"你又回到老本行了么？"大木匠看他守着一个很大的铁货摊，

在那里喝茶，连忙走过去，热情地探问。

"你再细看！"李栓十分惬意地笑着说，"铁匠铺还带卖这个么！"他指着身旁的几根生铁棒子。

"噢噢，你干上供销社啦！"

"是呀，是呀，越干越没出息了。从省城干到集镇上来了！要被老伙计们瞧不起啦！"

"哪里话，哪里话！"大木匠并不曾留意李栓的话，只是随口答应着，坐在李栓挪给他的凳子上。他的眼睛却不离开那几根生铁："哎呀，生铁，有了货啦！是山西过来的吗？"

"是呀！这如今是缺货。一批、一批，都配给各铁业合作社啦。这回我硬争着留下一部分，各农业社的买主，也该照顾照顾是不是？快得很，摆到这儿，一眨眼工夫，就剩了这几根啦！啊哈！农业社真不得了，我做了多年生意，也没见过这样大的买主，一来就像抢人似的，连价钱也不问一问！"

"啥价？"

李栓举起一只手，做出一个手势，说："伙计！码子上看！"

"如今这类东西，越来越便宜了。"大木匠一边说，一边急急掏出口袋里的钞票，细细点了一遍，仿佛怕别人抢购似的把钱放在货摊上，赶忙说，"够秤四斤！"

"你要这干什么？"李栓奇怪地问着，一面称过四斤重的一块生铁，放在大木匠面前，收清钞票，口里还啰啰唆唆地说着，"嗨！如今是干公家的事啦，公事不认人；要在以往，别说三斤四斤，就是十斤八斤，你净拿去好了，老弟还会收你的钱么？……你大概也是给社里买吧，看你只要这一点分量，你们那社可不怎么富……"

大木匠摇摇头，说："给自家买。"

"你……跳了行啦?"

大木匠笑着，摇摇头。

"噢噢，明白了，明白了，看我这人多粗心，面前就摆着你的新发明，我怎么就一时间忘得干干净。"他说着从摊上拿起一件小巧玲珑、样式新奇的农器，这是刨萝卜用的?"是你造的吧? 太好了，太好了! 这是我们的热门货。买主抢着要呢。拿这家伙，一个人一天能做二十个人的活。"

"你夸大了一倍。做十个人的活还行!"大木匠一本正经地说，"对买主可不能吹牛撒谎呀，老弟。"

"我说的是突击队，日夜不停地干哪，哈哈……"李栓辩解着，把一杯热茶向大木匠递过来，接着又递来一支大前门。

大木匠没客气，点起烟来抽着。多年不见的老朋友，是使人留恋的。

看见大木匠这般随便，仍像从前一块铺板上打对脚睡觉时、那种小伙伴的亲密的样子，李栓心里很是高兴。

"嗨，老伙计! 你现可是个了不起的人物哪!"李栓翘起一个大拇指，"大人物哪! 简直是名扬四海! 上月初，县上召开供销工作会议，县长在会上讲话，还提到你的名字啦，伙计，可不简单哪! 说不定哪天，要请你上北京去哩!"

"你简直是瞎扯。这全不过是些'小把戏'，值得你那么瞎吹!"

"信不信由你! 县长在会上提过你的名字。提过……"他眨巴着眼睛想了一会儿，补充道，"提过三次! 对啦，一点也不瞎吹，三次!"

大木匠笑了笑，不去争辩。

"看，你也知道我的话不假。我想县长一定亲自登门拜访，当面奖励过你吧！"

"不夸奖又怎么样呢，伙计！"大木匠说。

"嗨！不能，那不能！万万不能！"李栓严肃地说，"这是对国家的贡献。我要是能像你，做出这等大的功劳呀，这会儿，也用不着站在这个小集市上，让风吹日晒啦！"停了一下，他关切地问道："你一共造了几种新农具？"

"五件！"大木匠淡淡地回答。

"五件，五件！"李栓的眼睛瞪得有灯泡大，好半天只是轻轻摇头，不说出话来，表示他的惊愕和钦佩有多么大，"哎呀，五件，你今天称生铁，大概又要造一件吧？"

大木匠点点头："想日鬼一种拔棉花秆的玩意！"

"那么，这就是六件。六件！不简单，不简单。"李栓在自己的赞叹里陶醉了一阵儿，然后神秘地探问道，"你现在一定是个银行的大户头了，啊！"他的眼里流露着羡慕与嫉妒的热烈的光芒。

"什么大户头？"大木匠从来没听过这种字眼。

"大户头嘛！"李栓神秘地说，"就是户头很大呀！"

"什么户头大？"大木匠仍然大瞪眼，不懂李栓的话是啥意思。

"装傻！"李栓心里想，但他仍旧解释了一遍："就是在你的户头底下，嗨！数目字很大，圈圈很长呀！"

大木匠听明白了。他笑着说："没那回事。我老婆在社里分回来几个钱，都让我花在这上头啦！"他指着手边的生铁棒。

"自然，做啥都得摊本，卖个冰糖葫芦，也少不了摊几块本钱。"李栓同意地说，"你每造成一件，政府给你多少？"

"多少什么?"大木匠奇怪地问。

"奖金呀!"

"没有给过!"

"这么说,是铁业合作社给啰?"

"也没有!"

"嗨!老忽悠,我又叫起你的绰号了,嘿嘿……咱们是把过一根锯梁的,我不是外人,对不对?"李栓摆出失意的神气,不信任地摇摇头,"我猜想,多了不给,每一件,千儿百八元的奖,总不能再少!"

"真没有,伙计!"大木匠已经很不耐烦了。

"那你赔上工夫又贴上本,可图个啥呢,啊哈?"李栓诡秘地笑着,心想这一问,大木匠自然无话可说了,他很得意地又重复了一遍,"你图个啥?"

"你说呢?"

"我问你!"

"你问得真怪!"大木匠生气了。

"怪?哈哈!"李栓胜利地笑着说,"俗话说'将心比,同一理'嘛!"

"不对!"大木匠严正地说,"将心比,未必同一理!"

李栓觉得老朋友不肯给他说实话,把他看作陌生人,心里很不高兴:"算了,算了,你眼里没我这个老伙计。咱就不说了。……啊!我不过敬重你,随便问一问,倒好像我是要借你偷你似的。"他把嘴角撇了几撇:"难道真像你说的?你就不为个啥啥!"

大木匠肺都要气炸了。李栓深深地侮辱了他。他按住自己怒气，心里想道："对这种人值不得发火！"李栓还在嬉皮笑脸地奚落着，逼问着，时而生气地诡笑，时而不信地摇头。大木匠微微冷笑着站起来，拿起茶杯，转过身去，在邻近货摊上讨了一杯茶，倾倒在李栓的茶壶里，又把灭掉的半截大前门，装回李栓的烟包去，然后，提起生铁棒，说了声："咱们二人两清了！"说完，迈开大步，在李栓呆若木鸡的目光下，扬长离去。直到棚巷尽头转角处，他才听到李栓，以十分难为情的腔调大声向邻摊的人们解释说：

"哈哈，王忽悠这人，脾气越来越倔！越来越乖张了！"

棚巷尽头，连着街尾，拐过去，是一家铁匠炉，现在是铁业合作社的一个劳动组。从前的张师傅，现在的组长，大木匠的忠实合作者，用微笑和默默地点头，招呼大木匠，他正在铁砧上，敲罢最后一锤，然后把钳口里的一张铁锨，扔在炉旁。

大木匠走进黑烟弥漫的铁炉旁，向张师傅问道："活忙不忙？"

"不消闲！"张师傅一边拿火锥通炉火，一边望着大木匠手里的生铁，说，"有急事么？"

"想把除棉花的'小把戏'捻弄出来！"

"研究成啦？"张师傅继续在戳火。

"行了！"

"把图样留下吧，我晚上给你赶一赶。"

"图样没带来！"大木匠摆摆手。

"那怎么办？"张师傅依旧平静地问。

"样子，尺寸，全在我肚里装着哩！我和你一起干！"

张师傅想了一想，点了点炉旁新制成的铁锨数目，又向墙上的水牌望了一眼。回过头来说道："好，说干就干吧！目下正需用这东西，我早晨出街走了一趟，见棉秆还整片整片留在地里。"

他用力拉一拉风箱，炉火正红，便从大木匠手里接过生铁棒，平插在炭火里，盖上耐火的土盖子。这一边，大木匠已经剥去套在外面的夹衣，提起一把大锤，掂了掂大锤的分量，面向铁砧，跟另一个工人，站成一个犄角的形势，笑着对那青年工人说：

"伙计，成协着一点噢！"

大风箱沉重地吼着，煤烟，火屑，从船形的铁炉口，向外喷射，飞溅。大木匠的心，也像通红的炉火，熊熊燃烧。火和铁使他迷醉，桃叶妈却被他忘却了。

三

桃叶妈铁青着脸，急急向村外走去。这已是第六趟了。她爬上村外一个低低的小土岗，焦躁地向通往市镇的大路上张望。

太阳已落在村西树林背后。家家屋顶，乳白色的炊烟冉冉上升。初来的雁群，在麦田上空盘旋，低飞；河滩里，呹雁人的火枪，不时发出闷雷似的轰隆声。

集市早散了，上集的人都已四散回家。这时，从市镇那方过来的，是基层供销的售货员们。他们，或骑着脚踏车，车后的铁架上，煞着大捆的布匹、毛巾、针织品；或拉着架子车，车上装着油桶、盐箱、糖包、酱菜、肥皂；一辆一辆，一组一组，从土岗旁的大路上走过，回到附近各个基层供销站去了。

"看见我的木匠没有？"桃叶妈笑呵呵地问一个熟识的售货员。

"没有呀，大嫂！……怎么，把老汉丢啦？"

"谁知那挨刀鬼钻到哪个黑窟窿去啦！"桃叶妈怨天怨地地

骂着。

"别着急呀，大嫂！如今这社会，丢个针都能找回来，漫说一个人。……你，出个帖子吧！上头写明：是男是女，多大年纪，长胡子没长，穿的啥袄啥裤，几时出走，知道下落报信的尝多少，把人送回来尝多少，保你不过三天……"

"这灰孙子倒调笑起老娘来了！到底遇见没有？没在你货摊上买东西么？"

"没有！"

货车，一辆一辆，一组一组过去了，大路上静静的，望不见一个北来的人影。

"上辈作下啥孽了，逢上这么个人！不得病也能把人活活地气死！"桃叶妈嘟囔着，下了土岗，朝家里走着。家里有客，不能把客人撇下不管。客人——女儿的未婚夫和介绍人——从晌午偏就来了，我那桃叶脸皮嫩，羞人答答的，当着妈妈的面，在自己家里，在来看女婿的好奇的邻居面前，不肯和客人多周旋；我自己，一个妇人家，丈母娘，有身份的人，也只能说几句客套话，问几句庄稼做得怎样，再就没啥话可说了。遇到这种时候，家里就少不了个里外应酬的男人，"可是我那个男人啊！嗨！真得给他走一步出一张帖子！"

更要紧的，还是礼物。女婿带来多好的一份礼哟！一件玫瑰红底黄花小上衣，一件芭蕉绿浅蓝苜蓿花的斜纹布裤子，一件杏黄色麻纱小衫，墨菊牌长筒丝光袜，淡青色平绒薄底鞋，红皮金字日记本，绿管银尖小钢笔……这是给女儿的，就是缺一个戒指，一对手镯，唉！如今这些东西不时兴了，不送也罢；一条黑色绉头帕，是给我的，这娃娃心眼倒好，还能记得有这么个丈母娘，桃叶的眼力总算不赖；一双火罐毡窝窝鞋，是给她爸的。嗯！要是我，我就不给他！他操过什么心？跑过什么腿？去买个东西，这时候不见他回来。还怕把他那双脚冻坏了？冻坏了才好！省得他到处胡逛。他哪怕一辈子不回来也罢，可是客待不好怎么办？礼物怎么办？女婿倒没说起，人家家里有老人呀！人家的老人不是要笑话一辈子么！

好强好胜的桃叶妈，心里乱鼓咚咚地想着，一阵儿喜，一阵儿愁，直到自家门口才清醒过来。她站在门外，略略定一定神，觉得自家的烦躁气消散了，才满面春风地走进院里去。

桃叶的两条辫子一闪，溜进厨房去了。院子里留下一个二十二三岁的青年，他穿得一身新，新裤、新袄、新衫子、新鞋、新袜、新帽子，连露出口袋的手帕也是头回用。他那实墩墩的个儿，浅褐色方脸盘，和那一双诚实、勇敢的眼睛，让人一看，就知道是个做事专心的老实疙瘩。桃叶妈一进院门，他连忙站起来，脸上堆着笑容，大大方方迎着丈母娘的探问的目光。"你倒真大方，好像他们是老夫老妻似的。嗨，如今这个讲自由啊！倒把年青人的脸皮子磨厚了！"桃叶妈心里这么想着，嘴里却说道："你只管坐着吧，起来干什么？跟在自己家里一样哪！如今的社会，不比那老封建时候啦，越随便着越好！"

"大婶，我刚才跟桃叶说——"

"嗬！他也叫起桃叶了，真不觉得口羞！"桃叶妈想着，替他难为情。

"我跟桃叶说了，改天我再来看你跟我大叔，现在时间不早了，我要回去啦！"

"哟！这可使不得！"桃叶妈慌了，"万万使不得，没这号道理，饭没吃就要走！”

桃叶在门后送出话来了：“人家是青年技术组长哩，晚上，社务委员会要开会，研究冬季大生产，他不能不到场呀！”

“组长，组长，谁没见过个组长！还没过门，倒把她的毛猴子女婿夸了又夸！”桃叶妈心里这么想，口里却说：“说得对！可是，时间还早！无论如何总得等你大叔回来，他多想见你一面呀，你这么一走，他回来准会不高兴呢！”

“他起身得迟吗？”小伙子问。

“可不是么！走时，都半晌午啦！”桃叶妈也由不得想夸一夸自己的大木匠，免得日后这个猴女婿瞧不起，“你是邻村人，你总该知道，你大叔那人啊，肚子里有那么些邪门门横道道，平素爱日鬼个机器啦，新农具啦什么的，不信你去看，他那间房子摆得满满的！”她用下巴指了指大木匠工作的房子。

“我们社都用上他的农具啦！”小伙子表示敬佩地说。

“这一个月呀，他疯疯魔魔地钻在房里不出来，说是要造个啥拔棉秆的机器！”

“拔棉秆机器？”小伙子很有兴趣地问。

“是啊！听他说，用这机器，一人能顶百十个人做活。”桃叶妈自己也觉得夸了海口。

“啊！这么厉害！”小伙子瞪起惊愕的眼睛。

“坐着吧，啊！等见过你大叔再走！”不等小伙子再问，她急忙跨进厨房，桃叶正噘着小嘴坐在锅台旁边的凳子上。

“不能让他空着手回去！”妈妈焦急地对女儿说，“去，你去把他留住，别让他走了！”

“我不管！”桃叶不高兴地说。

“哟！你不管谁管！”妈妈生气地说，“去吧，他走了我不依你！”

桃叶噘着嘴不吭声。

“快去呀！守在这儿干什么？他要是空着手回去——”

“啊呀呀，你真麻烦！”桃叶又是生气又是好笑地说，“你放心，我不说让他走，他不会走的！”

妈妈讪讽地乜视了女儿一眼，没说什么。总算可以放心了。接着便淡淡地问道：“你们那个介绍人哪儿去了？”

“到我三伯家串门去了。叫人家一等再等，等得那个介绍人心花缭乱的，坐也不是，立也不是！”

“还不都怪你逢上那么个好老子，啥事靠他全靠不住。……”

妈妈又在女儿面前抱怨起大木匠了，她的抱怨一开了头，就没个完。这期间，介绍人曾转来一趟，看见主家还没动静，知道男掌柜还没回来，便转身又到别的相识家里去逛。桃叶妈给女儿翻大木匠的陈账，直到屋脊上阳光褪尽，明亮的屋子变得昏暗，她也抱怨得困了，守着炉灶呆坐着，屋里院里毫无声息，一片宁静。才忽然听到一阵熟悉的脚步声，沙拉沙拉，从大门口传来。

“桃叶，快烧火，你爸回来啦！”桃叶妈嗖的一声从炉边站起来，小声咕囔道，“这老不诚实的，到这会儿，才记起有这个家了！”

大木匠出现在厨房门口。他像一个得胜回营、预备报功的老将军似的满脸笑容。他那双小眼睛里射出来的光芒，他那稀疏的唇髭，都因为骄傲、喜悦而快乐地颤抖，就连他那满脸的烟屑，也闪着幸福的光辉。

“啊哟！我的爷呀，你这是钻到谁家的烟囱去啦！像个倒灶鬼的穷铁匠似的!"桃叶妈咋呼着，"桃叶，快给你爸舀盆洗脸水来。"

桃叶端着盆子到锅边舀了水。大木匠把大篮放在院里，拍拍肩头的灰尘，笑吟吟地走进来。

"篮子放在外面干啥，不快提进来，等着拿滚水泡呢!你不看啥时候了么?"桃叶妈皱着眉头说。

"泡什么?"

"泡什么!粉条子不泡，干吃不成!"

"哎哟——!"木匠眼睛瞪得像个酒盅大。心里想着：这可把窝囊事干下了。该怎么说呢?

桃叶妈也大瞪着双眼，疑惑地望着大木匠："怎么，把粉条忘啦!别的东西，礼物呢?"

"也，也……"大木匠结结巴巴不知该怎么说好，"也没买!"

"那你倒去干了些啥呀!"桃叶妈走到门边，向篮子望了一眼，看见篮里又是一堆"烂铁"，立刻气得软绵绵地一屁股蹲在门槛上，"我的天爷爷呀，这该叫人哭还是叫人笑呢!"她真要哭起来了。

桃叶虽也不满意地皱着双眉，但毕竟如今的青年人不同，把这些事情看得轻，她没抱怨爸爸，倒反过来劝妈妈说："妈!礼物，没有就没有嘛!那有啥要紧。他就是啥都不拿来，我绝不会不高兴;咱就是啥东西不送他，他也不会见怪的!"

"还是桃叶明白。"大木匠赶忙接口说，"如今这婚事，不比从前，讲三媒六证啦!讲多少布，多少花，多少袁大头啦!现在是男女自……"

"你说这话不嫌臊!"若在平素，桃叶妈早就雷霆大发了。可是今天倒很奇怪，她反而克制住自己，把冲天的怨气放在肚里，打算日后再去发作。

可是不知趣的大木匠，见老婆没有大闹，倒像他是做了啥特别有理的事情似的，高喉咙大嗓地嚷着："什么臊不臊，简直瞎胡扯！如今这自由婚姻——"

桃叶妈低声而焦急地阻止道："哎呀！好我的老祖宗哩，你把嗓门放低些！全不怕那娃娃听了笑话！"

"谁笑话？"

"女婿呀！就在院里坐着呢。"

"啊？"木匠奇怪地大张着眼睛，"我怎么就没见呢！"

"你的眼睛长在脑子上呢，还能看见个谁？"桃叶妈一面挖苦木匠，一面小心地回过头去，望望院里。忽然，她站了起来，一脚踏出门槛，"人呢？……哎呀！天哪，他走啦，他走啦！"她失望地大叫。

桃叶急忙走到院里，果然不见她的未婚夫。

"都怪你这老不死的，才做这号荒唐事！"桃叶妈狠狠地瞅了木匠一眼，转脸对桃叶说，"到村里去寻一寻，看是在哪个相好的家里没有？"

桃叶出去了，妈妈也跟着奔出去。

木匠不以为意地对着老婆的背影说："啊呀呀，走了也罢！看样子也是个不稀罕的野小子，不说一声就悄悄溜走了！"

桃叶妈消失在大门外，没有搭理他。他撇了撇嘴角，挽起袖子去洗脸，洗罢脸，走到案边坐下，从暖水瓶倒了一碗开水。在炉火旁烤了一天，没顾上喝一点水，渴得要命，不管烫与不烫，他一边吹，一边喝，喝空一壶水，满足地咂咂嘴唇。向案上看了看，用手抓起一块又薄又软的黄蜡蜡的油桶底，三口两口吞了下去。然后走到院里，就大篮旁蹲下，十分写意地抚摸着他的"第六号小把戏"。

桃叶和妈妈垂头丧气地回来了。妈妈一边走一边埋怨女儿："夸了多大的海口哟！'我不说个走字，他就不敢走！'哼！"

桃叶生气地噘着小嘴，看样子快哭了。

大木匠看见老婆满脸黑云地瞧着他，情知要有一场暴风雨，便赶忙提起大篮，向他工作的房子走去，刚走两步，便大嚷起来："谁叫你们，把我的房门这么敞开着？啊！"

母女二人同时抬起头来，望着那个房间。

大木匠瞪了老婆一眼，气呼呼地走到房里，猛然看见一个有点面熟的小伙子，正蹲在桌边的凳子上，一手拿着曲尺，一手拿着一支自来水笔，笔下摊开一个笔记本，望着桌上的大图纸，自言自语地喃喃着："五寸五……七分……"

"什么七分？一寸！七分根本不行！"……大木匠粗声粗气地吼叫着，"你是哪村的？怎么钻到我这儿来了？"

小伙子如梦初醒地迷迷糊糊抬起头来，望着大木匠，好一会儿才尴尬地说道："我是桃叶……桃叶的那个……"

"那个！啥个？"大木匠有些猜到了。

"就是那个……兴娃！"

桃叶妈和桃叶已经跑在房门口。

"噢哟！老半天你在这儿呀！"桃叶妈又喜又愁。喜的是客人总算没走掉，愁的是刚才她和木匠吵闹的话，叫他听去，该多么糟糕。她急忙试探地问道："你怎么躲在房里老半天也不开腔啊！我们那么大声说话，你都听不见么？"

"你们说啥?"小伙子睁大眼睛表示遗憾地说,"我看我大叔这个拔棉秆的农器,越看越迷,连我大叔走到身边,我都不知道!"他憨笑着,十分抱歉的样子。

"嗳——!"桃叶妈叹了口气。她原本希望他什么也没听见,可是当她听了女婿这一席话之后,又油然生出一种哭笑不得的心事。

大木匠可是另一种样子,他欢喜得要发狂了,也顾不得自己做丈人的身份,拉住兴娃的手,拍拍兴娃的肩膀,翘起一个大拇指,连连赞道:"好小子,好小子! 我桃叶的眼力可真不错! 挑得有学问!"

桃叶得意而含羞地笑着。

妈妈斜了桃叶一眼,仿佛在说:"娃呀,你也碰到了这样个宝贝! 咱母女两个一样的命,他两个可是一对对!"

"好小子,好小子!"大木匠还在夸女婿。

桃叶依旧得意而含羞地笑着。

看见女儿如此得意,妈妈满意而又讥讽地说:"老站在这儿干什么? 去,请介绍人回来吃饭!"

桃叶偷偷向兴娃投去多情的一瞥,羞涩地笑了笑,走开了。

一九五八,元,六日西安

伤疤的故事

孙谦

【关于作家】

孙谦（1920—1996），原名孙怀谦，山西文水人，中国共产党党员。1937 年参加山西青年抗日决死队。1940 年到鲁迅艺术文学院（原名鲁迅艺术学院，1940 年更名）学习。1947 年被派到刚筹建的东北电影制作厂担任编剧，后历任东北电影厂、中央电影剧本创作所编剧。1992 年，山西省人民政府授予孙谦"人民作家"奖。代表作品有小说集《伤疤的故事》《南山的灯》，报告文学《大寨英雄谱》，电影文学剧本《农家乐》《陕北牧歌》《葡萄熟了的时候》等。

【关于作品】

《伤疤的故事》讲述了弟弟陈友德退伍转业从事生产后，感念着自小无父无母、长兄如父的哥哥，回到家乡和哥哥嫂子一起种地生产，却日渐痛苦地发现哥哥陈修德受嫂子梁凤英自私自利的思想影响，已渐渐变得淡漠兄弟亲情，而热衷于个人发家致富。弟弟陈友德耿直为民，被群众选为粮食统购统销评议委员，在哥哥上报粮食产量上，并未因私损公；后又开始组织农业社，再次与哥哥小农单干意识产生了矛盾，并因哥哥不愿入社，弟弟陈友德与哥分了家。陈友德在组织农业社的过程中，疏于生活饮食，受到小凤的照顾，两人相互亲近，结婚后小凤也和姐姐分了家。因为生活琐事矛盾，加之哥嫂放贷收买农业社工票，最终激发了友德与哥哥的冲突。争斗中陈友德被打伤胳膊，留下伤疤。当农业生产合作化运动发展到了高潮，哥嫂也随大流涌入了农业社。

故事的叙述方式以第一人称"我"的视角展开，语言素朴真诚，乡土气息浓郁，关于兄弟情深的回忆与现实中的纠葛，描写得娓娓动人，充满情感的渲染力，人物性格鲜明生动。

《伤疤的故事》以现实主义的创作态度，真诚地反映农村生产生活中的问题，自刊发后引起了人们的关注，后被改编拍摄成电影，在社会上产生了广泛的反响。

我当过兵，跑过很多地方，也挂过彩、流过血。你看，这只胳膊——这里让日本军刀劈了一道壕。这里，右腿肚上，让国民党的机枪子弹钻过两个洞。还有这里，背上，让美国炸弹撕了一块肉。

一九五四年，我退伍回了家。我想，大概这一辈子再不会受什么刀伤枪伤了。谁知道去年秋天我又挂了一次彩——肩膀上狠狠地挨了一铁锹——要不是躲得快呀，几乎把脑袋给劈成两半！

以前挂彩，是在部队上，是在战场上。我虽然受了伤，可是敌人却被我们打垮了。军事斗争嘛，本来就是你死我活的事情，不流血，哪能得到胜利？

这一次，这一次挂彩，不是什么军事斗争，也不是在战场上，而是在我的家乡。打我的，不是日本人，不是国民党，也不是美国兵，而是我的哥哥！

不相信吗？真的，真的是我哥劈了我一铁锹！

奇怪吗？乍听起来，确实很奇怪；仔细一想，就不觉得有什么奇怪了。

我给你从头说吧——

一

我是一九五四年秋天退伍的。算起来，离开故乡已经整十年了——十年啊，不简单哪，离家时候，我是个十五岁的小娃娃，现在，已经变成个大后生了。

年纪虽然大了，可是一听说要回家，心里还是火烧火燎的。其实，我家里既没有父母，又没有娶媳妇儿，只有一个哥哥。

我哥叫陈修德，比我大十岁。因为父母早死，我差不多是我哥带大的。我小时候，我们家的日子过得并不好，我爹只给我们留下二十来亩尿碱地；我们弟兄苦一把汗一把的受上一年，顶好只能闹个穿吃。家里没有女人，又得上地干活，又得回家做饭，还得缝补衣服，你想想我们当时那狼狈样子吧。我哥没有被困难吓倒，他独自一个挑起了我们两个人的生活担子。直到现在，我还记得我哥当时那股苦干劲儿呢。我还睡得不知道呢，他倒做好了早饭，揣着窝窝头上地去了。他从来不回家吃午饭，也从来不睡午觉。等到天黑，他回来了。脸上尽是汗水道子，嘴唇干得裂了缝，他拿起水瓢，咕嘟咕嘟地灌一肚子凉水，然后就生火做晚饭……

他不大好说话，可是说一句就顶一句。他从来没有骂过我，也没有打过我，可是我总有点怕他。你不要以为他会克制我，不，他从来没有。不管有什么困难，他总要想办法要我吃饱、穿暖；有两年收成比较好，他还供我念了两年小学。

说起他自己的生活来，那简直节俭到再不能节俭了。他不抽烟，不喝酒，从来也没有买过零食；出去赶庙会，老是饿着肚子回来。我记得他长得挺漂亮，身体也很壮实，可是他从来不和姑娘们厮混。除了每天必须吃饭和睡觉以外，他唯一的嗜好就是劳动。

他就是这么生活的。他就是这样地把我养大成人。

我十四岁那年，村里遭了水灾，我们没有收下什么粮食，生活很苦。第二年，三个伏天没下雨，地里的庄稼几乎都烤干了。就在这一年的秋天，八路军的游击队到了我们村里，我就参了军。临走时候，我哥把我家仅有的四块白洋，从炕洞里掏出来，递给了我。

他说："把这带上。"

我说："家里没有粮食了，我把它带走了，你拿什么买粮食呀？"

他说："我再想办法，你带上吧。"

我当然不能带走那白洋，可是我哥怎么也不答应。我急得哭了，我哥也哭了。哭了半天，我拗不过他，只好接过来那四块白洋——那是我哥的命根子，不知他费了多大劲才积攒起来，而那时，他又是那么需要它！

我流着眼泪离开了家，离开了我的哥哥……

　　我离家十年了，可是我怎么也忘不了我哥——他是我唯一的亲人。我想念他，常常给他寄信。从他的来信中，我只知道我已经有了嫂子，而且还有了一个小侄子，但是，他们的生活过得怎么样，我就不知道了。

　　我一接到让我退伍的命令，马上就给我哥写了信。我是多么想见到他呀！我是多么想看看我的嫂子和我的小侄子呀！我用我的退伍金买了很多礼物——我要让我哥狠狠地高兴一阵子！

　　九月末，正是打场的季节。我一进大门就愣住了。好家伙，院子变成了打谷场，这里那里到处都堆着庄稼垛子——像一些拥挤的小山头，连路都堵塞了。你想，我爹只给我们留下二十几亩尿碱地，二十几亩尿碱地能长出这么多庄稼来，谁能不惊奇啊。

　　我抬头一看，更愣了。我哥可真是个了不起的人，他居然有力量盖了两间新瓦房，而且窗户上还镶着大玻璃。和新瓦房一比，我们那两间旧平房显得多么低矮，多么寒碜啊！

　　院里非常静。西墙根下，有人在"啪嗒啪嗒"地拉风箱。我朝着声音往院里走。绕过一堆高粱垛一看，我又愣住了——

　　西墙根下有座小凉棚，凉棚下边有个抱着孩子拉风箱的女人。那女人很年轻——看样子，顶多不过二十岁——长得也很秀气：大大的眼睛，长长的睫毛，两条油亮的小辫子一前一后地摆动着。

　　我实在不相信她就是我的嫂子。可是，我又不得不信她就是我的嫂子。向那样年轻的女人叫嫂子，真有点太那个；可是，我还是非得叫她嫂子不可。

　　我硬着头皮喊了一声："嫂子！"只见那个女人呼地站了起来，吃惊地四处看着——她看见我了，脸红得像红灯笼，羞得一句话也不说。她这一脸红，弄得我也害臊了。我们两个僵站着。我那小侄子害怕得哭了。

过了一阵，那个女人一边哄孩子，一边向我问道："你渴了吧?"我说："渴了。"她说："我给你烧开水。"

我放下背包，取出几块糖来，逗我那小侄子："来，来，叔叔抱你——让妈妈给叔叔烧水。"我这么一说，那个女人又红脸了。她害羞地说："我才不是他妈呢——我是他姨。"

我没有听明白，就问了一句："他姨? ——什么姨?"

她笑了："我叫他妈姐姐，他妈叫我妹妹。"

噢，我说她不像我的嫂子，原来她是我哥的小姨。说实在的，我哥的小姨确实够漂亮的，虽然初见面，我就挺喜欢她。看样子，她好像也挺喜欢我——问了我好多问题，比方说，路上走了多久啦，等等。我们在一起没待了顿饭工夫，我们就互通了姓名:我叫陈友德，她叫梁小凤，而且我从她那里知道了好多我哥发家的事情。

梁小凤家住在西周村，离我们村只有一里地。她家本来是户挺殷实的中农，日子过得很宽裕。有一年，小凤爹和小凤娘一下子都得暴病死了，留下两个姑娘没法过，大凤便和我哥结了婚。那时候，小凤年纪还小，不能独立生活，便跟着姐姐到了我家——当然她们把土地和家具也都带过来了。你想，两家的家产合在一起，我哥怎么能不发呢?

我正和小凤说话，我哥我嫂回来了。

我哥大变了，变得连我都不大认识他了。论年纪，他正在壮年，可是乍然一看，他简直像个老头子了。他有两道很浓的眉，眼白上浮满血丝，黄黄的脸上留有很多汗水道子，卷曲的络腮胡上落着些谷秕。嗨，再看看他那身穿戴，简直比叫花子强不了好多。他腰里扎的那条腰带，尽是些破布条子，我看还不如一条粗麻绳呢。

不知道是一种什么情绪刺痛了我，我看着我哥那样子，眼里便酸得受不了——我哭了。

我哥没有哭。他挽着我坐下来，轻轻地叹了口气。这时候，我听见我嫂子咯咯地笑了。她一边笑一边说道：

"真有意思，当了十年兵，当成个大姑娘了——呃，他叔叔，快别哭啦，把你赚回来的那些好东西拿出来，让咱们开一开眼福。"

我忍住了眼泪，抬起头来。呀，看我那位尊嫂有多胖吧，简直胖得快进不了街门啦。她的眼，又小又肿；她的脸，又黄又黑——上面还有很多密密麻麻的"蝇子屎"。说也奇怪：她和小凤是同父同母，为什么一个长得那么秀气，另一个却长得那么讨人嫌？这道理，我怎么也解不下。

我压下了嫌恶情绪，喊了一声"嫂子"，然后就解开背包，取出了我买回来的那些礼物——礼物真不少，花花绿绿地摆了一桌子。

礼物把我家的人都吸引到桌子跟前来了——梁小凤也抱着我那小侄子过来了。我嫂子的眼睛亮了，摸摸这个，动动那个，看样子，她是很高兴的。我哥看着礼物嘿嘿地笑着，不住地说道："哎呀，买了这么多，买了这么多!"——他不管东西好坏，只要一听说是花钱买的，就目瞪口张地直摇头。我那两岁的小侄子被糖果噎住了，呛得直咳嗽。梁小凤拿起一块花布来欣赏着，看样子，她很喜欢那块布的花色——她正看得入神时候，我嫂子拿过了那块花布，斥责地说道："快做饭去吧——你在这里看什么？看也没有你的份儿！"

我不明白嫂子说话的意思——她可能是真的斥训小凤，也可能是讥刺我没给小凤带来礼物。本来，我可以不理这些事，可是我看见小凤羞得面红耳赤地站在那里，我忽然就动了心——我这人本来不会撒谎，可是在这种情况下，我又不得不撒谎。我拿起了那块花布对我嫂子说道："这块花布就是给小凤买的。"我嫂子愣了一下，忽然又咯咯地笑了："好啊，刚进了门，倒有了交情啦——小凤，给你这块布——这是千里送鹅毛，礼轻仁义重啊！"

小凤红着脸，拿着那块花布跑走了。我嫂子坐了下来，抱着孩子喂奶。我哥指着那些礼物，向我问道："友德，你买了这些东西，总共花了多少钱哪？"我告诉了他花钱的数目，他不高兴地看了看我，说："把你那几个退伍金都花了吧？"我说："花了一些，还剩下一些，不过剩下得不多了。"

我和我哥正说着话，我嫂子忽然插了嘴："呃，友德，你这干了十来年军队，怎么忽然又让人家给剔下来了？"我给她解释转业生产的道理，可是她不等我说完，就抢着说道："哼，说得倒好听，'建设家乡，建设社会主义'？没有赚回钱来，什么都是假的！"

听，她竟至说建设社会主义是假的？！当时我以为我哥准会狠狠地揍她几个耳光，可谁知道，我哥听了这话，不但不生气，反而表示同感地"嗯"了一声，然后又补充了一句："是啊，苦干了十年，啥也没有赚回来。"

嗨，真是泄气：看样子，我哥我嫂根本就不知道什么叫作革命；仿佛我出外当兵打仗，目的只是为了挣家业——要是别人这样说我，我要和他大吵一阵的，可我是刚进家门，怎么好意思争吵呢？我忍着气，没有吭声。

沉默了一阵子，我看见我嫂给我哥使了个眼色；之后，我哥便像得了指令似的看了我一眼，郑重其事地说道："友德，你这回来啦——你是打算另立门户自己干呢？还是打算和哥一块儿干哪？"

这问题问得这么急促、这么出人意料，我一下子就愣住了。我呆呆地看着我哥——这时候，我才发现我哥真的大变了——变得连十年前的影子也没有了！十年以前，我哥可以把他仅有的四块白洋让我带上走，而现在……现在，我们是多么陌生、多么疏远啊！

不过，当时我把一切责任都推到了我嫂子身上，因为她事先曾给我哥使了一个眼色。我看了看我那胖嫂子——她正焦灼地等待着我的答复。我忍了忍气，狠了狠心，硬着头皮说道："我连个做饭的也没有，怎么能另立门户呢？——当然得和你们一块儿干哪。"

我哥听了我的话，没有表示高兴，也没有表示不高兴，只是简单地说了句"那也好"。我嫂子和我哥不同，她好像向我致欢迎词似的说："是啊，亲兄弟嘛，当然应该这样的！咱们这是鱼帮水，水帮鱼——我们要是穷了，你也富不了；我们要是发了，你也不会落下……"

这时候，梁小凤喊我们吃饭了。这是一顿典型的家乡饭：高粱面拨鱼浇素炒西红柿。我已经十年没有吃过这种饭了——我是多么想念这种家乡饭啊！

但是，我那顿家乡饭吃得并不香——我一想起刚才我哥我嫂说的那些话来，我的喉咙里就像卡了根鱼刺，凭什饭也没有办法吃下去了。

二

那天晚上，我在村里转悠了一阵，拜见了一些小时候的朋友，赶我回到家里时候，梁小凤已经帮我把我们那间旧平房打扫干净了。房里虽然有点潮湿，可是那晚上，我睡得很香。第二天天一亮，我就跟着我哥我嫂上了地。种地虽然是我的本行，可是撂了十几年，总有点手生——我不仅赶不上我哥，连我嫂子也赶不上。

呃，别看我嫂子长得又胖又黑，干活儿可不饶人——她什么活儿都会干；还有她那张嘴——没理也能说得有了理；还有她那颗心——当然我是看不见她的心的，可是我可以感觉到：她的心眼儿多得像马蜂窝——买五分钱的芫荽，总得占二分钱的便宜，她从来没有吃过亏，也不知道吃亏是什么滋味。

在家住了没几天，我就发现：实际上，我嫂子是我们家的女皇。至于我哥，名义上虽是户主，实际上只不过是我嫂子命令的执行人。开头，我怎么也想不透：我哥那么个执拗人，怎么能受得了那么个女人的摆布？后来，我想通了：我哥怎么发的家？还不是全靠我嫂子？我嫂子既能把她家的家产带到我家，当然也会把她家的家风带到我家；这样，梁家的阵营便和陈家的简朴合而为一了。

说到俭朴，我看全村也挑不出第二家来。你别以为就是我哥穿得褴褛，我嫂子比我哥强不了许多——知道吗？她是个还没有过三十岁的女人，可她真好意思穿着补丁垒补丁的衣服满街乱跑！这是穿衣服。说到吃饭，那就更不能提了。

我小时候,我哥不就是不回家吃午饭吗?现在,全家都是这样的。每天早晨,我们都像腊八节似的:天不亮就得吃饭;等我们走到地头了,太阳还没出宫呢。中午,每天都是两个又凉又硬的窝窝头定食,不管你干多重的活儿,也不管你吃得下吃不下,反正就那两个窝窝头。好容易挨到天黑了,肚里饥,口里渴,恨不得能马上飞到家里去。嗨,家里啊,早给你准备下"好吃"的了:不是清汤面,就是谷米稀粥——那两样东西都是解渴圣品,你大碗大碗地灌下一肚子,扭过身来撒泡尿,肚里又是空朗朗的——幸亏我那块花布礼物起了作用:要不是小凤每次盛饭时候,总有意地给我捞点稠的话,那年秋天我非饿得趴下不可。

收罢秋,村里第一次实行粮食统购统销,群众选我当了评议委员。一上任,我就知道坐了蜡:别家好办,唯只我哥难办——他绝不会实报产量,而我又偏偏知道他的产量。果然不出所料:我哥第一次报的数字,连他实际产量的一半都不到。遇上这情况你说怎么办?我没有别的办法,只好给他讲"总路线"的大道理,劝他走社会主义的康庄大道。但是,我劝我的,他想他的,两个人根本弹不到一条弦上。最后,我实在没办法了,只好吓唬他。我告诉他:"如果故意隐瞒产量,查出来后,就要没收粮食。"他听完了我的话,满不在乎地说:"不要紧,谁也不知道咱们打了多少粮食。"我说:"可是我知道呀。"

一听这话,他就瞪了眼睛。看样子,他要揍我几拳,或者骂我一顿。我等了一阵,我哥没有发作起来——他咽了口唾沫,忍住了气,扭身就到村政府去了。

我哥实报了产量,我当然很高兴,想不到在吃午饭时候,我那胖嫂子却又是打孩子又是摔盆子,故意地找岔子气我。女人总是心地窄，我不和她一般见识，我不生气。我嫂子见我不生气，她自己就更气了——她斗不过我，便找梁小凤泄气：那时候，小凤正在安安静静地洗锅，我嫂子突然夺下了小凤手里的锅刷，一下子把它扔了好远，然后就咒骂起来："洗锅还放那么多水，你怕穷不了？哼，狠吃狠喝，什么时候穷得水开了没米下，你就痛快了——唉，真是，毛鬼神养在家里啦，倒霉日子来啦!"

你听，这明明是骂我嘛——她把我比作毛鬼神。意思是说：我把家里的财物都盗出去了。

小凤真是个好姑娘。她没有因为受冤枉气气恼，也没有向她姐姐还嘴；只是红着脸，用她那会说话的大眼睛看了看我，意思是说：我是跟上你受气的，明白吗？……

粮食一送走，粮款马上就发下来了。我哥我嫂拿到钱以后，仔细一合算：政府的粮价定得很公道，统购统销并没有让我家吃亏。我哥我嫂都很高兴，给我们割了两斤肥羊肉，吃了一顿油炸糕，算是庆祝一九五四年的丰收。

统购统销工作结束以后，支部酝酿组成农业社。没有问题，我当然是积极分子。但是，家里的事情完全不由我做主，这事情必须和我哥商榷。你想，统购统销，只不过是花钱买他的粮食，他还像抽筋割肉似的难受，而组织农业社，是要他拿出土地和农具来，和大家一块儿干活，你说他肯干吗？他当然不肯。每逢碰到这种情况，当然就得劳动我这两片子嘴了。我说了过去农民贫困的真正原因，我说了小农经济的不稳定性，我说了合作化的优越性，我说了社会主义农业的远景——我把所知道的都说了。

这一次，也像动员他实报产量一样：我说我的，他想他的，两个人根本弹不到一条弦上。上一次嘛，我还有场拿手好戏：到紧要三关吓唬他一下子。这一次，我除了说服他以外，什么本钱也没有了，参加农业社完全是自觉自愿，他要硬死不参加，谁也没有办法。而我呢，我打仗、流血为了什么？还不是为着让全国农民都过社会主义的幸福生活？现在，我当然要参加农业社，当然要坚持走社会主义的路。这样，我们兄弟两个的思想就真正的顶了牛，谁也不让谁。

我哥不是不大爱说话吗？可是，他要一说话，就等于做了最后决定——除了碰得头破血流，他是不大改变自己的话的。这一次，他想了好大一阵子，不但不听我的劝导，反倒用他那特有的方式劝起我来了。

他说："友德，种地不是闹红火，乱人杂手不行。人常说：'儿要自养，谷要自种'——这话就说尽了。我真不明白：你为什么要搞那杂凑班子？"

我说："为了多打粮食。"

他说："难道咱们两个一齐干，能比他们少打粮食？不会，只有比他们收得多，绝不会比他们打得少！我看出来了，你有一把好苦水；我呢——我不是吹牛，要说别的，我赶不上人家，要说种地，我看他谁也不如我。有你的好苦水，再加上我的老经验，用不了两年，咱们就能把这份家产翻他个个儿！"

我说："那是资本主义路线——咱们家发了，可是别人家就倒了。"

他不大明白我说话的意思，眨巴着眼睛看着我，不解地问道："那你说，人生一世为的个啥？"

我说："为了你幸福，我幸福，大家都幸福！"

他淡淡地笑了笑，摇了摇脑袋，半玩笑半认真地说："话是那么说，谁要真的那么干，准会饿断腰。"

我真有点气了，憋不住地说了一句："你就知道为你自己——"

大概我的话刺到了我哥的最痛处，他的脸色忽刹地变了。我必须说，我哥是很能忍的，他没有叫喊，也没有咒骂，只是站了起来，一句话也没说，便向门口走去。临出门呀，他忽然又扭回头来，向我问道："那你是打定主意参加那个杂凑班呀？"

我说："我希望咱们全家都参加。"

他说："那？——让我想一想再说。"

他走了。那晚上他没有睡好——我老听见他在咳嗽。我想：大概他的思想斗争很厉害。精神也很痛苦——要割资本主义的尾巴嘛，当然不是件轻松愉快的事；不过，我相信他会跟上我们走的，因为我们选择了一条最正确的路。

第二天，一早晨我也没见到我哥的面。刚吃罢早饭，我舅舅陪着我哥回来了。我舅舅是个六十多岁的老头子。我记得，从我母亲死后，除了我们去给他拜年以外，再就没有什么来往了。今天，既不逢时过节，又没有什么红白大事，平白无故的，我舅来我家干什么呢？……噢，我想起来了：按照我们村的乡俗，我哥总是请我舅主持公道来了——给我和我哥分家来了。

凭良心说，我绝没有想到我哥会拿出这一手来！但是，我不怕——我怕什么呢？难道我会冻死饿死不成？好吧，他既然愿意分家，我更愿意——我是个单身汉，我用不着为那些乱七八糟的事情闲操心！不过，我心里确实不大痛快：连自己的哥哥都说服不了，怎么再给别人做工作呢？可是，他硬是不愿意加入农业社，你说我有什么办法呢？——我只有暂时地和他分道扬镳，让他在社会主义大门外闻几天香味儿。

我们决定了分家，我舅却发愁了：我们的家不好分呀，它是和梁家合起来的，而我又长期在外闹革命，没给家中添置过一点产业。我看出了我舅的难处。我说："我只要我爹给我留下的那一份——你们想给我点什么，我就拿点什么，不给，我也不会生气。"

我见过很多兄弟分家，一百家里就有九十九家要吵架，甚至要动武。咱受过十年革命教育，当然不能因为分家伤了兄弟的和气。说也怪，私有欲这种东西呀，真是个顽强的敌人，我费了好大劲儿才把它压服下去。

正式分家那天，我们院里集了好多人——他们总以为有好戏可看：我和我哥就是不打架，也总得大吵一阵。不过，就是不吵嘴打架，也够热闹的了：我哥还比较爱面子，除了分地时候，稍许挑拣了一阵，便不再动手动脚了。唯独我那胖嫂子，她可真够得上个贪心人了：拿起这件东西来，她说是她置下的；拿起那件东西来，他说是分给我没用项；她的顶拿手好戏是：只要好一点的东西，她都说是她娘家的——她把我小时候戴过的一把银锁（那是我舅给我的礼物），硬说成是她那死鬼兄弟的遗物——你看倒霉不？她多拿东西不算，还要把咱说成"死鬼"。

分家以后，我还是住在我那间旧平房里。因为是分门另过了，我哥很少和我说话，我也很少过问他家的事。但是，我还是免不了要到我哥家里闲坐，因为他家里有个梁小凤，我好比是块生铁，小凤好比是块磁石——我身不由己的，便要走到我哥家里看看她。

谁知道，我和小凤越亲近，我哥我嫂反而对我越来越憎恶了——

忙了十几二十天，好容易把组织农业社的事闹出个头绪来，偏偏我的胃口又犯了病，胃疼的两三天没有好好吃东西。第四天，胃病稍许好了点，我觉得有点肚子饿，天刚黑，我就离开了办公室，心想回家做点饭吃。

一进院门我就愣了：我那旧平房里点着灯，好像还有人在乒乒乓乓地敲打什么。是谁开了我的房门？是谁点亮了我的灯？——他们是干什么呀？

我三脚两步地跑进屋里，呃，梁小凤正弯着腰在案板上切面条。我惊讶地轻轻地喊了声："你？……"

小凤扭过身来，满脸通红地看了我一眼，害羞地说："我给你做点面吃——不吃饭不行啊！"

我看着案板上那又薄又细的面条，呆呆得说不出话来。

大概我当时的神情是很滑稽的，小凤看着我轻轻地笑了。

站在地上老半天，好容易我才找出一句话来。

"你怎么知道我没吃饭呢？"

"以前，你每天都往猪食瓮里倒泔水，这几天——连今儿四天了，我还没有见你洗过锅呢。"

想想看，一个单身汉，居然有一个好心肠的姑娘，在暗中关心他，这谁能不感动啊？

但是，当我正要向小凤说什么话的时候，我那胖嫂子在新屋里怪声怪气地喊了："小凤啊，你死到哪里去了——孩子拉下屎了！"

真怪，孩子拉下屎也要小凤管，你是干什么吃的?!

小凤没有马上就走，她把剩下的最后几刀面切完，然后向我说："水开了，你自己下面吧——多煮一会儿。"

小凤一进了新屋，我就听见我嫂子的责骂声——我虽然听不清她是骂些什么，可是我总觉得是我连累的小凤受了气。

第二天，我以为小凤绝不会来找我了，想不到在天黑以后，她又帮我做饭来了。今天又和昨天一样：当我正要向小凤说什么重要话的时候，新屋里又有人喊她了——这一次是我哥亲自出马。

小凤还是没有马上走。她机灵地看了看门外，低声问我道："你知道他们为什么不让我来你屋里？"

我说："不知道。"

她说："他们怕我夺了他们的家产。"

说真的，我真的不懂她是说什么——我和她亲近，怎么会夺了我哥他们的家产呢？

小凤看我实在不懂，便娇嗔地捶了我一拳，说："你真是傻瓜！我家的家产不是我姐姐一个人的，要是我和你好了，她能不分给我？"

噢，原来是这样的！

我还没有来得及说什么话，小凤便发狠地说："他们呀，他们管不住我，要是惹得我恼了，我真要给他们点辣的吃！"

小凤跑走了。照例的，我又听到了我嫂的责骂声；照例的，我又好久睡不着觉。

第三天晚上，小凤又来了。这一晚，没有人过早地来打搅我们，但是等到十点来钟的时候，我那胖嫂子"圪腾圪腾"地跑到我的窗沿下，愤恨地说："小凤啊，你怎么还不到你屋里睡去？"

"我有事儿。"

"有什么事啊？"

小凤发火地说："找汉子！"

谁也没有想到小凤会说出这种话来！

我愣住了，我嫂子也愣住了——过了好一阵，她才连哭带骂地说："啊呀呀，你还有一点羞没有？……"

"有羞我就不来啦！"

"你给我快滚回你屋去！"

小凤没有喊叫，但却非常有力地说："我不回去啦。"

我嫂子几乎哭出来似的喊道："那你在哪儿睡啊？"

"就在这屋里！"

我嫂子像杀猪似的喊了一声，便"通通"地跑走了——我知道她去搬救兵去了，赶忙去劝解小凤。哈，原来小凤是个砂锅脾气：平常是个受气包，火上来就是一包黄色炸药。——要不是我想尽办法送她到我二大妈家躲风波，那一夜，我们村的人可真有好戏可看了。

第二天一清早，小凤便像我哥似的请来她的舅舅主持公道——给她姐妹俩分家。小凤不像我，她连一点亏也不吃。闹得我嫂没办法，只好分给了小凤应得的一份家产。

从此以后，我哥和我嫂就不理我了；一见了我，就像见了仇人似的拉下脸来。我嫂子这么办，还情有可原。唯只我哥也要那么干，我就想不透他是为什么——小凤的家产让小凤拿走，这不是很合理的吗？这有什么好气的呢？

可我哥偏要生气，我有什么办法！……

三

那年腊月里，我和小凤结了婚，我们仍旧住在我那旧平房里。

一个院里住两家，免不了要磕磕碰碰。我暗中常给小凤嘱托，要她尽量忍耐，免得惹麻烦。就这，我们也躲不过麻烦。嗐，我那胖嫂子啊，真是爱财如命，而且还有个"三只手"的毛病，我家那些不长翅膀的小家什，不知道怎么就飞得无影无踪了。有一次，我铲了煤，丢下铁锹就回了屋。刚一进屋，我就听见有人在煤堆上走动。我马上返身出来——吓，我嫂子已经拿了那张铁锹往她屋里走呢。我喊住了她。她扭转身来，看了看我（她连脸都没有红），装模作样地说："你们这些年轻人，就不知道家具是怎么置的；你把铁锹放在这里，让人家偷走了，你也不知道——我借去用一下，回头给你送来。"

听听说得多好？哼，我要不看见她，不喊住她，我那张铁锹算找不回来啦——她借去用一下？她家分了三把好铁锹，干么不用自己的，一定要"借"用我的？

这还是小麻烦，大麻烦还在后头呢——

我们院里西墙脚下，不是有一个小凉棚吗？小凉棚下，不是有一只生铁炉灶和一只风箱吗？风箱是我爹留下的，生铁炉灶是从我嫂娘家搬来的。我和我哥分家的时候，没有分那两件东西；小凤和我嫂分家的时候，也没有分那两件东西——小凉棚是两家公有的，生铁炉灶和风箱也是两家公有的，就是说两家都可以在凉棚下的炉灶上做饭。一九五五年夏天，天气热得很，我们两家都搬到凉棚下做饭；不久就形成了这么种次序，早饭和晚饭是我哥家先做，中午饭是我们先做——因为我哥家不做午饭，就是做，也只是给我那小侄子煮点汤面。夏收时候，我和小凤都在农业社地里割麦。有一天晌午收工回来，我们两个都渴极了。小凤知道我有胃病，不能喝凉水，她放下镰刀就到凉棚下烧开水去了。我放下镰刀，揩了揩汗水，我正擦着火柴要点烟抽，听得我嫂子凶神恶煞似的吵起来了。

"你瞎了眼啦？你看不见火上煮着豆子？——你为什么把我的锅端下来？你给我把锅坐上！"

小凤忍着气说："你煮的豆子后响才吃，让我们先烧口水——水开了，再给你坐锅。"

我嫂子恶狠狠地说："不行！"

大概小凤也有点火了，她说："不行也得行——这火又不是你独自己的。"

我嫂子说："不是我的，难道是你的？"

我没有出去劝架。女人们吵架不能劝——越劝越吵得凶。我豁出来让她们吵一后响，反正我不管她们。谁知道，这时候，我哥出来帮腔来了。我听见他对我嫂说："你叫喊什么？——把她的锅端下来不就完了！"

这真不像话，可是我忍着——我还是没有出去。

大概我嫂要去端我家的锅，小凤不让端。

小凤气呼呼地说："你敢端！"

只听我哥说道："为什么不敢端？——我偏要端！"

别的，我可以忍下去；但是谁要欺侮小凤，那我绝不能站着不管！我忍不下去了。我窜出了屋门。只见我哥端了我那小铁锅，"嘣喳"地就把它扔在地下。铁锅碎了，水流了一地。我一时性起，掣了一根磨杆，跑到凉棚下边，几下就把生铁炉子打了个粉碎。我哥见我打碎了炉子，顺手就提起了劈柴斧头，三五下把只风箱砍了个稀烂。小凤和我嫂都吓坏了，直着嗓子喊"救命"。我们兄弟两个手里都拿着"武器"，我们两个都愤怒地直喘粗气——

如果不是有人跑来拉架，我看那天总得出人命。

刚吵完架，我就后悔了。这时候，我才想起我还欠着我哥很多恩情：我是他养大的，如果没有他，说不定我早饿死啦。而且，不管他怎样落后、保守、自私，我总有开导他的责任——他早晚要走社会主义道路的，而改造他的责任却是我自己。一个共产党员，为了点鸡毛蒜皮事儿，竟想和自己的哥哥动武打架，现在想起来还觉得非常难受。

好，我们的风箱和炉灶，不是都让我们哥俩砸碎了吗？再没处做饭了，只好各人在各人的屋门附近，用泥巴堆了一个小"凉锅火"。既没有风箱，火炉又不好使，每天做饭都使人生一顿气；每次做饭的时候，都使我想起那次无聊的争吵——想起那次争吵，心上就像压了块石头。

说老实话，当时，我真想给我哥去赔情道歉，但是，坦白地说，我又缺少那种勇气。心里结了个疙瘩，精神就很烦躁，我无缘无故地又和小凤怄了一次气。这么一来，我就更烦了。偏偏这时候又发生了干旱现象，一伏没落雨，二伏没落雨，到三伏了，还是不落雨，农业社的庄稼旱得都卷了叶子，干黄干黄的，像火燎过似的。

社里的事情一忙，当然只好把家里的事情扔下了。

我忙着跑县委会报告情况，跑县银行交涉贷款，费了好大劲才搞回来两部抽水机，后来，我又跑到复员农场借来一部。我们把三部抽水机安到大河边上，日夜不停地浇地。整整三天三夜，我连炕都没有上。到第四天上午，我们已经把所有的土地都浇了一遍。浇过的庄稼变过色来了，像些个大病初愈的病人——虽然脸色还不怎么好看，可是很有生气了。

晌午了，我安顿了让社员们再浇第二水，便往村里走——我又困又乏又饿，几乎连脚都迈不动了。到了村口，我看见我哥和我嫂正担水浇玉米。他们的地虽然离村近，可是离井却差不多有一里地。那天的太阳很毒，我哥我嫂都累得满头大汗，连衣服都湿透了。不知道怎么搞的，我忽然觉得他们挺可怜。我打定主意要帮助他们。

我喊住了我哥。我哥发愣地看着我。

我说："我们的地已经浇完头水啦，后晌，你用抽水机浇吧。"

我哥放下了桶担，不信任地看了我一阵，然后说道："你们农业社有后台，能使得起机器；咱的家底子小，咱用不起那玩意。"

我说："哥，你别耍拗性子啦——你拗不过农业社。现在，救庄稼要紧：三架抽水机，半后晌就把你的地浇完啦。你看，现在你可看出农业社的优越性来了吧？"

我一提"农业社的优越性"，我哥霎时就沉下脸来。

他说："你是不是又要拉我入社？"

我说："有这个意思——我看你收完秋就入吧，早入社比晚入社好。"

他忽地担起了水桶，扭头就走。走了两步，又扭回头来，气狠狠地说："你就恨我穷不了——老是思谋的'漆害'我！"

我问他："我什么时候'漆害'过你？"

他没有搭理我的问话，气恼地向地上吐了一口唾沫，一边走一边说道："我算白养活了你十几年——早知道你是这样的，我准把那些粮食喂了狗！"

他气悻悻地走了，我站在那里说不出一句话来。我们村里有两句骂人话——虽然很粗鄙，可是拿来形容我，那真是再恰当不过了。那两句话是这样的："溜沟子溜得刀尖上了"，"舔屁股给屁崩了"。我本来是一片好意，谁知我哥却把我的好心当作驴肝肺。唉，碰上这样的哥哥，我有什么办法？只好自认倒霉！

过了五天，好容易盼得落了场透雨，这才算救了所有庄稼的命。

那年秋天，我们农业社是丰收年——因为我们在最早的那几天，给所有的庄稼浇过两次透水。一般单干户都是歉收年，唯独我哥比较特殊，因为他十分注意耕作技术，下的苦水也大，就这，好容易才争取到个中常年景的收成。

因为收成不太好，粮食不太充足，很快地就出现了粮食黑市。开头，我以为总是那些地主、富农和高利贷者搞乱市场，嘻！没想到我哥我嫂也搞起这种投机买卖来了——

秋收开始不久，小凤就告诉我说："今天咱哥推回来一推车粮——我看准是从黑市上买来的。"我说："他家的粮食足够吃，干么还要买粮食？"她说："谁像你那么傻呀？秋天买下春天卖，一斤能卖二斤的价钱。"我说："不会吧？你看我哥那木头样子，哪儿像个搞投机买卖的？"她说："你别往他脸上贴金了。你哥要真是个老好人，他就不会和你嚷着要分家，就是分家，他也不会把现款'暗埋'起来，不给你一个。我看啊，他们准是把现款放了高利贷了。"我说："不会——他们明知道政府不让放高利贷么。"她说："他们也明知道政府不让搞粮食黑市，可是他们不是从黑市上买回粮食来了？"

那天晚上，我和小凤也没有争出个长七八短来，秋收一上劲，就把这事给忘了。又有一天晚上——已经很晚了，当我从办公室回来的时候，小凤还没有睡呢，我觉得很奇怪，便问了一句："你怎么还不睡啊?"

她有点不高兴地说:"等你啊。"

我说:"怎么? 有事儿吗?"

她说:"当然有事儿——你知道,王有福和王有禄的工票哪儿去了?"

我说:"当然在他们家里。"

她说:"在他们家里? ——他们用工票顶了账啦!"

我说:"你说什么?"

她说:"他们的工票让债主给买走了——你们只管搞分配方案,根本就不管他们能不能拿到粮食!"

我说:"真有这事儿?"

她说:"你还蒙在鼓里呢,等你弄明白了,王有福和王有禄分下的粮食,早让人家给拉走了。"

我说:"这是谁干的这种缺德事儿? ——他们的债主是谁啊?"

她说:"还能有谁呢? 就是你那老实哥哥和我那宝贝姐姐!"

我惊愕地叫了起来。小凤继续说道:"他们的心眼儿坏透了。去年夏天,王有福的娘死了。你哥想买人家村东那块好地,可是人家不愿意卖地,愿意指地借钱。你哥的心眼儿可真毒啊! 硬着要人家五分大利,硬着要人家在约上写上:到期还不了钱,就得把地给他。王家兄弟没法子,只好写了约,借了你哥的一百二十块钱,今年夏天,借期到了,王有福和王有禄要求你哥缓一缓,等秋天分下粮食来再给,可是你哥和我姐怎么也不答应人家,硬着要人家用工票顶了账……"

我不由己地骂了一声:"混蛋透了!"小凤说道:"混蛋的还在后边呢——咱们不是预计一个劳动日能分一元五吗? 可是他们只

顶了八毛钱!"

一股怒火升上来,我再也按捺不住了,我扭头就往外边跑。小凤向我问道:"你干什么去?"我说:"找他们去。"她说:"他们不在家。"我说:"干什么去了?"小凤说:"准是又收债去了!"

我跑出大门,向王有福家跑去。我恨不得马上就把他俩揪住——他们太欺侮人了:仗着他们有几个臭钱,就要挖我们农业社的墙根!又搞高利贷,又搞剥削,又搞投机,简直太岂有此理了!

在一条胡同口,我看见一个黑影向我走来了——我看她很像是我那胖嫂子。我隐蔽在暗处盯着她。等她走近了,呃,果然是她——月光下,我看见她还背着半口袋粮食呢。我像对付敌人似的喊了一声"站住"!我嫂子惊叫了一声,扑通就跌倒了。我正要过去揪她,她却忽然爬了起来,扔下口袋就跑。你想,她那胖身体怎能跑得过我去?没跑了两步,就让我卡住脖子揪住了!

我嫂子扭过头来,一看是我,态度马上就变得强硬起来。

她说:"你这要干什么?"

我说:"你自己清楚你那些粮食哪儿来的!"

她说:"你管不着——反正我不是偷的!"

我说:"你比偷还厉害——你们收买农业社的工票,你知道这是犯的什么罪?"

她说:"犯什么罪啊?杀人偿命,欠债还钱,从古就是这样,难道参加了农业社,就能赖债啦?!"

听听她的口气有多凶啊!好像她不是犯了法,而是干了什么有理的事啦。我命令她跟我到乡政府去。她理直气壮地说:"去就去,难道我还怕你?——到了那儿也得说理呀!"我说:"那好吧,你到乡政府说理吧，让大家听一听你们那些丑事！"

我押着我嫂往乡政府走。刚走到半路上，我哥就追上了。他气呼呼地喘着气，瞪着两只充血的大眼睛，恶狠狠地盯着我，好像犯了破坏农业社罪的不是他们，而是我自己。

他粗声粗气地问我道："你要带她到哪里去？"

我说："乡政府。"

他说："你还让不让我们活啦？"

我说："谁不让你们活呀？"

他说："那你放她回去！"

我说："等把事情解决了，自然会让她回去。"

我嫂子气狠狠地说："到哪儿我都不怕——走吧！"

我们刚走了几步，我哥又追上来了。

他威胁地说："你到底放她不？"

我说："不！"

他说："好！我发不了财，你也别想发——老子毁了你这个忘恩贼！"

他嗖地从身后掣出一张铁锹来。说时迟，那时快，月光下，我眼看着那闪亮的锹头，向我的脑袋上劈来！我赶忙一躲——脑袋躲过了，肩膀却没有躲过去。我觉得狠狠地挨了一锹，马上就不省人事了……

我醒来的时候，人们已经把我放到担架上。小凤伏在我身上哭着——我想告诉她我不会死，可是我说不出话来。我哥我嫂还拉了我那小侄子，一排溜地跪在担架跟前。我听不清楚他们说什么——看样子，好像是恳求我不要向法院告发他们。亲兄弟竟会闹成个这样子，想起来，真使人心酸，我的眼泪怎么也忍不住了。

我记着我哥曾经对我有过好处，我要给他留一条活路。我痛楚地向我哥点点头——我饶恕他了……

那年冬天，各村都在大张旗鼓地宣传社会主义，合作化运动发展到最高潮。当我从医院回到村里的时候，我哥我嫂已经随着大溜涌进农业社里来了。

当然啦，我哥虽然是个好劳动，但他不是个好社员——我相信他会变成好社员的，不过还得一些时间。现在，我们两家还是住在一个院里，架是不吵了，我嫂子和小凤也有了一些来往，可是我们两家中间，总还是有些隔阂呢。

现在我才明白，农村的社会主义建设并不是件简单事情，和在战场上打仗差不多。所不同的：在战场上只是和敌人作战，在村里除了和敌人斗争以外，还得和自己人斗争——这种斗争有时候也会流血的。

我肩膀上的这块伤疤，就是这么来的。

山那面人家

周立波

【关于作家】

周立波（1908—1979），湖南益阳人，中国共产党党员。1939年被周恩来调到桂林任《救亡日报》编辑，后被安排在鲁迅艺术文学院（原鲁迅艺术学院，1940年更名）工作。1940年参加了陕甘宁边区文化界救亡协会第一次代表大会，当选为执行委员。1946年被调往东北参加土地改革，并以此为题创作了长篇小说《暴风骤雨》。1949年调任北京，在文化部编审处工作。1955年出版长篇小说《铁水奔流》。1960年出版长篇小说《山乡巨变》。代表作品还有短篇小说集《铁门里》《禾场上》《卜春秀》等，报告文学集《战地日记》《南下记》等。

【关于作品】

《山那面人家》以湖南乡村的一场喜庆婚礼为视点，用充满地域民间风俗文化的笔触，讲述了农业合作社社员邹麦秋与卜翠莲的婚礼之夜：踏着月色来参加婚礼的人们，与新郎新娘共同感受

125

和分享着喜庆而美好的生活；乡长社长也都前来道贺；婚礼由社长主持。这是一对自由恋爱的新人，突破了包办婚姻的弊端，是社会主义新农村里的新式青年，他们的婚姻获得村民的认同赞扬。然而在人们你一言我一语地争论劳动比赛时，意外发现新郎邹麦秋却不见了，最终人们在地窖里找到他，这位诚实憨厚的小伙子，不爱空谈，用实干的行动爱社如家，看护着社红薯苗。

小说篇章短小而立意新颖，融生活场景与自然景象为一体，语言淡雅流畅，叙事过程与带有抒情意味的自然环境描写结合得极为妥帖，整体意境疏散而优美。

《山那面人家》作为"茶子花派"的代表作，以静雅抒情的语言，在充满民间风俗风情的诗意氛围里，呈现出农村合作化运动期间的新人新事。这篇小说的创作题材内容与文学艺术的融合追求，影响了一大批后续作家的创作。

踏着山边月映出来的树影，我们去参加山那面一家人家的婚礼。

我们为什么要去参加婚礼呢？如果有人这样问，下边是我们的回答：有的时候，人是高兴参加婚礼的，为的是看着别人的幸福，增加自己的欢喜。

有一群姑娘在我们的前头走着。姑娘成了堆，总是爱笑。她们嘻嘻哈哈地笑个不断纤。有一位索性蹲在路边上，一面含笑骂人家，一面用手揉着自己笑痛了的小肚子。她们为什么笑呢？我不晓得。对于姑娘们，我了解不多。问过一位了解姑娘的专家，承他相告："她们笑，就是因为想要笑。"我觉得这句话很有学问。但又有人告诉我:"姑娘们笑,虽说不明白具体的原因,总之,青春,康健,无挂无碍的农业社里的生活,她们劳动过的肥美的、翠青的田野,和男子同工同酬的满意的工分,以及这迷离的月色,清淡的花香,朦胧的或是确实的爱情的感觉,无一不是她们快活的源泉。"

我想这话也似乎有理。

翻过山顶,望见新郎的家了。那是一个大瓦屋的两间小横屋。大门上挂着一个小小的古旧的红灯。姑娘们蜂拥进去了。按照传统,到了办喜事的人家,她们有种流传悠久的特权。从前,我们这带的红花姑娘们,在同伴新婚的初夜,总要偷偷跑到新房的窗子外面、板壁下边去听壁脚,要是听到类似这样的私房话:"喂,困着了吗?"她们就会跑开去,哈哈大笑,第二天,还要笑几回。但也有可能,她们什么也听不到手。有经验的、也曾听过人家壁脚的新人,在这幸福的头一天夜里,可能半句话也不说,使窗外的人们失望地走开。

走在我们前头的那一群姑娘,急急忙忙跑进门去了,她们也是来听壁脚的吗?

我在山里摘了几枝茶子花,准备送给新贵人和新娘子。到了门口,我们才看见,木门框子的两边,贴着一副大红纸对联,红灯影里,显出八个端正的字样:"歌声载道,喜气盈门。"

我们走进门,一个青皮后生子满脸堆笑,赶出来欢迎。他是新郎邹麦秋,农业社的保管员。他生得矮矮敦敦,眉清目秀,好多的人都说他老实,但也有少数的人说他不老实,那理由是新娘很漂亮,而漂亮的姑娘,据说是不爱老实的男人的。谁知道呢,看看新娘子再说。

把茶子花献给了新郎,我们往新房走去。那里的木格窗子上糊上了皮纸，当中贴着一个红纸剪的大囍字，四角是玲珑精巧的窗花，有鲤鱼、兰草，还有两只美丽的花瓶，花瓶旁边是两只壮猪。

我们攀开门帘子，进了新娘房。姑娘们早在，还是在轻声地笑，在讲悄悄话。我们才落座，她们一哄出去了，门外是一路的笑声。

等清静一点，我们才过细地端详房间。四围坐着好多人，新娘和送亲娘子坐在床边上。送亲娘子就是新娘的嫂嫂。她把一个三岁伢子带来了，正在教他唱：

> 三岁伢子穿红鞋，
> 摇摇摆摆上学来，
> 先生莫打我，
> 回去吃口汁子又来。

我偷眼看了看新娘卜翠莲。她不蛮漂亮，但也不丑，脸模子，衣架子，都还过得去，由此可见，新郎是个又老实又不老实的角色。房间里的人都在看新娘。她很大方，一点也没有害羞的样子。她从嫂嫂怀里接过侄儿来，搔他胳肢，逗起他笑，随即抱出房间去，操了一泡尿，又抱了回来，从我身边擦过去，留下一阵淡淡的香气。

人们把一盏玻璃罩子煤油灯点起，昏黄的灯光照亮了房里的陈设。床是旧床，帐子也不新，一个绣花的红缎子帐荫子也半新不旧。全部铺盖，只有两只枕头是新的。

窗前一张旧的红漆书桌上，摆了一对插蜡烛的锡烛台，还有两面长方小镜子，此外是贴了红纸剪的囍字的瓷壶和瓷碗。在这一切摆设里头最出色的是一对细瓷半裸的罗汉。他们挺着胖大的肚子，在哈哈大笑。他们为什么笑呢？既是和尚，应该早已看破红尘，相信色即是空了，为什么要来参加人家的婚礼，并且这样欢喜呢？

新房里，坐在板凳上谈笑的人们中有乡长、社长、社里的兽医和他的堂客。乡长是个一本正经的男子，听见人家讲笑话，他不笑，自己的话引得人笑了，他也不笑。他非常忙，对于婚礼，本不想参加，但是邹麦秋是社里的干部，又是邻居，他不好不来。一跨进门，邹家翁妈迎上来说道：

"乡长来得好，我们正缺一个为首主事的。"意思是要他主婚。

当了主婚人，他只得不走，坐在新娘房里抽烟，谈讲，等待仪式的开始。

社长也是个忙人，每天至少要开两个会，谈三次话，又要劳动；到夜里，回去迟了，还要挨堂客的骂。任劳任怨，他是够辛苦的了。但这一对新人的结合，他不得不来。邹麦秋是他得力的助手，他来道贺，也来帮忙，还有一个并不宣布的目的，就是要来监督他们的开销。他支给邹家五块钱现款，叫他们连茶饭，带红纸红烛，带一切花销，就用这一些，免得变成超支户。

来客当中，只有兽医的话多。他天南地北，扯了一阵，话题转到婚姻制度上。

"包办也好，免得自己去操心。"兽医说。他的漂亮堂客是包办来的，他很满意。他的脸是酒糟脸，红彤彤的，还有个疤子，要不靠包办，很难讨到这样的堂客。

"当然是自由好嘛。"社长的堂客是包办来的，时常骂他，引起他对包办婚姻的不满。

"社长是对的，包办不如自由好。"乡长站在社长这一边，"有首民歌，单道旧式婚姻的痛苦。"

"你念一念。"社长催他。

"旧式婚姻不自由，女的哭来男的愁，哭得长江涨了水，愁得青山白了头。"

"那也没有这样的厉害。"社长笑笑说。

"我们不哭也不愁。"兽医得意地看看他堂客。

"你是瞎子狗吃屎，瞎碰上的。"乡长说，"提起哭，我倒想起津市那边的风俗。"乡长低头吧口烟，没有马上说下去。

"什么风俗?"社长催问。

"那边兴哭嫁，嫁女的人家，临时要请好多人来哭，阔的请好几十个。"

"请来的人不会哭，怎么办?"兽医发问。

"就是要请会哭的人嘛。在津市，有种专门替人哭嫁的男女，他们是干这行业的专家，哭起来，一数一落，有板有眼，好像唱歌，好听极了。"

窗外爆发一阵姑娘们的笑声，好久不见的她们，原来已经在练习听壁脚。新房里的人，连新娘在内，都笑了，乡长照例没有笑。没有笑的，还有兽医的堂客。她枯起了眉毛。

"你怎么样了?"兽医连忙低头小声问。

"脑壳有点昏，心里像要呕。"漂亮堂客说。

"有喜了吧?"乡长说。

"找郎中没有?"送亲娘子问。

"她还要找? 夜夜跟郎中睡一挺床。"社长笑笑说。

"看你这个老不正经的，还当社长呢。"兽医堂客说。

外边有人说："都布置好了，请到堂屋去。"大家拥到了堂屋，送亲娘子抱着孩子，跟在新人的背后。姑娘们也都进来了。她们倚在壁板上，肩挨着肩，手拉着手，看着新娘子，咬一会耳朵，又低低地笑一阵。

堂屋上首放着扮桶、箩筐和晒簟，这些都是农业社里的东西。正当中的长方桌上，摆起两支点亮的红烛。烛光里，还可以清楚地看见两只插了茶子花枝的瓷瓶。靠里边墙上挂一面五星红旗，贴一张毛主席肖像。

仪式开始了，主婚人就位，带领大家，向国旗和毛主席像行了一个礼，又念了县长的证书，略讲了几句，退到一边，和社长坐在一条高凳上。

司仪姑娘宣布下面一项是来宾演说。不知道是哪个排定的程序，把大家最感兴味的一宗——新娘子讲话放在末尾，人们只好怀着焦急的心情来听来宾的演说。

被邀上去演讲的本来是社长，但是他说："还是叫新娘子讲吧。我们结婚快二十年了，新婚是什么味儿，都忘记了，有什么说的？"

大家都笑了，接着是一阵鼓掌。掌声里，人们一看，走到桌边准备说话的，不是新娘，而是酒糟脸上有个疤子的兽医。他咬字道白，先从解放前后国内的形势谈起，慢慢吞吞地，带着不少的术语，把辞锋转到了国际形势。听到这里，乡长小声地跟社长说道：

"我还约了一个人谈话，要先走一步，你在这里主持一下子。"

"我也有事，要走。"

"你不能走。都走了不好。"乡长说罢,向邹家翁妈抱歉似的点点头,起身走了。

社长只得留下来,听了一会,实在忍不住,就跟旁边一个办社干部说:

"人家结个婚,扯什么国际国内形势啰?"

"你不晓得呀,这叫八股;才讲两股,下边还长呢。"办社干部说。

"将来,应该发明一种机器,安在讲台上,爱讲空话的人一踏上去,就遍身发痒,只顾用手去搔痒,口里就讲不下去了。"社长说。

隔了半点钟,掌声又起。新娘子已经上去,兽医不见了。发辫扎着红绒绳子的新人,虽说大方,脸也通红了。她说:

"各位同志,各位父老,今天晚上,我快活极了,高兴极了。"

姑娘们痴痴地笑着,口说"快活极了,高兴极了"的新娘,却没有笑容,紧张极了。她接着讲道:

"我们是一年以前结婚的。"

大家起初愣住了,以后笑起来,但过了一阵,平静地一想,知道她由于兴奋,把订婚说做了结婚。新娘子又说:"今天我们结婚了,我高兴极了。"她从新蓝制服口袋里掏出一本红封面的小册子,摊给大家看一看:"我把劳动手册带来了。今年我有两千工分了。"

"真不儿戏。"一个青皮后生子失声叫好。

"真是乖孩子。"一个十几岁的后生子这样地说。他忘了自己真是个孩子。

"这才是真正的嫁妆。"老社长也不禁叹服。

"我不是来吃闲饭依靠人的，我是过来劳动的。我在社里一定要好好生产，和他比赛。"

"好呀，把邹家里比下去吧。"一个青皮后生子笑着拍手。

"我的话完了。"新娘子满脸通红，跑了下来。

"没有了吗？"有人还想听。

"说得太少了。"有人还嫌不过瘾。"送亲娘子，请。"司仪姑娘说。送亲娘子搂着三岁的孩子，站起来说："我没学习，不会讲话。"说完就坐下去了，脸模子也涨得鲜红。

"要新郎公讲讲，敢不敢比？"有人提议。

"新郎公呢？"

"没有影子了。"有人发现。

"跑了。"有人断定。

"跑了？为什么？"

"跑到哪里去了？"

"太不像话，这叫什么新郎公？"

"他一定是怕比赛。"

"快去找去，太不像话了，人家那边的送亲娘子还在这里。"社长说。

好几十个人点着火把，拧亮手电，分几路往山里，墈里，小溪边，水塘边，到处去寻找。社长领头，寻到山里的一路，看见储藏红薯的地窖露出了灯光。

"你在这里呀，你这个家伙，你……"一个后生子差点要骂他。

"你为什么开溜？怕比赛吗？"老社长问他。

邹麦秋提着一盏小方灯，从地窖里爬了出来，拍拍身上的泥土，抬抬眉毛，平静地，用低沉的声音说道：

"我与其坐冷板凳，听那牛郎中空口说白话，不如趁空来看看我们社里的红薯种，看烂了没有。"

"你呀，算是一个好的保管员，可不是一位好的新郎公。不怕爱人多心吗？"社长的话，一半是夸奖，一半是责备。

把新郎送回去以后，我们先后告辞了。踏着山边斜月映山的树影，我们各自回家去。同路来的姑娘们还没有动身。

飘满茶子花香的一阵阵初冬月夜的微风，送来姑娘们一阵阵欢快的、放纵的笑闹。她们一定开始在听壁脚了，或者已经有了收获吧？

一九五七年十一月

锻炼锻炼

赵树理

【关于作家】

赵树理（1906—1970），原名赵树礼，山西晋城市沁水县人，中国共产党党员，现代小说家，"山药蛋派"创始人。1925年考入山西省立长治第四师范学校，自此开始文学创作。1937年加入中国共产党，参加革命工作。曾任《曲艺》《人民文学》编委等职。1949年后调入北京市文联，曾被选为文联副主席。1965年至1966年期间回到晋城任副书记。主要文学作品有短篇小说《小二黑结婚》《锻炼锻炼》《实干家潘永福》《套不住的手》，中篇小说《李有才板话》，长篇小说《三里湾》等。

【关于作品】

《锻炼锻炼》从特定历史时期农村社会主义改造过程中实际存在的问题现象出发，讲述了乡村农业合作化阶段，公社干部王振海、杨小四、高秀兰等，在开展生产与整风工作中，与"小腿疼""吃不饱"等落后社员的消极思想斗争的故事。小说细致而质朴地塑造出两位典型化的思想落后农民妇女形象，充分地呈现出小农私产保守意识在落后社员思想中的根深蒂固；同样也呈现出以村主任王聚海为代表的农村基层干部无原则性的作风问题，反映出农村合作化运动所带来的深刻变革，也间接呈现出"大跃进"阶段激进化情态，给农业合作化生产工作带来的影响。

小说的人物性格刻画极为生动，不仅成功地塑造出"吃不饱""小腿疼"偷奸耍滑、贪吃懒做，这一类思想落后农村妇女的形象，也栩栩如生地描绘出两类不同基层干部的形象，如社主任王聚海缺乏原则性的和稀泥式的性格，副主任杨小四的干练而勇于斗争的特点。语言自然质朴、幽默风趣，微妙而形象地传达出人物的心理意识和性格特点。

《锻炼锻炼》是赵树理从生活观察经验出发，反映农村人民内部矛盾的"问题小说"的代表作之一。他以自己的艺术诚实，去努力契合着时代农村合作化的历史脉搏，并极为可贵地在特殊时期，以现实主义精神深刻地呈现出农村工作存在的激进化问题。《锻炼锻炼》沿袭着赵树理所开创的质朴自然、充满浓郁地方民间文化生活气息，着重于描写农村社会深刻变革的"山药蛋派"风格，影响着一大批青年作家，形成了重要而独具特色的影响。

> "争先"农业社，地多劳力少，
> 动员女劳力，做得不够好：
> 有些妇女们，光想讨点巧，
> 只要没便宜，请也请不到——
> 有说小腿疼，床也下不了，

要留儿媳妇，给她送屎尿；

有说四百二，她还吃不饱，

男人上了地，她却吃面条。

她们一上地，定是工分巧，

做完便宜活，老病就犯了；

割麦请不动，拾麦起得早，

敢偷又敢抢，纪律全不要；

开会常不到，也不上民校，

提起正经事，啥也不知道，

谁给提意见，马上跟谁闹，

没理占三分，吵得天塌了。

这些老毛病，赶紧得改造，

快请识字人，念念大字报！

杨小四写

这是一九五七年秋末"争先农业社"整风时候出的一张大字报。在一个吃午饭的时间，大家正端着碗到社办公室门外的墙上看大字报，杨小四就趁这个热闹时候把自己写的这张快板大字报贴出来，引得大家丢下别的不看，先抢着来看他这一张，看着看着就轰隆轰隆笑起来。倒不因为杨小四是副主任，也不是因为他编得顺溜写得整齐才引得大家这样注意，最引人注意的是他批评的两个主要对象是"争先社"的两个有名人物——一个外号叫"小腿疼"，那一个外号叫"吃不饱"。

"小腿疼"是五十来岁一个老太婆，家里有一个儿子一个儿媳，还有个小孙孙。本来她瞧着孙孙做住饭媳妇是可以上地的，可是她不，她一定要让媳妇照着她当日伺候婆婆那个样子伺候她——给她打洗脸水、送尿盆、扫地、抹灰尘、做饭、端饭……不过要是地里有点便宜活的话也不放过机会。例如夏天拾麦子，在麦子没有割完的时候她可去，一到割完了她就不去了。按她的说法是"拾东西全凭偷，光凭拾能有多大出息"。后来社里发现了这个秘密，又规定拾的麦子归社，按斤给她记工她就不干了。又如摘棉花，在棉桃盛开每天摘的能超过定额一倍的时候她也能出动好几天，不用说刚能做到定额她不去，就是只超过定额三分她也不去。她的小腿上，在年轻时候生过连疮，不过早在二十多年前就治好了。在生疮的时候，她的丈夫伺候她；在治好之后，为了容易使唤丈夫，她说她留下了个腿疼根。"疼"是只有自己才能感觉到的。她说"疼"，别人也无法证明真假，不过她这"疼"疼得有点特别：高兴时候不疼，不高兴了就疼；逛会、看戏、游门、串户时候不疼，一做活儿就疼；她的丈夫死后儿子还小的时候有好几年没有疼，一给孩子娶过媳妇就又疼起来；入社以后是活儿能大量超过定额时候不疼，超不过定额或者超过的少了就又要疼。乡里的医务站办得虽说还不错，可是对这种腿疼还是没有办法的。

"吃不饱"原名李宝珠，比"小腿疼"年轻得多——才三十来岁，论人才在"争先社"是数一数二的，可惜她这个优越条件，变成了她自己一个很大的包袱。她的丈夫叫张信，和她也算是自由结婚。张信这个人，生得也聪明伶俐，只是没有志气，在恋爱期间李宝珠跟他提出的条件，明明白白地就说是结婚以后不上地劳动，这条件在解放后的农村是没有人能答应的，可是他答应了。在李宝珠看来，她这位丈夫也不能算最满意的人，只能说是"比上不足比下有余"——因为不是干部——所以只把他作为个"过渡时期”的丈夫，等什么时候找下了最理想的人再和他离婚。在结婚以后，李宝珠有一个时期还在给她写大字报的这位副主任杨小四身上打过主意，后来打听着她自己那个“吃不饱”的外号原来就是杨小四给她起的，这才打消了这个念头。她既然只把张信当成她“过渡时期”的丈夫，自然就不能完全按“自己人”来对待他，因此她安排了一套对待张信的“政策”。她这套政策：第一是要掌握经济全权，在社里张信名下的账要朝她算，家里一切开支要由她安排，张信有什么额外收入全部缴她，到花钱时候再由她批准、支付。第二是除做饭和针线活以外的一切劳动——包括担水、和煤、上碾、上磨、扫地、送灰渣一切杂事在内——都要由张信负担。第三是吃饭穿衣的标准要由她规定——在吃饭方面她自己是想吃什么就做什么，对张信她做什么张信吃什么；同样，在穿衣方面，她自己是想穿什么买什么，对张信自然又是她买什么张信穿什么。她这一套政策是她暗自规定暗自执行的，全面执行之后，张信完全变成了她的长工。自从实行粮食统购以来，她是时常喊叫吃不饱的。她的吃法是张信上了地她先把面条煮得吃了，再把汤里下几颗米熬两碗糊糊粥让张信回来吃，另外还做些火烧干饼锁在箱里，张信不在的时候几时想吃几时吃。队里动员她参加劳动时候，她却说“粮食不够吃，每顿只能等张信吃完了刮个空锅，实在劳动不了”。时常作假的人，没有不露马脚的。张信常发现床铺上有干饼星星（碎屑），也不断见着糊糊粥里有一两根没有捞尽的面条，只是因为一提就得生气，一生气她就先提“离婚”，所以不敢提，就那样睁只眼阖只眼吃点亏忍忍饥算了。有一次张信端着碗在门外和大家一齐吃饭，第三队（他所属的队）的队长张太和发现他碗里有一根面条。这位队长是个比较爱说调皮话的青年。他问张信说:"'吃不饱'大嫂在哪里学会这单做一根面条的本事哩?"从这以后,每逢张信端着糊糊粥到门外来吃的时候,爱和他开玩笑的人常好夺过他的筷子来在他碗里找面条,碰巧的是时常不落空,总能找到那么一星半点。张太和有一次跟他说:"我看'吃不饱'这个外号给你加上还比较正确,因为你只能吃一根面条。"在参加生产方面,"吃不饱"和"小腿疼"的态度完全一样。她既掌握着经济全权,就想利用这种时机为她的"过渡"以后多弄一点积蓄,因此在生产上一有了取巧的机会她就参加,绝不受她自己所定的政策第二条的约束;当便宜活做完了她就仍然喊她的"吃不饱不能参加劳动"。

杨小四的快板大字报贴出来一小会儿,"吃不饱"听见社房门口起了哄,就跑出来打听——她这几天心里一直跳,生怕有人给她贴大字报。张太和见她来了,就想给她当个义务读报员。张太和说:"大家不要起哄,我来给大家从头念一遍!"大家看见"吃不饱"走过来,已经猜着了张太和的意思,就都静下来听张太和的。张太和说快板是很有功夫的。他用手打起拍子有时候还带着表演,跟流水一样马上把这段快板说了一遍,只说得人人鼓掌、个个叫好。"吃不饱"就在大家鼓掌鼓得起劲的时候,悄悄溜走了。

不过"吃不饱"可没有回了家,她马上到"小腿疼"家里去了。她和"小腿疼"也不算太相好,只是有时候想借重一下"小腿疼"的硬牌子。"小腿疼"比她年纪大、闯荡得早,又是正主任王聚海、支书王镇海、第一队队长王盈海的本家嫂子,有理没理常常敢到社房去闹,所以比"吃不饱"的牌子硬。"吃不饱"听张太和念过大字报,气得直哆嗦,本想马上在当场骂起来,可是看见人那么多，又没有一个是会给自己说话的，所以没有敢张口就悄悄溜到"小腿疼"家里。她一进门就说："大婶呀！有人贴着黑帖子骂咱们哩！""小腿疼"听说有人敢骂她好像还是第一次。她好像不相信地问："你听谁说的？""谁说的？多少人都在社房门口吵了半天了，还用听谁说？""谁写的？""杨小四那个小死材！""他这小死材都写了些什么？""写得多着哩：说你装腿疼，留下儿媳妇给你送屎尿；说你偷麦子；说你没理占三分，光跟人吵架……"她又加油加醋添了些大字报上没有写上去的话，一顿把个"小腿疼"说得腿也不疼了，"腾腾腾腾"就跑到社房里去找杨小四。

这时候，主任王聚海、副主任杨小四、支书王镇海三个人都正端着碗开碰头会，研究整风与当前生产怎样配合的问题，"小腿疼"一跑进去就把个小会给他们搅乱了。在门外看大字报的人们，见"小腿疼"的来头有点不平常，也有些人跟进去看。"小腿疼"一进门一句话也没有说，就伸开两条胳膊去扑杨小四，杨小四从座上跳起来闪过一边，主任王聚海趁势把"小腿疼"拦住。杨小四料定是大字报引起来的事，就向"小腿疼"说："你是不是想打架？政府有规定，不准打架。打架是犯法的。不怕罚款、不怕坐牢你就打吧！只要你敢打一下，我就把你请得到法院！"又向王聚海说："不要拦她！放开叫她打吧！""小腿疼"一听说要出罚款要坐牢，手就软下来，不过嘴还不软。她说："我不是要打你！我是要问问你政府规定过叫你骂人没有？""我什么时候骂过你？""白纸黑字贴在墙上你还昧得了？"王聚海说："这老嫂！人家提你的名来没有？""小腿疼"马上顶回来说："只要不提名就该骂是不是？要可以骂我可就天天骂哩！"杨小四说："问题不在提名不提名，要说清楚的是骂你来没有！我写的有哪一句不实，就算我是骂你！你举出来！我写的是有个缺点，那就是不该没有提你们的名字。我本来提着的，主任建议叫我去了。你要嫌我写得不全，我给你把名字加上好了！""你还嫌骂得不痛快呀？加吧！你又是副主任，你又会写，还有我这不识字的老百姓活的哩？"支书王镇海站起来说："老嫂你是说理不说理？要说理，等到辩论会上找个人把大字报一句一句念给你听，你认为哪里写得不对许你驳他！不能这样满脑一把抓来派人家的不是！谁不叫你活了？""你们都是官官相卫，我跟你们说什么理？我要骂！谁给我出大字报叫他死绝了根！叫狼吃得他不剩个血盘儿，叫……"支书认真地说："大字报是毛主席叫贴的！你实在要不说理要这样发疯，这么大个社也不是没有办法治你！"回头向大家说："来两个人把她送乡政府！"看的人们早有几个人忍不住了，听支书一说，马上跳出五六个人来把她围上，其中有两个人拉住她两条胳膊就要走。这时候，主任王聚海却拦住说："等一等！这么一点事哪里值得去麻烦乡政府一趟？"大家早就想让"小腿疼"去受点教训，见王聚海一拦，都觉得泄气，不过他是主任，也只好听他的。"小腿疼"见真要送她走，已经有点胆怯，后来经主任这么一拦就放了心。她定了定神，看到局势稳定了，就强鼓着气说了几句似乎是光荣退兵的话："不要拦他们！让他们送吧！看乡政府能不能拔了我的舌头！"王聚海认为已经到了收场的时候，就拉长了调子向"小腿疼"说："老嫂！你且回去吧！没有到不了底的事！我们现在要布置明天的生产工作，等过两天再给你们解释解释！""什么解释解释？一定得说个过来过去！""好好好！就说个过来过去！"杨小四说："主任你的话是怎么说着的？人家闹到咱的会场来了，还要给人家赔情是不是?""小腿疼"怕杨小四和支书王镇海再把王聚海说倒了弄得自己不得退场,就赶紧抢了个空子和王聚海说:"我可走了!事情是你承担着的!可不许平白白地拉倒啊!"说完了抽身就走,跑出门去才想起来没有装腿疼。

主任王聚海是个老中农出身,早在抗日战争以前就好给人和解个争端,人们常说他是个会和稀泥的人;在抗日战争中八路军来了以后他当过村长,做各种动员工作都还有点办法;在土改时候,地主几次要收买他,都被他拒绝了,村支部见他对斗争地主还坚决,就吸收他入了党;"争先农业社"成立时候,又把他选为社主任,好几年来,因为照顾他这老资格,一直连选连任。他好研究每个人的"性格",主张按性格用人,可惜不懂得有些坏性格一定得改造过来。他给人们平息争端,主张"和事不表理",只求得"了事"就算。他以为凡是懂得他这一套的人就当得了干部,不能照他这一套来办事的人就都还得"锻炼锻炼"。例如在一九五五年党内外都有人提出可以把杨小四选成副主任,他却说"不行不行,还得好好锻炼几年",直到本年(一九五七年)改选时候他还坚持他的意见,可是大多数人都说杨小四要比他还强,结果选举的票数和他得了个平。小四当了副主任之后,他可是什么事也不靠小四做,并且常说:"年轻人,随在管委会里'锻炼锻炼'再说吧!"又如社章上规定要有个妇女副主任,在他看来那也是多余的。他说:"叫妇女们闹事可以,想叫他们办事呀,连门都找不着!"因为人家别的社里每社都有那么一个人,他也没法坚持他的主张,结果在选举时候还是选了第三队里的高秀兰来当女副主任。他对高秀兰和对杨小四还有区别,以为小四还可以"锻炼锻炼",秀兰连"锻炼"也没法"锻炼",因此除了在全体管委会议的时候按名单通知秀兰来参加以外，在其他主干碰头的会上就根本想不起来还有秀兰那么个人。不过高秀兰可没有忘了他。就在这次整风开始，高秀兰给他贴过这样一张大字报：

"争先社"，难争先，因为主任太主观：

只信自己有本事，常说别人欠锻炼；

大小事情都包揽，不肯交给别人干，

一天起来忙到晚，办的事情很有限。

遇上社员有争端，他在中间赔笑脸，

只求说个八面圆，谁是谁非不评断，

有的没理沾了光，感谢主任多照看，

有的有理受了屈，只把苦水往下咽。

正气碰了墙，邪气遮了天，

有力没处使，来个大转变：

办事靠集体，说理分长短，

多听群众话，免得耍光杆！

高秀兰写

他看了这张大字报，冷不防也吃了一惊，不过他的气派大，不像"小腿疼"那样马上叽叽喳喳乱吵，只是定了定神仍然摆出长辈的口气来说："没想到秀兰这孩子还是个有出息的，以后好好'锻炼锻炼'还许能给社里办点事。"王聚海就是这样一个人。

杨小四给"小腿疼"和"吃不饱"出的那张大字报，在才写成稿子没有誊清以前，征求过王聚海的意见。王聚海坚决主张不要出。他说："什么病要吃什么药，这两个人吃软不吃硬。你要给她们出上这么一张大字报，保证她们要跟你闹麻烦；实在想出的话，也应该把她们的名字去了。"杨小四又征求支书王镇海的意见，并且把主任的话告诉了支书，支书说："怕麻烦就不要整风！至于名字写不写都行，一贴出去谁也知道指的是谁！"杨小四为了照顾王聚海的老面子，又改了两句，只把那两个人的名字去了，内容一点也没有变，就贴出去了。

当"小腿疼"一进社房来扑杨小四，王聚海一边拦着她，一边暗自埋怨杨小四："看你惹下了麻烦了没有？都只怨不听我的话！"等到大家要往乡政府送"小腿疼"，被他拦住用好话把"小腿疼"劝回去之后，他又暗自夸奖他自己的本领："试试谁会办事？要不是我在，事情准闹大了！"可是他没有想到当"小腿疼"走出去、看热闹的也散了之后，支书批评他说："聚海哥！人家给你提过那么多意见，你怎么还是这样无原则？要不把这样无法无天的人的气焰打下去，这整风工作还怎么往下做呀？"他听了这几句批评觉得很伤心。他想："你们闯下了事自己没法了局，我给你们做了开解，倒反落下不是了？"不过他摸得着支书的"性格"是"认理不认人、不怕不了事"的，所以他没有把真心话说出来，只勉强承认说："算了算了！都算我的错！咱们还是快点布置一下明天的生产工作吧！"

一谈起布置生产来，支书又说："生产和整风是分不开的。现在快上冻了，妇女大半不上地，棉花摘不下来，花秆拔不了，牲口闲站着，地不能犁，要不整风，怎么能把这种情况变过来呢？"主任王聚海说："整风是个慢工夫，一两天也不能转变个什么样子；最救急的办法，还是根据去年的经验，把定额减一减——把摘八斤籽棉顶一个工，改成六斤一个工，明天马上就能把大部分人动员起来!"支书说:"事情就坏到去年那个经验上!现在一天摘十斤也摘得够,可是你去年改过那么一下,把那些自私自利的改得心高了,老在家里等那个便宜。这种落后思想照顾不得!去年改成六斤,今年她们会要求改成五斤,明年会要求改成四斤!"杨小四说:"那样也就对不住人家进步的妇女!明天要减了定额,这几天的工分你怎么给人家算?一个多月以前定额是二十斤,实际能摘到四十斤,落后的抢着摘棉花,叫人家进步的去割谷,就已经亏了人家;如今摘三遍棉花,人家又按八斤定额摘了十来天了,你再把定额改小了让落后的来抢,那像话吗?"王聚海说:"不改定额也行,那就得个别动员。会动员的话,不论哪一个都能动员出来,可惜大家在做动员工作方面都没有'锻炼',我一个人又只有一张嘴,所以工作不好做……"接着他就举出好多例子,说哪个媳妇爱听人夸她的手快,哪个老婆爱听人说她干净……只要摸得着人的"性格",几句话就能说得她愿意听你的话。他正唠唠叨叨举着例子,支书打断他的话说:"够了够了!只要克服了资本主义思想,什么'性格'的人都能动员出来!"

话才说到这里,乡政府来送通知,要主任和支书带两天给养马上到乡政府集合,然后到城关一个社里参观整风大辩论。两个人看了通知,主任说:"怎么办?"支书说:"去!""生产?""交给副主任!"主任看了看杨小四,带着讽刺的口气说:"小四!生产交给你!支书说过,'生产和整风分不开',怎样布置都由你!""还有人家高秀兰哩!""你和她商量去吧!"

主任和支书走后,杨小四去找高秀兰和副支书,三个人商量了一下,晚上召开了个社员大会。

人们快要集合齐了的时候，向来不参加会的"小腿疼"和"吃不饱"也来了。当她们走近人群的时候，"吃不饱"推着"小腿疼"的脊背说："快去快去！凑他们都还没有开口！"她把"小腿疼"推进了场，她自己却只坐在圈外。一队的队长王盈海看见她们两个来得不大正派，又见"小腿疼"被推进场去以后要直奔主席台，就趁了两步过来拦住她说："你又要干什么？""干什么？今天晌午的事你又不是不知道！先得把小四骂我的事说清楚，要不今天晚上的会开不好！"前边提过，王盈海也是"小腿疼"的一个本家小叔子，说话要比王聚海、王镇海都尖刻。王盈海当了队长，"小腿疼"虽然能借着个叔嫂关系跟他要无赖，不过有时候还怕他三分。王盈海见"小腿疼"的话头来得十分无理，怕她再把个会场搅乱了，就用话顶住她说："你的兴就还没有败透？人家什么地方屈说了你？你的腿到底疼不疼？""疼不疼你管不着！""编在我队里我就要管你！说你腿疼哩，闹起事来你比谁跑得也快；说你不疼哩，你却连饭也不能做，把儿媳妇拖得上不了地！人家给你写了张大字报，你就跟被蝎子蜇了一下一样，叽叽喳喳乱叫喊！叫吧！越叫越多！再要不改造，大字报会把你的大门上也贴满了！"这样一顶，果然有效，把个"小腿疼"顶得关上嗓门慢慢退出场外和"吃不饱"坐到一起去。杨小四看见"小腿疼"息了虎威，悄悄和高秀兰说："咱们主任对'小腿疼'的'性格'摸得还是不太透。他说'小腿疼'是'吃软不吃硬'，我看一队长这'硬'的比他那'软'的更有效些。"

宣布开会了，副支书先讲了几句话说："支书和主任今天走得很急促，没有顾上详细安排整风工作怎样继续进行。今天下午我和两位副主任商议了一下，决定今天晚上暂且不开整风会，先来布置明天的生产。明天晚上继续整风，开分组检讨会，谁来检讨、检讨什么，得等到明天另外决定。我不说什么了，请副主任谈生产吧！"副支书说了这么几句简单的话就坐下了。有个人提议说："最好是先把检讨人和检讨什么宣布一下，好让大家准备准备！"副支书又站起来说："我们还没有商量好，还是等明天再说吧！"

接着就是杨小四讲话。他说："咱们现在的生产问题，大家都看得很清楚，棉花摘不下来，花秆拔不了，牲口闲站着，地不能犁，再过几天地一冻，秋杀地就算误了。摘完了的棉花秆，断不了还要丢下一星半点，拔花秆上熏了肥料，觉着很可惜；要让大家自由拾一拾吧，还有好多三遍花没有摘，说不定有些手不干净的人要偷偷摸摸的。我们下午商量了一下，决定明后两天，由各队妇女副队长带领各队妇女，有组织地自由拾花；各队队长带领男劳力，在拾过自由花的地里拔花秆，把这一部分地腾清以后，先让牲口犁着，然后再摘那没有摘过三遍的花。为了防止偷花的毛病，现在要宣布几条纪律：第一，明天早晨各队正副队长带领全队队员到村外南池边犁过的那块地里集合，听候分配地点。第二，各队妇女只准到指定地点拾花，不许乱跑。第三，谁要不到南池边集合，或者不往指定地点，拾的花就算偷的，还按社里原来的规定，见一斤扣除五个劳动日的工分，不愿叫扣除的送到法院去改造。完了！散会！"

大会没有开够十分钟就散了，会后大家纷纷议论。有的说："青年人究竟没有经验！就定一百条纪律，该偷的还是要偷！"有的说："队长有什么用？去年拾自由花，有些妇女队长也偷过！"有的说："年轻人可有点火气，真要处罚几个人，也就没人敢偷了！"有的说："他们不过替人家当两天家，不论说得多么认真，王聚海回来还不是平塌塌地又放下了!"准备偷花的妇女们,也互相交换着意见:"他想得倒周全,一分开队咱们就散开,看谁还管得住谁?""分给咱们个好地方咱们就去,要分到没出息的地方,干脆都不要跟上队长走!""他一只手拖一个,两只手拖两个,还能把咱们都拖住?""我们的队长也不那么老实!"……

"新官上任,不摸秉性",议论尽管议论,第二天早晨都还得到村外南池边那块犁过的地里集合。

要来的人都来到犁耙得很平整的这块地里来坐下,村里再没有往这里走的人了,小四、秀兰和副支书一看,平常装病、装忙、装饿的那些妇女们这时候差不多也都到齐,可是"小腿疼"和"吃不饱"两个有名人物没有来。他们三个人互相看了看,秀兰说:"大概是一张大字报真把人家两个人惹恼了!"大家又稍微等了一下,小四说:"不等她们了,咱们就按咱们的计划来吧!"他走到面向群众那一边说:"各队先查点一下人数,看一共来了多少人!男女分别计算!"各个队长查点了一遍,把数字报告上来。小四又说:"请各队长到前边来,咱们先商量一下!"各队长都集中到他们三个人跟前来。小四和各队长低声说了几句话,各个队长一听都大笑起来,笑过之后,依小四的吩咐坐在一边。

小四开始讲话了。小四说:"今天大家来得这样齐楚,我很高兴。这几天,队长每天去动员人摘花,可是说来说去,来的还是那几个人,不来的又都各有理由:有的说病了,有的说孩子病了,有的说家里忙得离不开……指东画西不出来,今天一听说自由拾花大家就什么事也没有了!这不明明是自私自利思想作怪吗?摘头遍花能超过定额一倍的时候,大家也是这样来得整齐。你们想想：平常活叫别人做，有了便宜你们讨，人家长年在地里劳动的人吃你们多少亏？你们真是想'拾'花吗？一个人一天拾不到一斤籽棉，值上两三毛钱，五天也赚不够一个劳动日，谁有那么傻瓜？老实说：愿意拾花的根本就是想偷花！今年不能像去年，多数人种地让少数人偷！花秆上丢的那一点棉花不拾了，把花秆拔下来堆在地边让每天下午小学生下了课来拾一拾，拾过了再熏肥。今天来了的人一个也不许回去！妇女们各队到各队地里摘三遍花，定额不动，仍是八斤一个劳动日；男人们除了往麦地里担粪的还去担粪，其余到各队摘尽了花的地里拔花秆！我的话讲完了！副支书还要讲话！"有一个媳妇站起来说："副主任！我不说瞎话！我今天不能去！我孩子的病还没有好！不信你去看看！"小四打断她的话说："我不看！孩子病不好你为什么能来？""本来就不能来，因为……""因为听说要自由拾花！本来不能来你怎么来的？天天叫也叫不到地，今天没有人去叫你，你怎么就来了？副支书马上就要跟你们讲这些事！"这个媳妇再没有说的，还有几个也想找理由请假，见她受了碰，也都没有敢开口。她们也想到悄悄溜走，可是坐在村外一块犁过的地里，各个队长又都坐在通到村里去的路上，谁动一动都看得见，想跑也跑不了。

副支书站起来讲话了。他说："我要说的话很简单：有人昨天晚上要我把今天的分组检讨会布置一下，把检讨人和检讨什么告诉大家说，让大家好准备。现在我可以告诉大家了：检讨人就是每天不来今天来的人，检讨的事就是'为什么只顾自己不顾社'。现在先请各队的记工员把每天不来今天来的人开个名单。"

一会儿，名单也开完了，小四说："谁也不准回村去！谁要是半路偷跑了，或者下午不来了，把大字报给她出到乡政府！"秀兰插话说："我们三队的地在村北哩，不回村怎么过去？"小四向三队队长张太和说："太和！你和你的副队长把人带过村去，到村北路上再查点一下，一个也不准回去！各队干各队的事！散会！"

在散会中间又有些小议论："小四比聚海有办法！""想得出来干得出来！""这伙懒婆娘可叫小四给整住了！""也不止小四一个，他们三个人早就套好！""聚海只学过内科，这些年轻人能动手术！""聚海的内科也不行，根本治不了病！""可惜'小腿疼'和'吃不饱'没有来！"……说着就都走开了。

第三队通过了村，到了村北的路上，队长查点过人数，就往村北的杏树底地里来。这地方有两丈来高一个土岗，有一棵老杏树就长在这土岗上，围着这土岗南、东、北三面有二十来亩地在成立农业社以后连成了一块，这一年种的是棉花，东南两面向阳地方的棉花已经摘尽了，只有北面因为背阴一点，第三遍花还没有摘。他们走到这块地里，把男劳力和高秀兰那样强一点的女劳力留在南头拔花秆，让妇女队长带着软一点的女劳力上北头去摘花。

妇女们绕过了南边和东边快要往北边转弯了，看见有四个妇女早在这块地里摘花，其中有"小腿疼"和"吃不饱"两个人。大家停住了步，妇女队长正要喊叫，有个妇女向她摆手低声说："队长不要叫她们！你一叫她们不拾了！咱们也装成自由拾花的样子慢慢往那边去！到那里咱们摘咱们的，她们拾她们的！让她们多拾一点处理起来也有个分量！"妇女队长说："我说她们怎么没有出来！原来早来了！"另一个不常下地的妇女说："'吃不饱'昨天夜里散会以后，就去跟我商量过不要到南池边去集合，早一点往地里去，我没有敢听她的话。"大家都想和"小腿疼"她们开开玩笑，就都装作拾花的样子，一边在摘过的空花秆上拾着零花，一边往北边走。

原来头天晚上开会时候，"小腿疼"没有闹起事来，不是就退出场外和"吃不饱"坐在一起了吗？她们一听到第二天叫自由拾花，"吃不饱"就对住"小腿疼"的耳朵说："大婶！咱明天可不要管他那什么纪律！咱们叫上几个人天不明就走，赶她们到地，咱们就能弄他好几斤！她们到南池边集合，咱们到村北杏树底去，谁也碰不上谁；赶她们也到杏树底来咱们跟她们一块儿拾。拾东西谁也不能不偷，她们一偷，就不敢去告咱们的状了！""小腿疼"说："我也是这么想！什么纪律？犯纪律的多哩！处理过谁？光咱们两人去多好！不要叫别人！""要叫几个人，犯了也有个垫背的；不过也不要叫得太多，太多了轮到一个人手里东西就不多了！"她们一共叫过五个人，不过有三个没有敢来，临出发只来了两个，就相跟着到杏树底来了。她们正在五六亩大的没有摘过三遍花的地里偷得起劲，听见有人说话，抬头一看，见三队的妇女都来了，就溜到摘过的这一边来；后来见三队的人也到没有摘过的那边去了，她们就又溜回去。三队的人都哈哈大笑起来。"小腿疼"说："笑什么？许你们偷不许我们偷？"有个人说："你们怎么拾了那么多？""谁不叫你们早点来？"三队的人都是挨着摘，"小腿疼"她们四个人可是满地跑着拣好的。三队有个人说："要偷也该挨住片偷呀！"大家也不认真和她辩论，有些人隔一阵还忍不住要笑一次。

妇女队长悄悄和一个队员说："这样一直开玩笑也不大好。我离开怕她们闹起来，请你跑到南头去和队长、副主任说一声，叫他们看该怎么办！"那个队员就去了。

队长张太和更是个开玩笑大王。他一听说"小腿疼"和"吃不饱"那两个有名人物来了，好像有点幸灾乐祸的样子说："来了才合理！我早就想到这些人物碰上这些机会不会不出马！你先回去摘花，我马上就到！"他又向高秀兰说："副主任！你先不要出面，等我把她们整住了请你再去！你把你的上级架子扎得硬硬的！"可是高秀兰不愿意那样做。高秀兰说："咱们都是才学着办事，还是正正经经来吧！咱们一同去！"他们走到北头，队员们看见副主任和队长都来了，又都大笑起来。张太和依照高秀兰的意见，很正经地说："大家不要笑了！你们那几位也不要满地跑了！""小腿疼"又要她的厉害："自由拾花！你管不着！""就算自由拾花吧！你们来抢我三队的花，我就要管！都先把篮子交给我！""吃不饱"说："我可是三队的！三队的花许别人偷就得许我偷！要交大家都交出来！"张太和说："谁也得交！"说着就先把她们四个人的篮子夺下来，然后就问她们说："你们为什么不到南池边集合？""吃不饱"说："你且不要问这个！你不是说'谁也得交'吗？为什么不交她们的？""她们是给社里摘！""我们也是给社里摘！""谁叫你们摘的？""谁叫她们摘的？""对！现在就先要给你们讲明是谁叫她们摘的！"接着就把在南池边集合的时候那一段事给她们四个讲了一遍，讲得她们都软下来。"小腿疼"说："不叫拾不拾算了！谁叫你们不先告我们说？""不告说为什么还叫到南池边集合？告你说你不去听，别人有什么办法？""小腿疼"说："算我们白拾了一趟！你们把花倒下，给我们篮子我们走！"

这时候，高秀兰说话了。她说："事情不那么简单：事前宣布纪律，为的是让大家不犯，犯了可就不能随便了事！这棉花分明是偷的。太和同志！把这些棉花送回社里，过一过秤，让保管给她们每一个篮子上贴上个条子，写明她们的姓名和棉花的分量，连篮子一同保存起来，等以后开个社员大会，让大家商量一个处理办法来处理！"张太和把四个篮子拿起来走了，"小腿疼"说："秀兰呀！你可不能说我们是偷的！我们真正不知道你们今天早上变了卦！"秀兰说："我们一点也没有变卦！昨天晚上杨小四同志给大家说得明白：'谁要不到南池边集合，拾的花就都算偷的。'何况你们明明白白在没有摘过的地里来抢哩？这是妨害全社利益的事，我们不能自作主张，准备交给群众讨论个处理办法！你们有什么话到社员大会上说去吧！"

"小腿疼"和"吃不饱"偷了棉花的事，等到吃早饭的时候，就传遍了全村。上午，各队在做活的时候提起这事，差不多都要求把整风的分组检讨会推迟一天，先在本天晚上开个社员大会处理偷花问题——因为大多数人都想叫在王聚海回来之前处理了，免得他回来再来个"八面圆"把问题平放下来。两个副主任接受了大家的要求，和副支书商量把整风会推迟一天，晚上就召开了处理偷花问题的社员大会。

大会开了。会议的项目是先由高秀兰报告捉住四个偷花贼的经过，再要她们四个人坦白交代，然后讨论处理办法。

在她们四个人坦白交代的时候，因为篮子和偷的棉花都还在社里，爱"了事"的主任又不在家，所以除了"小腿疼"还想找一点巧辩的理由外，一般都还交代得老实。前头是那两个垫背的交代的。一个说是她头天晚上没有参加会，"小腿疼"约她去就去了，去到杏树底见地里没有人，根本没有到已经摘尽的地里去拾，四个人一去，就跑到北头没摘过的地里去了。另一个说的和第一个大体相同，不过她自己是"吃不饱"约她的。这两个人交代过之后，群众中另有三个人插话说，"小腿疼"和"吃不饱"也约过她们，她们没有敢去。第三个就叫"吃不饱"交代。"吃不饱"见大风已经倒了，老老实实把她怎样和"小腿疼"商量，怎样去拉垫背的、计划几时出发、往哪块地去……详细谈了一遍。有人追问她拉垫背的有什么用处，她说根据主任处理问题的习惯，犯案的人越多了处理得越轻，有时候就不处理；不过人越多了，每个人能偷到的东西就太少了，所以最好是少拉几个，既不孤单又能落下东西。她可以算是摸着主任的"性格"了。

最后轮着"小腿疼"做交代了。主席杨小四所以把她排在最后，就是因为她好倚老卖老来巧辩，所以让别人先把事实摆一摆来减少她一些巧辩的机会。可是这个小老太婆真有两下子，有理没理总想争个盛气。她装作很受屈的样子说："说什么？算我偷了花还不行？"有人问她："怎么'算'你偷了？你究竟偷了没有？""偷了！偷也是副主任叫我偷的！"主席杨小四说："哪个副主任叫你偷的？""就是你！昨天晚上在大会上说叫大家拾花，过了一夜怎么就不算了？你是说话呀是放屁哩？"她一骂出来，没有等小四答话，群众就有一半以上的人"哗"地一下站起来："你要造反！""叫你坦白呀叫你骂人？"……三队长张太和说："我提议：想坦白也不让她坦白了！干脆送法院！"大家一齐喊"赞成"。"小腿疼"着了慌，头像货郎鼓一样转来转去四下看。她的孩子、儿媳见说要送她也都慌了。孩子劝她说："娘你快交代呀！"小四向大家说："请大家稍静一下！"然后又向"小腿疼"说："最后问你一次：交代不交代？马上答应，不交代就送走！没有什么客气的！""交交交代什么呀？""随你的便！想骂你就再骂！""不不不那是我一句话说错了！我交代！"小四问大家说："怎么样？就让她交代交代看吧?""好吧!"大家答应着又都坐下了。"小腿疼"喘了几口气说:"我也不会说什么!反正自己做错了!事情和宝珠说得差不多:昨天晚上快散会的时候,宝珠跟我说:'咱明天可不要管他那什么纪律!咱们叫上几个人……'"

这时候忽然出了点小岔子:城关那个整风辩论会提前开了半天,支书和主任摸了几里黑路赶回来了。他们见场里有灯光,预料是开会,没有回家就先到会场上来。主任远远看见"小腿疼"先朝着小四说话然后又转向群众,以为还是争论那张大字报的问题,就赶了几步赶进场里,根本也没有听"小腿疼"正说什么,就拦住她说:"回去吧老嫂!一点点小事还值得追这么紧?过几天给你们解释解释就完了……"大家初看见他进到会场时候本来已经觉得有点泄气,赶听到他这几句话,才知道他还根本不了解情况,"轰隆"一声都笑了。有个年纪老一点的人说:"主任!你且坐下来歇歇吧!'没有调查就没有发言权'!"支书也拉住他说:"咱们打听打听再说话吧!离开一天多了,你知道人家的工作是怎样安排的?"主任觉得很没意思,就和支书一同坐下。

"小腿疼"见主任王聚海一回来,马上长了精神。她不接着往下交代了。她离开自己站的地方走到王聚海面前说:"老弟呀!你走了一天,人家就快把你这没出息嫂嫂摆弄死了!"她来了这一下,群众马上又都站起来:"你不用装蒜!""你犯了法谁也替不了你!"……主任站起来走到小四旁边面向大家说:"大家请坐下!我先给大家谈谈!没有了不了的事……"有人说:"你请坐下!我们今天没有选你当主席!""这个事我们会'了'!"……支书急了,又把主任拉住说:"你为什么这么肯了事?先打听一下情况好不好?让人家开会,我们到社房休息休息!"又问副支书说:"你要抽得出身来的话，抽空子到社房给我们谈谈这两天的事！"副支书说："可以！现在就行！"

他们三个离了会场到社房，副支书把他和杨小四、高秀兰怎样设计把那些光想讨巧不想劳动的妇女调到南池边，怎么批评了她们，怎么分配人力摘花，拔花秆，怎样碰上"小腿疼"她们偷花……详细谈了一遍，并且说："棉花明天就可以摘完，今天下午犁地的牲口就全都出动了，花秆拔得赶得上犁，剩下的男劳力仍然往准备冬浇的小麦地里运粪。"他报告完了情况，就先赶回会场去。

副支书走了，支书想了一想说："这些年轻人还是有办法！做法虽说有点开玩笑，可是也解决了问题！"主任说："我看那种动员办法不可靠！不捉摸每个人的'性格'，勉强动员到地里去，能做多少活哩？""再不要相信你摸得着人的'性格'了！我看人家几个年轻同志非常摸得着人的'性格'。那些不好动员的妇女们有她们的共同'性格'，那就是'偷懒''取巧'。正因为摸透了她们这种'性格'，才把她们都调动出来。人家不止'摸得着'这种'性格'，还能'改变'这种'性格'。你想：开了那么一个'思想展览会'，把她们的坏思想抖出来了，她们还能原封收回去吗？你说人家动员的人不能做活，可是棉花是靠那些人摘下来的。用人家的办法两天就能摘完，要仍用你那'摸性格'的老办法，恐怕十天也摘不完——越摘人越少。在整风方面，人家一来就找着两个自私自利的头子，你除不帮忙，还要替人家'解释解释'。你就没有想到全社的妇女你连一半人数也没有领导起来，另一半就是咱那个'小腿疼'嫂嫂和李宝珠领导着的！我的老哥！我看你还是跟那几位年轻同志在一块'锻炼锻炼'吧！"主任无话可说了，支书拉住他说："咱们去看看人家怎样处理这偷花问题。"

他们又走到会场时候，"小腿疼"正向小四求情。"小腿疼"说："副主任！你就让我再交代交代吧！"原来自她说了大家"捉弄"了她以后，大家就不让她再交代，只讨论了对另外三个人的处分问题，留下她准备往法院送。有个人看见主任来了，就故意讽刺"小腿疼"说："不要要求交代了！那不是？主任又来了！"主任说："不要说我！我来不来你们该怎么办还怎么办！刚才怨我太主观，不了解情况先说话！""小腿疼"也抢着说："只要大家准我交代，不论谁来了我也交代！""小腿疼"看了看群众，群众不说话；看了看副支书和两个副主任，这三个人也不说话。群众看了看主任，主任不说话；看了看支书，支书也不说话。全场冷了一下以后，"小腿疼"的孩子站起来说："主席！我替我娘求个情！还是准她交代好不好？"小四看了看这青年，又看了看大家说："怎么样？大家说！"有个老汉说："我提议，看在孩子的面上还让她交代吧！"又有人接着说："要不就让她说吧！"小四又问："大家看怎么样？"有些人也答应："就让她说吧！""叫她说说试试！"……"小腿疼"见大家放了话，因为怕进法院，恨不得把她那些对不起大家的事都说出来，所以坦白得很彻底。她说完了，大家决定也按一斤籽棉五个劳动日处理，不过也跟给"吃不饱"规定的条件一样，说这工一定得她做，不许用孩子的工分来顶。

散会以后，支书走在路上和主任说："你说那两个人'吃软不吃硬'，你可算没有摸透她们的'性格'吧？要不是你的认识给她们撑了腰，她们早就不敢那么猖狂了！所以我说你还是得'锻炼锻炼'！"

一九五八年七月十四日

我的第一个上级

马烽

【关于作家】

马烽（1922—2004），原名马书铭，山西省孝义市人，中国共产党党员。1938年参加抗日游击队，后随军转战于太行山、吕梁山一带。1942年在《解放日报》发表个人首部短篇小说《第一次侦察》，后返回晋绥边区工作。1945年与西戎合作编写长篇小说《吕梁英雄传》。1947年参加土地改革工作，创作短篇小说《一个雷雨的夜里》等。1949年担任晋绥出版社总编辑。1978年创作长篇传记小说《刘胡兰传》。1987年创作的短篇小说《葫芦沟今昔》获得当年中国优秀短篇小说奖。代表作品有长篇小说《吕梁英雄传》（与西戎合作）、《玉龙村纪事》，短篇小说集《村仇》《太阳刚刚出山》，电影文学剧本《我们村里的年轻人》《山花》等。

【关于作品】

《我的第一个上级》以初入防汛指挥部岗位的青年"我"的视角，用先抑后扬的叙述笔法，通过围绕突发洪汛的应急措施，以及海门决堤抢险过程中，防汛副总指挥老田不顾个人病情，坚定指挥并亲身下水投入抗洪的伟大精神，塑造了防汛副总指挥老田一心为民、舍己忘我的大无畏光辉形象。

《我的第一个上级》中农建局副局长、防汛指挥部副指挥老田的公仆意识，深深地感染打动着读者，他那种为了人民利益不计个人生死，迎难而上、勇于牺牲的精神，引起了广泛共鸣和高度赞誉。

去年夏天，我在省水利学校毕业以后，很快就被分配到这个县来工作，当时，心里觉得很不平静，说不来是兴奋，还是紧张。大约初次走上工作岗位的青年学生，都有过这种心情。

那次，我是骑着自行车，带着行李赶来"上任"的。我之所以不搭汽车，目的是要做一次长途锻炼。今后要在农村工作了，没有这种本领还行？那天，我天不明就动身走，到达县城的时候，已经快晌午了。一进城就碰了件不顺气的事：我骑着自行车正往前走，迎面来了个老头，这真是个怪人。天气这么热，正是三伏时候，街上所有的人都穿着单衣服，有的只穿着个汗背心，而他却披着件夹衣，下身穿着条黑棉裤，裤脚还是扎住的，头上又戴了顶大草帽。这不知道是嫌热，还是怕冷？他低着头，驼着背，倒背着手，迈着八字步朝我走过来。我早就响起了车铃，他连头都没有抬一下，仍然慢吞吞地在街心迈八字步。直到相离只有几尺远的时候，他才抬起头来看了一眼，向右边挪了两步。可是，已经晚了。因为我见他不让路，本打算从右边绕过他去，谁知他也往右边躲，正好碰上。"说时迟，那时快"，猛然一下就把他撞倒。我也从车上跌下来了。我走得又累又饿，刚才他不让路就窝着一肚火，这一下更火了。我爬起来边扶自行车，边大声吼道："你就不长着耳朵？听不见铃响？"我说了这么一句没礼貌的话，当时就有点后悔，他并不是不让路，只是迟了点。再说他被自行车撞倒，心里还能痛快？我想他绝不会和我善罢甘休，看来是非吵一架不可了。谁知完全出乎我意料，他捡起草帽，一边慢慢往起爬，一边和和平平地说道："你也别发火，我也不要生气。反正都跌倒了，各人爬起来走吧！"这时我才看清了他的面孔，原来不是什么老头，看样子顶多不过四十岁，四方脸，光头，面色苍白。脸上没有一点生气的意思。他站起来看了我一眼，拍了拍身上的土，照旧背起手，低着头，迈着八字步走了，好像根本没和我发生任何纠葛一样。我被他这种冷淡的态度，弄得不知该怎么好了。一直望到他拐进另一条街，我才推上自行车继续往前走。心里不由得说：这可真是个怪人。

那天，我一到县委组织部，马上就把工作确定了。组织部要我暂时先到防汛指挥部去协助工作。我二话没说就去了。

防汛指挥部就在组织部这个院子里，占着一间大南房。接待我的是一个岁数和我差不多的小伙子。他自我介绍道："我叫秦永昌。以后你就叫我老秦吧。叫小秦也可以，随你的便。"接着又指指这间房子说，"这就是咱们办公的地方，也是宿舍，也是会客室……这叫综合利用。"看起来小秦是个性格很开朗的人，也是个

热情的人。他边说边就帮我铺床、整理东西，一转身又打来了一
壶洗脸水，还端来半个大西瓜。没过了一个钟头，我们就像朋友
一样熟悉了。

　　午睡起来以后，小秦给我简单介绍了一下工作情况：防汛指
挥部是个临时组织，总指挥是县委第一书记，副总指挥是农建局
田副局长，其他各股的负责人，也都是各单位负责干部兼任的。
说来说去，实际上专职搞这个工作的只有他一个人，而他也是临
时从水利科调来的。我问小秦："具体业务谁领导？"小秦说："田
副局长。走，我先引你去见见他。"说着站起身来就往外走。我也
只好跟着他出来。

　　农建局就在县委会斜对门，是一座普通的四合院。田副局长
住在东房里。我们进去的时候，只见田副局长蹲在椅子上，低着
头，不知在写什么。小秦说："老田，组织部给咱们调来个同志。"
他连头都没抬，只说了句："好么！"小秦忙又向他介绍道："这是
彭杰同志。水利学校刚毕业的洋学生。"这时他才放下笔，抬起头
来望了我一眼，我一看到他的面孔，不由得吃了一惊，这可真是
"无巧不成书"，原来我的这位"顶头上司"，就是上午被我在街上
撞倒的那个人，我想起那句没礼貌的话，心里觉得很不好意思。

　　小秦在这里好像是主人一样，他搬了个椅子让我坐，又从暖
水瓶里给我倒了一杯水，随手又去整理桌子上乱七八糟的书报。
老田蹲在椅子上没动，向我简单地说了说应该做的工作：他要我
先熟悉一下全县的河流渠道，然后再到几个重点村去跑跑。他讲
话的声音很低，很慢，好像没有吃饱饭一样。谈完工作，他忽然
向我说道："刚才我就看你有点面熟，好像见过。唔，对，是见
过。"小秦抢着问道："在哪里见过？"我觉得我的脸"唰"一下

红了。不知该怎么说好了。幸好这时进来一个干部，给老田送来一份公文，这才算救了我的驾。

我们回到办公室以后，小秦又追问我什么时候和老田认识。我只好把上午撞车的事给他说了一遍。小秦说："没啥，老田根本就不会计较这些事，你别多心。"我说："当时我确实是有点生气。我摇了半天车铃，他连头都没抬一下。"小秦笑着说："你摇铃管啥用，就是打炮他也不一定理你，他就是那么个疲性子人！"接着他给我讲了一件老田的故事。他说：有一次老田下乡去了，独个住在一间房子里。半夜里起了大风，忽然房顶上"咔嚓"一声巨响，把他惊醒了。他躺在被窝里动都没动，拿手电向屋顶照了照，只见房梁快要折断了，好像马上就要倒塌的样子。他看了看，自言自语地说："我就不信等不到明天！"翻了个身，又睡着了。

我听完，差点笑出眼泪来。我说这是小秦编造的，他说真有其事。后来我和其他干部们逐渐熟悉了，大家也都这么讲，我也只好相信了。

我来了还不到一个星期，和老田的接触还不多，他只来过我们办公室两次，我和小秦去给他汇报过一次各地防汛工作的准备情况。但就从这些接触当中，我觉着他确实是个疲疲沓沓的人。走起路来总是低着头，背着手，慢慢地迈着八字步；讲起话来总是少气无力，处理问题总是没紧没慢拖拖拉拉，好像什么事都不能使他激动。我遇到这么个倒霉上级，心里真有点恼火。不过，他交代给我的工作，我还是尽力去做了。

这期间，我的主要任务是熟悉情况，同时也要帮助小秦督促各乡进行防汛的准备工作。我把全县的河流渠道图看了好多遍，读了好多有关洪水的资料。全县境内，总共有三条河流，都是由西向东，由山区流向平川。说是河流，实际上都是干的。根据资料看，解放以来，只有一九五四年八月间，发过一次特大洪水。以后，几年都是平安无事。我想今年大约也不会发生什么问题，因为眼看汛期就快过去了，还没有一点音讯。谁知就在我来到这里的第九天夜里，山洪暴发了。

那天白天，晴空万里，气象预报也没讲有暴雨。只是傍晚时候，西边有一片浓云。晚上十点多钟的时候，小秦已经躺下了，我坐在灯下正给他读一篇小说。忽然电话铃响了，我忙扔下书本抓起了耳机。电话是张家沟水委会打来的，说永安河发山洪了，估计有一百多个流量。我听完吃了一惊，因为从资料上还没发现这条河有过这么大的洪水，一九五四年也只不过是七十个流量。我放下耳机，忙把这个消息告给小秦。我们正在分头给沿河各村打电话的时候，另一个电话铃响了。是安乐庄打来的。这可属实是个使人吃惊的消息，简直把我吓慌了。我扔下耳机说了句："安乐庄决口了！"匆匆忙忙就往外跑，我得赶快把这消息告给老田。总指挥到地委开会去了，只有去找他商量办法了。我一口气跑到农建局，推开他的房门就撞了进去。他已经睡下了，灯还没熄。我一进门就大声喊道："老田，快起，永安河发洪水！安乐庄决口了！"我想他一定会马上起来，跟我到指挥部去。谁知他躺在那里动都没动，脸上没有一点紧张的表情，不紧不慢地问我道："多大流量？"我告他说一百多个。他"啊"了一声，又问我安乐庄什么地方决了口？有多宽？我告他决口处在汽车路东，有四丈多宽。他听完还是躺在那里没动，平平淡淡地说："没甚要紧。这只是下游几个村少浇点地。"当时我气呼呼地说："你听见了没有？安乐庄决口了！"他说："决口有甚办法！反正堵也堵不住。任由它流吧。"我听他这么说，真想扑上去把他拉起来，狠狠地揍一顿。这算什么防汛副总指挥？简直疲沓得太不像话了。

正在这时，小秦慌慌急急跑来了，一进门就大声说："三岔河也发洪了！"他的话音刚落，老田就像中了电似的"呼"一下坐了起来，睁大眼睛急问道："多大流量？"小秦说电话是三岔乡秘书打的，他弄不清流量，只说水已经漫到龙王庙背后了。老田说："那至少有九十个。"他一面急忙穿衣服，一面向我们说："赶快通知海门村、田家庄全体上堤。快！"我和小秦转身就往回跑。

我跑回办公室的时候，只见房里有好些人：新调来的郝书记，县委办公室王主任，兵役局牛局长，另外还有农村工作部的几个干事。很显然这是小秦通知他们的。他们有的在打电话，有的正围着河流渠道图争论什么。人们的脸色都很严肃，屋子里的空气非常紧张。他们一见我两个进来，都急着问道："老田来了没有？"小秦说："就来！"我忙去给海门村打电话。刚把电话打完，老田已经来了，一手提着根棍子，一手拿着件雨衣，虽然还是那身穿戴，但神气全变了。精神抖擞，满面红光，脸上的表情又严肃又冷静。他大踏步跑进来，把手里的东西扔在床上，冲兵役局牛局长说："马上把城关基干民兵集合起来，带到东会南堤上去，你亲自去！"牛局长像是接到了将军的命令，什么话也没有讲，应了声"是"，转身就走了。老田又向办公室王主任说："赶快把汽车开到门口。"然后他就抓起耳机来给各村打电话。

大家都悄悄地望着他，屋子里只有他一个人说话的声音。他大声地对着耳机喊道："电话局：马上接杜村，上舍，古城……杜村，你是谁？……我是老田。听着，把三支渠的闸拔开一孔……什么？已经全拔开了？我就怕你们来这么一手，马上闸住两孔……渠道是去年冬天新修的，怎么能一下放那么大的水？出了乱子怎么办？……不要担心浇不了多少地，后半夜有大水。你把闸口把守好吧！"他放下这个耳机，马上又抓起另一个，详细地指示上舍和古城，要防守哪段河堤，开哪个支渠闸，闭哪个支渠闸，先往哪个水库蓄，后往哪个水库蓄……我听他这么讲，忙把河流渠道图铺在他面前的桌子上。他根本没看一眼，继续讲他的。他连哪条斗渠应当如何，哪条浓渠应当怎样都讲了出来。他对这些渠道的熟悉程度，简直使人吃惊。好像在数自己的手指头一样。

老田打完电话，擦了擦头上的汗水，对王主任说："老王，你和小秦在这里守电话。郝书记，你们去睡觉去吧。"回头对我说："咱俩到海门去，恐怕那里南堤要出问题。"我说："南堤很结实，是北堤单薄一些。"前天我才去了海门一趟，这点我知道得很清楚。他说："你不看外边刮着东北风？"他这么一讲，我才想起刚才出去的时候，外边确实是起风了。不过我根本没注意风的方向。这时王主任对老田说："你身体不好，我去吧，你在家指挥。"老田说："你去不抵事！"说着拿上棍子和雨衣就往外走。我拿了件棉袄也跟了出来。吉普车早已停在大门口了。我们上了车，老田说："到海门去，开快点。"车子马上就开动了。

这天晚上，老田的这种变化，给我留下了很强烈的印象。洪水一来，他完全变成另一个人了。我真没有想到他这么果断，自信心这么强！但也有些事使我迷惑不解：两条河都发了洪水，安乐庄还决了口，他一点都不着急，也没采取任何措施；而三岔河只有九十多个流量，为什么就急成那个样子？我知道三岔河以往是条害河，可是近几年筑了不少分洪工程。去年冬天还修了好几个平地水库。下游河道也很宽，可以通过二百个流量。难道九十个流量就值得这么大惊小怪吗？他说后半夜有大水，根据是什么呢？

在车上，我向他提出了这些问题。他反问道："永安河坡度比例多少？"我说："千分之五十。"他又问道："上游来水面积有多大？"我说："九平方里左右。"这些数字我早背熟了。他听完我的回答说："对，这就是永安河的特点。坡度大，洪水来源少。别看来势猛，顶多四个钟头河里就卡了，四个钟头能把口子堵住？再说，不堵危害也不大，安乐庄汽车路东种的都是高秆作物，过一下水也淹不死。水从那里漫下去就入了丰收渠，正好浇他们村北的老旱地。"我忙又问道："三岔河后半夜真的会有大水？"他说："没错，这九十个水量是正沟的水，南沟北沟山上覆盖多，水下来要慢一些，至少要差三个钟头。可不就在后半夜。"停了一下又说，"这条河愈往下游坡度愈小，到海门夹沙畛一带，只留下千分之一了！你想想，水量大，泄洪慢，这不要命？真要命！"他说完沉默了，显然是在为海门担心事。我也没有再说什么，心里忽然想起了一件事来：我初来那天，小秦给我介绍情况的时候，曾经说过老田是县里的"土"水利专家，当时我没有在意，后来看到他是那么个样子，我只当小秦开玩笑。现在我才明白，小秦讲的是正经话，就凭这几手，老田确实也够得上个专家。

县城距海门有二十多里路，汽车开到离海门还有三里多的时候，老田要司机把车停下来。他说："前边二支渠已经有水了，你返回去吧！"司机只好把车刹住，我也只好随他下了车。

天上月黑星稀。我们迎着东北风往前走。老田拄着棍子在前边引路，我紧紧跟在他后面。他走得飞快，我几乎是小跑才能追得上。走到二支渠上，渠里果然有水了。我们涉水过去，没进海门村，顺小路直奔南堤。通过一片高粱地，远远就看到堤堰上有许多灯笼晃来晃去。隐隐约约还可以听到嘈杂的人声和水的吼声。老田步子更快了，我气喘吁吁地跟着他奔跑。爬上南堤的时候，只见河里的水已经漫到平台上来了。堤堰上到处堆着一捆一捆的芦席、椽子、沙袋……人们有的在搬运器材，有的在抬土培堤。人来人往，乱哄哄。我们穿过人群，顺堤往东走了一段，就到了防汛指挥所。这是一间泥土小房，房周围也堆着好多防汛器材。我们进去的时候，只见屋里挤满了人，乡党委翟书记，海门村和田家庄的支书、社主任都在里边。一个个都是愁眉不展。有些人在拼命抽烟，满屋子乌烟瘴气。我们在门口站了半天，谁也没有理睬。这时从门外进来个年轻姑娘，身上背着个带红十字的背包，看样子是医生，她忽然发现了我们，惊喜地喊道："啊，老田！"她这么一叫喊，把全屋人都惊动了。人们都站起来，乱纷纷地喊道：

"老田来了？"

"知道你要来的！"

"你可来了。"……

人们脸上的愁云消散了，语音中充满深厚的情感。看得出来，大家对老田十分信赖。好像只要老田一来，洪水再大也没啥了不起。

老田问了防汛器材准备的情况，抢险队组织了多少人，又问河水上涨的速度。翟书记说："一个钟头以前还是半河槽水，刚才一下子就漫到阳台上。"老田沉思了一下说："这是北沟的水下来了。待一会儿还要猛涨，赶快把席子敷到堤上，看样子风不会停。"他刚说完，就有几个人跑出去了。

老田满屋子扫了一眼说："怎么老姜头没来?"海门支书老靳说："刚才觉得不要紧，就没叫他。"老田生气地说："不怕一万，只怕万一。"说完随手拿起了电话耳机。老靳说电话线断了，正在派人修理。老田扔下耳机说："你马上回村去把他请来。"回头又对我说，"你也跟他去，给牛局长打个电话，要他马上把席子敷到堤帮上，要特别注意王家坟那一段。"我听他吩咐完，连忙就跟老靳走出来。

我们从堤堰上走过去的时候，只见人们正在匆匆忙忙往堤上敷席子，有两个人在互相低声谈论：

"老田一来，这就不怕啦!"

"不怕啦? 没危险老田来干甚?"

"你别提心吊胆，老姜头没来!"

我低声问老靳，老姜头究竟是个什么人。他说："堵决口的行家。反正找他来就没好事!"他叹了口气又说："要真的决了口，南边这七个村，都得灌了老鼠窝!"我听了，心里也觉得很沉重。我告他说，明年就没关系了，秋后要在三岔河上游修水库，我在县上看到过这个计划。

我们下了渠道，一口气就跑到海门村。老靳去找老姜头，我忙到社里打电话。过了不多一会儿，老靳扶着个白胡子老汉进来了。他给我介绍说这就是老姜头。看样子老姜头有七十多岁，走起路来一摇一晃，好像随时都可能摔倒。老靳要备牲口送他，他说："你有事前头先走吧，我后边慢慢来。万一要出险，也在后半夜哩!"我也说："老靳，你先走吧，我照顾老大伯。"老靳匆匆忙忙走了。我便扶着老姜头，慢慢往堤上走。

路上老姜头问我道："老田病怎么样？好了吗？"我反问道："什么病？"因为我根本不知道老田有病。老姜头说："你不知道啊！他腿疼得要命，去年多天连炕都下不来了。叫什么？……对了，关节炎！"

怪不得老田平常走路慢慢吞吞，怪不得这么热的天还穿着棉裤。我忽然想起他下了汽车以后走得那么快，心里说："这不知道忍受了多大的痛苦啊！"

老姜头是个很爱讲话的人。他告我说："老田的关节炎是一九五四年得的。那年秋天，雨多洪大，这一带都淹了。老田淋着雨渡着水指挥各村防汛排涝，一连在水里泡了七天七夜。等洪水过去之后，他的两条腿都被水浸得浮肿了。"老姜头赞叹地说："真是个干家！比他爹还强！"接着他就给我讲起了老田的历史：

原来老田的家，就住在离海门村二里的田家庄。他爹活着的时候，和老姜头是最好的朋友，是这一带有名的水手头。从前，每逢决了堤，总是他们几个人负责堵。那时候，虽然县上在这里设有"河务委员会"，可是那些老爷们除了搂钱，什么都不管。每年老百姓不知道要出多少河务捐款，但河堤经常是破破烂烂，多少发点洪水就决口，一年至少要决一两次。有时候，一次就开两三个口子。每逢洪水下来，那些老爷们不要说上堤，早夹着尾巴跑了。结果，老百姓花上钱，还是要自己去堵。

老田十来岁的时候，就跟着他爹和老姜头在堤上干事，这人胆大、心细，有股钻劲。二十来岁的时候，就成了这一带的红人。解放后，县上提拔他当了水利技术员，整天起来东跑西颠，领导各村挖河、开渠……后来又在专署训练班学习了几个月，本事更高了。现在全县一些大的水利工程，都是他亲手设计的。

我们谈谈说说，不知不觉已经走到南堤。老姜不让从堤上走，要从庄稼地里绕到指挥所去，我问他为什么？他笑着说："人们要看到我来，一定觉得不吉利。"我只好扶着他绕到指挥所那间小屋里。

屋里冷冷清清，只有老田和那个年轻女医生在。只听老田对她说："桂兰，你就在这里守电话，不要乱跑，天塌了也不准离开！"看样子电话已经修通了。老田说完，一扭身看到了我们，忙亲热地和老姜头打招呼。老姜头说："怎么？今晚上熬不过去？"老田皱着眉头说："风太大，危险啊！大叔，你先上炕躺躺吧，需要的时候再叫你。我要到东边看看去。"说完就往外走。我也跟着他走出了屋门。

河里的水比我离开时候又涨了好多，虽然离堤顶还差一米左右，可是风浪很大，风拥着浪花不断向堤上猛扑，"唰——"扑上来，"哗——"退回去。接着又扑上来，又退回去。要不是堤帮上敷着席子，无论如何也招架不住这么冲刷。我和老田走了不长一段路，鞋袜全被溅上来的水花泼湿了。正走着，忽然前面传来"哇——"一声巨吼，接着就响起了紧急的锣声。

很明显，前边决口了。

我没等老田吩咐，灵机一动转身就去指挥所叫老姜头。路上只见抢险队的人们扛着器材，提着汽灯，叫喊着都朝响锣的地方奔跑。我跑到指挥所门口，老姜头从屋里出来，他大声问我道："哪里？哪里？"我向东指了指，他急忙就走，我忙过去扶他，他甩开我的胳膊，大踏步向前飞跑。我真弄不明白，为什么他的腿脚忽然变得那么灵敏了？

出了险的地方，灯火通明，人声嘈杂，人们奔跑着，喊叫着，来来往往运送沙袋。大家见老姜头来了，忙往两边让路。我们走到前边，只见河堤决开有两丈多宽，洪水翻滚着浪花向外奔流，发出一种可怕的吼声。我从来还没有见过这样的阵势，简直吓得不知如何是好了。

老田站在那里正指挥人们往决口处填沙袋，他背对着我们，看不见他脸上的表情，但从他的动作和说话的声音中，可以感觉到他没有一点惊慌的成分，反而显得更加沉着，更加冷静。

决口处流水太急，沙袋扔下去马上就给冲跑了。而且堤堰在继续倾塌，决口愈来愈大。对面翟书记和老靳也在领着人们填沙袋，但也不起作用。

老姜头来了什么话也没说，悄悄地站在那里观察水势，他看了好大一阵，这才大声叫道："停下来！"老田忙转过身来，望着老姜头说："怎么？要下桩？"老姜头说："是，不过先要护好断头。"老田说："你吩咐吧！"回头对我说："快去给县上报警……告诉他们，我们一定能堵住！一定要堵住！"他的语气是那样的坚决，那样自信。我二话没说，穿过杂乱的人群，就又跑到了小屋里。

当我打完电话返回来的时候，这里已经变得很有秩序了。人们排成两行站在堤上，陆续不断地往前传递木桩、芦席、沙袋等各种器材。我从堤边上绕到前边，只见已打下去五根木桩，贴着木桩沙袋也已填出水面。老姜头站在那里纹丝不动，吆着号子，正指点人们打第六根桩。老田领着一些人，继续填沙袋。对面，翟书记也在指挥人们打桩。打桩声、号子声、水声、风声搅混在一起，给人一种又紧张、又严肃的感觉。

　　堵口工程进行得很顺利。决口慢慢在缩小，到夜里三点多钟的时候，只留下丈数多宽了，眼看很快就可合龙闭气。可是，这时候水也更猛更急。木桩刚打下去一半，就被冲走了，一连冲走四五根。最后一次，连几个打桩的小伙子带老姜头，一下子都冲到水里了。幸亏他们腰里都拴着保险绳，没冲走多远，就被众人七手八脚地拉上岸来。

　　老姜头全身是水，脸色灰白，冷得直打哆嗦。他一爬上堤堰，就气喘吁吁地对老田说："堵不住啦！我是没有这个本事了！"站在跟前的一些人听老姜头这么说，都慌了。老姜头接着又向老田央求道："趁早让人们回去吧！早点守住护村堰。要不，村子也得完蛋！"这一下，大家更慌了，议论纷纷，有些人转身就想跑。

　　这时只听老田大声喝道："别动！谁敢挪动一步，马上把谁填到水里！"他的脸色铁青，眉眼恼得怕人，语气十分坚决。大家都吓呆了，立时鸦雀无声。老田像只猛虎一样转脸对老姜头吼道："非堵住不可！你再胡说八道惑乱人心，我先把你填到水里！你要敢离开这里一步，我马上把你推下去！"老姜头也吓住了，蹲在那里一句话也没敢说。老田又向决口那头喊道："老翟，马上组织人，下水堵！"接着就听到翟书记用广播筒喊道："会水的共产党员、共青团员们，站出来准备下水。"

　　这里，老田一面叫喊让后面的人赶快往前运沙袋、木桩；一面把身上的笔记本、水笔都掏出来。看样子，他要亲自下水了。我忙说："老田，你有关节炎，你不能下水！"老田瞪了我一眼，随即把手里的东西递我，转身向众人喊道："会水的，跟着我来！"只听人群中乱纷纷地说："老田下水了！""咱们还愣着干啥？"马上就有五六个壮小伙子跑到他身边，接着又跑出来几个，又是几个……人们一个个手挽手连成一串。老田领着头下水了，浑浊的河水立时没到他们的腰里，很快就没到胸口。老田拉着长长的队伍往前走，湍急的河水冲得人们东倒西歪，但人们仍然不顾一切地往前走。对面翟书记挽着一串人下到河里了，挣扎着往这边移动。老田和翟书记一次又一次想靠拢拉起手来，但一次又一次被巨浪打开了。老田一连被水冲倒三次，他爬起来跌倒，跌倒爬起，继续挣扎着前进。堤上的人都急得要命，都替他们提心吊胆，可是谁也没有办法。

蹲在地上的老姜头，猛一下站了起来，向堤上的人喊道："快！抬一根长电线杆来！"电线杆很快就抬来了，他指挥人们把电线杆横卡到决口上，又向水里喊道："快，扶住杆子走！"老田和翟书记靠着电线杆，终于挽到一起了。水里的人也都一个个紧挨着，靠在了电线杆上。这时，堤上又有很多人呼喊着手挽手下到水里。转眼间，决口上就排满了一层又一层的人，结成了一条冲不断的堤。

大股的洪水终于被拦住了。可是风浪也更加凶猛起来。一个巨浪接着一个巨浪，照他们劈头盖顶反扑。当巨浪扑上来的时候，所有的人都被吞没了；当巨浪退下去的时候，无数的头才又露出水面，他们吐掉嘴里的泥浆，大声地喘口气，准备着迎接再一次的冲击……

我们在堤上的人也紧张极了。老姜头大声地吆喝号子，指挥人们继续打桩；我和另一些人把传递上来的沙袋匆忙往决口处填。风浪继续不断地反扑，站在水中的人们继续坚持着。时间一点一点过去了。一根根木桩打下去，一袋袋沙土传过来。决口逐渐在缩小，沙袋堤逐渐在增高……

天色愈来愈黑暗，气候愈来愈冷。我站在干岸上穿着棉衣还冷得打战，站在水里的人可想而知了。我看见他们一个个都是紧咬着牙关，忍受着风浪和寒冷的袭击。老田站在那里纹丝不动，嘴里不住地重复着一句话："坚，坚持下去。就，就是胜利!"像是在鼓动别人，又像是在鼓动自己。

黎明时候，决口终于合龙闭气了。洪水只好顺着河槽奔流。当老姜头喊出"合龙了!"的时候，人们都兴高采烈地欢呼起来。水里的人也叫喊着爬上堤堰。一个个满身泥水，冷得直哆嗦，他们身上脸上都是泥浆，像是泥塑的一样，但都在咧开嘴傻笑。堤上立刻烧起几堆大火，让他们烘烤。这时我发现水里还站着一个人，我忙过去端详了半天，才认出原来是老田。只见他闭着两眼，咬着牙关，两手紧抓着电线杆，身子趴在沙袋上一动也不动。我一看这样子，吓得大声乱叫："救人啊! 救老田啊!"翟书记、老姜头和其他一些人，急忙都跑过来，大家七手八脚才把老田拉上堤堰。他已经人事不省了。两条腿弯曲得像两张弓，鼻子里只有一点微微的气息。我们慌忙把他抬到指挥所小屋里，翟书记忙让人去绑担架，接着又给县上打电话，要汽车马上来。我们给老田把湿衣服剥下来，老姜头含着两眶热泪，脱下自己的夹袄，轻轻地盖在老田身上。我也连忙脱下棉袄，盖在他腿上。接着从门外递进来一件又一件的干衣服，这些衣服都是人们刚从自己身上脱下来的。我向门外看了看，门口站满了人，都在关心地打问老田的消息。

桂兰匆忙给老田打了两针，又用松节油擦他的两腿，这时我才发现他的两个膝盖完全红肿了，小腿上布满了一愣一块的青筋疙瘩。

过了半个多小时，老田渐渐缓过气来了，他断断续续地说："坚持……下去……一定……能……"老姜头趴在他耳边大声呼唤。老田睁开眼看了看，说道："大叔，我骂你了，我……"老姜头哭着说："孩子，别说这话，你骂得对……"

担架已经绑好了，不知谁还跑回村里去拿来两床被子，我们把老田安置在担架上，人们就抢着来抬。当我们出了小房走到堤上的时候，太阳已经出山了，风早已停止，河水缓缓地流着。堤上的人们都用一种感激的眼光望着担架。我们过了二支渠，汽车早已等在那里，我们把老田抬上汽车，就一直开到县立医院……

两个月之后，老田出院了，我第一次又是在街上碰到他的。他还是那个样子：驼着背，低着头，背着手，迈着八字步。只是步子迈得更慢了，背更驼了。我远远地望着他走过来，心里有一种说不出的情感。我知道走过来的并不是什么怪人，而是我的第一个上级。他是一个普普通通的领导干部，同时也是一个值得受人尊敬的人。

一九五九年四月

老牛筋

——摘自县委水利部材料里的一段纪事

刘澍德

【关于作家】

刘澍德（1906—1970），笔名狄咸、涤先等，吉林永吉人。1936年开始发表作品。1937年毕业于中国大学国学系。曾任中学教师，长春大学、东北大学副教授。1949年后历任云南省文联编辑室主任，昆明师范学院副教授，中国作家协会昆明分会副主席，云南省社科院文学研究所副所长。1956年加入中国作家协会。代表作品有短篇小说《老牛筋——摘自县委水利部材料里的一段纪事》，中篇小说《桥》，长篇小说《归家》等。

【关于作品】

《老牛筋》描写了绰号"老牛筋"的钮进金—— 一位在旧社

会时敢于和地主斗争的贫雇农，他耿直真诚，不贪图公家便宜。1957 年粮食问题大辩论时与社副支书谢林争论，坚持自己不缺粮的意见。"大跃进"期间，面对地质条件有限的小干坝子，亩产千斤的量无法完成，钮进金的"老牛筋"又发作了，他固执地带着全家人搬家转社，从松青社转到女儿家的吉兴社。松青社筹划自力更生在干坝修建水库，直到高级社合并成立人民公社，动用庞大劳力，使得修建水库成为可能。"老牛筋"也时常关注着水库的修建，为集体奋斗开拓的劲头所鼓舞，并安排儿子钮新邀请石工老吴助力修建水库。随着水库的建成，心系松青社的"老牛筋"经过检讨后重又搬回去了。

小说叙述结构安排精巧，语言生趣朴实，善用乡间俗语俚语，活灵活现地刻画人物形象，从而成功地塑造出"老牛筋"钮进金，这一性格倔强、胆大耿直的社会主义新时代翻身农民形象。

《老牛筋》赞颂了从农业合作化到人民公社期间，新时代农民的朴实美好的品格，深化了农村题材小说典型化人物形象的塑造，在书写农村小说经验上，形成了有益的探索。

注意！向前看，那个硬着迁出干坝的老牛筋，又从西面山腰上走过来了。三天之内，他来公社三次，他是来搞什么啊？

一个黑黑的人影，在山间小路的树荫里闪出闪进，好像隔得很远；当他折过山拐角，就像电影的特写镜头，清清楚楚地出现在眼前。这位五十多岁的老农民，身材高瘦，穿着一身青衣服，面色漆黑，头发蓬乱，两道浓眉仿佛堆在炯炯发光的眼睛上。他面透着焦急，眉头紧皱，显得有点恶煞煞的。古语说"抬头老婆低头汉"，这是从走路上观察人的一种方法。你注意没有，这位老农民正是这样。他低着头，身子微微向前探着，两只眼睛固执地看着身前的地面，生怕在崎岖山路上滑跌或者踢着大萝卜，从外形上看，他似乎是一个"抓一条路跑到黑"的人。不错，这个观察可能有点小道理。

他姓钮名叫进金，取"日进斗金"的意思。可是，他在旧社会当了几十年的贫雇农，米粒大小的金子也没挣到过手里。年青时他原是个性情豁达、滑稽有趣的小伙子，会唱山歌，能演花灯，还可以喊上几句滇戏，据说他的老伴还是对调子对上的。这个快活的年青农民，娶过了亲，担起生活担子，当了几年佃农之后，他不唱了；又当了十年佃农之后，他"牛"起来了。年成不好，田里连吃粮全收不起，地主却来追地租。不怕对账的金刚，就怕欠账的精光，要一百次，就答对一百个没有，先前还向人求情，后来，他连句软话全不肯说了。地主讨租来，一听没有粮，就说：

"那样好田，为什么不打粮食，你是哄人吗?!"

老钮说："你那样好的小老婆，为什么不养儿子，你是哄人吗?!"

"你这家伙，我把你送到县上去坐牢!"

"我正愁着这口饭，坐监就不会饿死，请你家开开恩典吧!"

"你这家伙，简直是天不怕地不怕啦!"

"大老爷，我连死都不怕，请放心!"

"你简直是蒸不熟、煮不烂的老牛筋!"

"谢谢大老爷赏给我的这个绰号。"他深深作了个揖。

地主斗嘴不过就硬着来收租。地主硬收，他便硬不给。他敢跟有财有势人斗，敢和比他有力量的人打，敢和一大群人打。结果，当然他吃亏；有时头破血流，有时瘫在地上不会动，但是他始终不输嘴，不低头。有时只要说一句软话，事情就可平息，可是，你等着吧！

年年遭到夺佃的老钮，背着"老牛筋"的绰号，从呈贡搬到晋宁，从澄江迁到江川，最后又从江川迁回到晋宁的这小干坝子算是定下脚来了。干坝子地高土瘦，望雷种田（下大雨才有水栽秧），靠天吃饭，没有牛的固执、牛的蛮劲是住不来的。因为地租少些，碰上一个雨水早的年头，还能支持一下，老钮便又做了"小老婆不生儿子"那家下一辈的佃户。"老牛筋"老两口，再搭上半大的儿子钮新，日日夜夜的劳动，把田间弄得周周正正，田挖得深，肥下得也多，因为秧栽得迟，收成就是不好。雨不按时来，收租的可应节令——庄稼刚收上场，下一辈地主又来了。

"哪日送租啊？"地主问。

"吃粮全没收足，地租后一步吧！"老钮说。

"你打什么主意啊？"

"没打什么主意。谷子全在这点，你家看看行，拿走可不行。"

"好像你种的是自己的田?!"

"不是我的，我也种三几年了，你要拿走口粮，你就自己来种吧！"

地主看看老钮，看看村外面收拾得干干净净的土地，觉得老钮是个爱惜土地的农民。从前，别人不肯来这里，他们来了，他们如果一走，别人就是来种，也怕赶不上老钮，于是就说：

"老钮，你看着办吧。"

"让我看着办，我就先要为肚子打打算盘。"

"唉，你这蒸不熟、煮不烂的老牛筋。"

解放以后，"老牛筋"的外号还保存着，"老牛筋"的脾气却不再发作了。土改时，他非常积极，当时工作同志老于，准备培养他入党。老钮直截了当地说："我的性子不能做党员：老天爷是老大我就是老二。人家做错事，可以认错，我啊就是不行，心里明知干错了，急得想哭，可嘴头上抵死也不认。这样人入党，一定给党添累赘，等我改改再说吧。"因为翻了身，心情愉快，窝心事没有了，十年以来，他仅仅发过两次。

"老牛筋"是个"宁折不弯"的人。一辈子不服软，不认输，不向贫苦低头，不向阔人说小话。他挨过反动派的毒打，瘫在地下不求饶；挨过荒年的饥饿，蹲在家里不讨口；耿直、真诚，不小气。不沾别人一点小便宜。合作社土地入股，高级社田地公有，他没闹过情绪。可是到了一九五七年，粮食大辩论时，他的老牛筋又发作了。社总支副支书谢林（是个右派分子），煽动群众叫粮，在社员大会上，富裕中农王长海，端出一甑子蒸菜放在院心，老婆哭哭啼啼，说他们早已没米吃了。王家两口一出头，不少人跟中农屁股后面"叫苦"，一时弄得乡政府乌烟瘴气。大家叫完了，谢林喊："钮大爹，你家粮食缺多少？""老牛筋"憋起一肚子的气，一些颠倒黑白的话，把眼睛珠几乎全气翻转。听见谢林一问，"老牛筋"抬起黑豆豆的大眼睛，拨开人群，走到甑子旁边，说道："我们完全够吃，一点也不缺！"

"看，'老牛筋'要发作了。"有人小声咄咄说。

"这可真怪！人家每户都缺，只有你们……"

不等谢林说完，"老牛筋"眉头一皱，插上说："这有什么可怪的！不缺就是不缺！粮食每人四百斤，是大家同意的，可是有的人，白天吃四顿，晚上开宵夜，就是他妈的五顿！有的人卖去粮食换酒喝！有的人拿着粮食整黑市！粮食是这样不够的，你这支书可好，不问大家为什么会缺粮，单问大家粮食够不够吃！我敢说，你整错了！"说完，扭转身，一脚把甑子踢得满地乱滚。

谢林跳起来指着老钮大喝："好哇！你扰乱会场！破坏辩论！民兵哪，来！维持秩序！"

"老牛筋"并没让他吓倒。他像座雕像似的，对着谢林站着。民兵来到面前，看见他眼中快迸火星，攒紧两只大手，生仿两个大铁锤，哪里还敢捆他，只说几句好话，让他回家去了。

第二天晚上，他仍然又来开会。支部让他当众检讨，一部分群众（那些叫粮的）也喊着要他检讨。钮大妈生拉活扯的，向人群里牵老倌，老钮看见老伴吓得要哭，就出来了。他走到石阶下面，指着阶上的谢林厉声问道：

"是你让我检讨吗？我告诉你，谢林，你搞错啦！我钮进金活了五十三岁，在反动派面前也没认过输，现在是人民当家，我更不能检讨！就是检讨，也不在你面前！将来说不定我两个是谁来检讨！"

钮大妈站在一边，吓得全身打抖，要是儿子钮新这样闯祸事，她真会劈头打他几下的。对这样一个老倌，你可有啥法？她一面流泪一面说："这个老牛筋哪，你可咋个整！"

她只好死拖活拖地把老倌拉出会场。

第三天晚上，他又在会场出现了。人争正气，鱼争上水，"老牛筋"可不是临阵脱逃、胆小怕事的人。他到乡上一看，会场的气候不同了：主持会场的是县上的付书记，谢林气瘪瘪地坐在一边，脸色白沙沙的，耷拉着脑壳，好像不敢看人。前两天叫粮最凶的人，也躲到人后面，也不像前两日那么眉飞色舞了。

今日晚上发言的，是另一派人，说出的话，又真实，又直道，每个人都提到他"老牛筋",说他的意见是正确的。

辩论的结果——不缺粮。

第二次发作,是在"大跃进"提出以后。

"老牛筋"是个生产经验极为丰富的老农民。他认为自己满身是武艺,可是种了一辈子苦田就没能把本事施展出来。他一直认为是件恨事。合作化后,一听见别的生产队提高产量,他就是一心火。他在这小干坝子里,挖空了心思使出吃奶力气,每年增产的数字仍旧跟不上。"大跃进"一来,一九五八年的生产指标是亩产一千斤。他左思右想,觉得这在小干坝里,无论怎么干,任你忙得脚朝天,也达不到一千斤。他苦思苦想了好几天,最后和儿子钮新说:

"不能在这里住下去了。这是一块死地,任你再用力气,也是白扯白。"

"你打算怎么办?"钮新有些吃惊。

"指标一千斤,并不高,可是这里办不到。跃不上去可是丢人啊!我想,我们搬家吧,迁到你姐姐那里,他们田地很好,队上又缺人。"

"那怎个行!我们和姐姐是两个农业社,就是这里肯放,那里也不见肯收留。"

"我已经交涉好了,他们肯留。"

"如果这里不放呢?"

"不放我也走!"

老伴在一边也说:"你是老昏啦,已经在这里住二十五年了,肯舍得它走开啊?!"

"有啥舍不得!这几日饮牛水没有了,再过几日,连水井全会见底的,有啥舍不得!"

说完，他就到社上来找支书李和平。支书在接电话。一面听，一面记，一面回答。他生着一头浓发一张圆脸，狮子鼻，厚嘴唇，说话很响很慢，似乎到什么时候都是稳稳沉沉，不慌不忙的。

"钮大爹，今日得闲啦？"他挂上电话，看见钮老倌站在身边，就向他招呼。

"李同志，我来跟你要求一件事——我打算搬家。"

"怎么？你这是几时打起的主意？"

"最近，"老倌咳嗽一声，"'大跃进'以后。"

"要离开小干坝？舍得么？你有啥理由？"

"理由吗，很少，只有一条：小干坝没水，跃也跃不起来。"他坐在书记对面的凳子上。

"我们社准备在干坝山上修一个水库，不久就有水了。"

"修不起来。"老倌肯定地说，"修不起来！"

"为什么？"

"一个社的劳动力，修不起那大的工程，就是修得起，也是花了大笔钱，只灌一小片田。再说，山上又没水源，修成了，也是一个干水库，闹笑话……我五十三岁了，从来也没伸伸展展种上几年田。现在'大跃进'，我也这一大把年纪了。到别处试试，把一点力气使在刀刃上，对生产不是没有坏处吗？"

"大爹，你这是条件论。"

"我不懂什么叫'条件论'，我只晓得，夏至栽秧任你是天人也得不到丰收。哎，书记同志，亩产一千斤的指标，逗得我口水都淌出三尺长，可是，我一见那干坝子，全身的气力一家伙就冒完冒尽啦！"他身子一仰摊开一双手，长长叹了一口气。

"你想迁到哪里去？"

"我么，准备迁到我女儿那边。他们田靠近湖边，只消拿出一点办法，一千五——两千斤手到擒来！"他攒紧两只拳头，手骨节"咯咯"发响。

"小干坝也得有人种啊！"李和平说话改了声调——快了。

"谁愿种谁来种吧！我算不干啦！二十五年，整整的，我恨不把口水全滴给它，可是仍然不见效！书记同志，我离开它也不容易啊……"老倌似乎动了点感情，声音有些打战。

"不行，他们是一社，我们是一社，带去三个劳动力，不行！"

"我只想增产，不管是哪个社！""老牛筋"扭了一下身子，鼻子哼哧哼哧的，这是来劲的先兆，"天下民，天下住，凭劳动吃饭，又不叫哪个人养活！"

一看"老牛筋"语气不对，李和平就把第三个"不行"咽回肚子里。他知道这个人的脾气：如果他已经打定了主意，九牛二虎也拉不回转的。只有运用一点策略，把他拖上一个时期，春耕一过，生产措施安排定了，他也许就泄气了。他说：

"搬家转社是大事，应该得到你儿子的同意，他不同意，我们就不能给你们办迁移手续。"

老倌最爱他的独儿子，也最听钮新的话。钮新是团员，又是干坝的生产小组长，党支部不同意，他是不会迁的。家庭里有了矛盾，就会把时间拖长，这个釜底抽薪的办法，说不定会把牛筋老倌从内部攻破的。

"让钮新同意吗？那很容易，很容易！"他说着站起身来，"李同志，我们是'君子一言，快马一鞭'，你已经同意啦。"

李和平把他送到门外，望着"老牛筋"低头走去的背影，心里很不痛快。"他，怎么想迁到外社去？"假使换另外一个人，他不会有这样的心情。钮进金就不同了。这位老农民，不单是善良、正直、刚强、刻苦，而且对社会主义似乎有着一种天然的赤诚。有些农民，对共产党社会主义爱在嘴上（当面喊万岁，背地闹情绪），他却爱在心里。平常时间，他不说不讲，一到对党和社会主义有利或者有害的时候，他就站出来，天不怕地不怕的，拥护对社会主义有利的事，反对对社会主义有害的事。他不管你是谁，领导也好，干部也好，党员也好，群众也好，只消他一听你说话路数不对，老虎嘴上也敢捋下一把毛。他不懂得分析、研究，他只凭着自己的阶级的直觉。像这样地地道道的老贫农，李和平怎能愿意他搬走呢？可是，"老牛筋"却不知道。

任管坝子干，产量提不高，但是，自从合作化以来，"老牛筋"的农业模范一年也没放脱过。生产在热火朝天的时候，正是他兴高采烈的时候。他一辈子盘苦庄稼，在干坝子消磨去大半生的精力；因为这样，他摸透了土地的性情。抓节会、选品种、修水道、治害虫、抗旱、防洪、改良土壤等等，他都有自己的经验和见解。这几年来，每到春耕生产和秋收秋种，李和平总要向他去请教，把他的话看作和农业知识丛书有着同样的价值，他把"老牛筋"差不多当作一本活的农业全书一般地看待。可是，"老牛筋"却不知道。

钮进金走出乡政府，认为这次交涉，是出乎意料的顺利。他兴冲冲走回干坝，立刻找儿子商量，钮新说："书记同意了？这才是怪事情。"小伙子摸摸嘴巴上的嫩胡子，有点惊疑。

"有啥可怪，我又不是去做贼！"

"我妈同意吗？我看得开一个家庭会。"他想往老人身上推。

"她有啥不同意，不信你问问。"

老妈妈明知拗不过老倌，加上迁到西村又跟女儿凑合到一起，也就乐得意站在老倌这一边。

老倌心里好欢畅，清早起来抓起斧头修牛车，又砍又锯，小院里叮叮当当响得个不停；可是儿子却不着家了。

"好吧，你会逃我就会捉。""老牛筋"自言自语一阵，把斧头向车上当地一丢，走出大门直奔干坝去了。

李和平吃过中饭正想下队去检查积肥情况，刚走到门口石阶上，就见老钮拉着小钮，吵吵嚷嚷地奔着他走来。

"小杂种，看你来不来！"老钮骂着。

小钮脸红筋胀的，又生气，又害羞，又不敢和老钮反抗，只说：

"爹，你家放开，放开吧，你看，多不好意思！"

"放开？放开你又撒了！"

钮家父子扭扭扯扯的，如同老鸦捉着一只小斑鸠（儿子穿着灰衣服），妈妈跟在身后，嘴里咕叨抱怨，活像一只刚生过蛋的老母鸡。街上站满看热闹的人，嘻嘻哈哈的笑声，指指点点地说：

"看，'老牛筋'又发作哩！"

"老牛筋"一直把儿子拉到书记面前，才松开了手：

"书记，请你问吧。"

李和平哭不得又笑不得。他知道事已至此，再留也无益了，只说：

"好吧。我同意你们迁移就是。"他叹了口气，"不过，大爹，你将来也许要有后悔那一天，搬出容易迁入难，那时你后悔已经迟了。"

"不会，绝不会！我是心甘情愿，绝无强逼硬挤等情。"他笑得很得意，"汉子人吗，'一不做，二不休'，绝对不会！不过，我走了，我是不会忘记你们，忘记小干坝的。"说着，他摇摇头，咂了两下嘴皮,面上现出沉思的神色。

"那就别迁啦,啊,我们舍不得你呀!"

"那怎个行,我的弓已经拉满啦。"

"你真是个蒸不熟、煮不烂的老牛筋!"

李和平从来没喊过他的外号,今日他指老倌的鼻子喊出来了。

"这个外号是老地主给我起的,嘿!嘿!……好,你骂吧!反正你知道,我是不会对你发气的。"

第二天(一九五八年正月初十)"老牛筋"一家人迁出了小干坝。

社上派来一辆牛车,姑爷赶来一辆马车。马车上,装着箱箱柜柜,上面堆起一些稻草。姑爷是个毛头小伙子,车一装完,抓起鞭子爬上车,吆喝一声先就跑走了。

牛车装好了,老两口站在院心,脸沉沉的,眼痴痴地里里外外看一眼,算作和老宅告别,然后又和几家送行的邻居一一告别。小钮新赶起牛车,妈妈坐车顶上招呼东西,老钮跟在车后面,慢腾腾走出小村。出了村子,车道插入坝子中间,顺着河埂曲曲折折地通向南面的山口。窄窄的坝田,大半已经挖完,垄头映着太阳,放出蒸人的热气。没挖的田,裂出一手宽裂口,如同苦渴得向天讨水。河道里,砂石闪着亮光,岸上的茅草,直挺挺的发白,在阵阵春风吹拂下,细瘦的叶片一动不动,似乎被太阳给晒呆了。整个小坝子,黄枯枯,干焦焦的,只有山坡上的仙人掌,给周围点出几堆绿色。牛车走到山峡口,牯子站下撒尿,车停住了。钮老倌转过身看看小坝,看看树林下面的老家,就说:

"小坝,我们走啦。好多年以来你给我不少好处,也给我许多的劳累,我们吃过你的奶水,也受过你的折磨……我们离开你,并不为了个人去发财,是为了'大跃进',你要原谅,莫生我的气。鸟往旺处飞，是不是？那你就别恨我，我们还是好说好散吧！"

钮大妈心里本来很沉重，听见老钮这一说，眼泪"唰"地一下子淌出来了。她先是抽鼻子，后来双手把脸捂起，肩膀头一耸一耸的。她和老倌拜堂三十年，平时不必说，就连他避难躲债逃走时候，也没见他用这样态度说过话。

小钮新好像没有理会这些，他看看老两口，眨崩两下眼睛，若无其事地举起赶牛的小手棍，吆喝一声把车又赶走了。

搬到吉兴社不久就听人说：松青社准备去干坝修起一个水库。听见这个消息，老钮心里动了一动，但他不相信！松青一个社的力量，能够修建那大一个工程。栽完小秧，消息证实了。松青社真是自力更生地干起来了。他正想亲自见个实，县上打来电话，要来吉兴西村召开现场会，因为他们中耕抓得最好，秧苗也最旺。他在现场上看见了李和平，知道水库已经停了工，因为缺乏人力、物力和技术，李和平又告诉他："水库一定能修成，今年不行到明年，瞧着吧。"他只微微一笑，心想：你这是纸上画饼哄娃娃。

谷子低头时，人民公社成立了。跟着他又听说：干坝水库重又开了工。人民公社成立，他觉得组织太大，管的事太多，成立得也太急些。到这时，他才知道，人民公社的好处。不是四个高级社合一，干坝水库到他抱孙子时候（钮新还没对象哩）也怕搞不成，水库一修一停，一停一修，他的心也随着一上一下，一摇一动的。"如果干坝那土质，及时得到了水，又是什么情况哪？……不行，山上面又没水源，靠下雨存点水，不到来年栽秧，干季的太阳就把水吸掉了……"怀疑尽管怀疑，他就是放不下心。这几天，他人去吉兴，心都飞到干坝去。他觉得，干坝水库还是为自己修的，他不能袖手旁观。一天，他到队上请个假——说是赶街，去溜溜达达奔到老家去了。

他登上小道，直直爬上西山，一看见橡树林里的小村子，便想绕开它走，生怕遇见老邻居，问那声："你回来了？"但是，他仍然走到近前，走到他的老屋门口。他心里一怔："怎么，门封起了？"门口空地上，堆着一堆堆新收的水谷。场心上卧着一条黑狗，看见老倌，立刻跑到身边，闻了闻衣服，向他摇起尾巴，没叫，"它还认得我啦"。门楼上面的金石斛，还是那么黄，门头上嵌起的羊角，还是周周正正的。……"难道还给我俩留着吗？"他想。向村外一看，刚割完的稻田根上出了新芽，小坝子一片淡绿，似乎这片土地从来也没这么美过。……如果有了水，又该是个什么样子呢？……他离开村子，走到山背后去，转进山口，他一下就惊住了：四个社的强劳动，蚁群一般聚在山谷里面，山上有飞兜，有地车，山下有牛车、马车、手推车，有挑的，有背的，有挖的，有运的，有说的，有唱的，有大喊大叫的……山劈开了，石头崩倒了，天空灰蒙蒙的，细土像露水似的洒落身上……他绕开人群，走到打石头的山坡上面站着向下看。他怕熟人问："你回来了？看看我们公社有多大的力量哪。"

第二天，李和平刚起床，小钮新来到了乡政府。

"你来得好早。"李和平正在洗脸，"已经跑了三四十里路。"

"莫提啦！天刚麻沙亮，老倌就把我轰起来，让我来向你说两件事：一件是，他说，翻地种豆已经来不及了。最好是，两样一起来，能翻的翻，能按的按，地太干了可以放点水泡泡。第二件，他说，你们石工不在行，那样砌起水坝，来勇了会崩裂的。还说，他有个老朋友，现在江川，如果用时，可以去找他。"说完，从口袋里掏一封写好的信：

老吴大哥：

　　三年不见，两年没通信，你还没死吧？你不会死。我也没有死。我们从前没死成，现在更不能死。如果你还活着，没生病，千万可别生病，我想请你来干坝一趟，帮帮我们的忙。我们要用你的手使使。你一定要来，如果不来，我可要骂人。你不知道，我快渴死啦！就写到这里，详细情况，等会面时再嗷给你，保证你十天十夜嗷不完。

弟老钮

　　"这是啥信啊，是你写的吗？"李和平哈哈大笑。

　　"我爹口说，我照写的。"

　　"这可是真朋友，一点虚套全没有。你爹怎有这样一个朋友？"

　　"我爹说，他们是在躲债时认识的。他在澄江病了，爹一直把他服侍好，两个人就成朋友。据说那老倌，因为打死一个压迫他的恶人，带着女儿逃出避难的。病好之后，他把女儿嫁给江川一户渔家，就在江川海的渔船上隐姓埋名住下来，石匠也不当了。前些年，他还到干坝看过我们，这二年不来了。我爹还说，如果社上没人去，叫我亲自去一趟。如果吴人哥不肯来，你就说'我爹病了'，他一定就会来的。"

　　李和平抓住小钮肩头，一推一摇地说：

　　"你爹真是没忘我们干坝啊！好，你就跑一趟吧。"

　　"看这样子，水库如果修成，说不定老倌一高兴又要回来。"钮新说。

　　"能吗？"

　　"嘿嘿，他的脾气你还不知道：只要劲头一来，火山他都敢跳

191

下去的。"

吃过早饭，小钮走了。第二日晚上，当真请来了一位六十多岁，身材细瘦、一把大胡子的老人。老人来到之后，知道"老牛筋"已经迁到吉兴，马上骂了起来：

"你看，这个狗日的，他迁走了还把我哄来，我没想到他有这一手！"骂完又说："小新，你也是个狗日的！你们不在干坝，为啥不告诉我?！"

"大爹，我说了实话，怕你不肯来。"

李和平看见老倌生气，就说：

"从前一个县修不起一个水库，现在我们一个社硬要修它一个。从前，你老人家想当石匠人家不肯让你当，现在，我们却请你老人家来当。来吧，大爹，帮帮忙吧。"

这两句话，出乎意料地打动了老人家的心。他想了一下，抓了抓大胡子，说：

"算你说得有理，我干啦。不过，带着这一大把胡子当工人，未免不像话……这胡子嘛，还是从避难时就留下的，好，去它的吧！"

他把胡子让李和平给剃掉了。

老倌是一位出色的石工，虽然手艺丢了多年，手也有点发抖，力气也不充足，但他打出的石头，仍然是又好又快。他一面干活，一面教徒弟，水库修好，他给松青社培养了十九名青年石工。

一条清清的小江，在水库东山外面活活地流着。水库没有水源，只好挖开山肚子把它引入水库。老师傅登山爬岩做了一番检查，用很短时间就把水道凿通了。

水库竣工了，老钮把吴大哥接到家里，两个老朋友端起酒杯，

"老牛筋"说：

"大哥，吃这杯酒，我代表松青社再谢谢你。"

吴师傅喝完酒，把杯子"咚"地放在桌上，瞪起眼睛说：

"你是吉兴公社社员，你有什么资格代表人家松青社？！"

"老家伙，莫提啦！你把我的心全挖通了。你不知道！哎哎，我呀，直到现在还是松青社员。"

"你这家伙，'明保北魏，暗保西蜀'，真是诡计多端！"

两位老朋友刚喝完酒，县委会派人来接吴师傅。接吻、拥抱老钮没来会，他抱起老哥哥，一下子钻进吉普车里，然后搭上车到松青去找李和平——这是一九五九年一月十五日。

"和平，我来和你请求一件事。"他开门见山地说，"我准备迁回小干坝。"

"啊！你说啥？"李和平故意装聋。

"我说，我想迁回小干坝。""老牛筋"脸红了。

"大爹，你还记得，我在你迁走时说的话吗？入社生产可不比串门子，爱来就来，爱走就走。"李和平一直拿手拧眉毛，只有这样，他才不会笑出来。

"你这说哪里话？！这哪能跟串门子来比！当初，我错走了一步棋，倒是真的。人么，全是有前眼没后眼的，你要晓得：'人不错成仙，马不错成龙'，走错路知道折回头，毛主席也不能把他怪到底。你许可我迁回小村，我担保干坝每亩单产一千斤……你如果嫌少，那就每亩提到一千二，怎么样？我可以给你具结画押。"

这正是李和平的希望，可他并不立刻答应。在吉兴现场会上，县委评奖会上，他多后悔放走老牛筋？现在，他要借此机会治治他的老牛筋和"自由主义"。

"你要回来，得先要到吉兴公社的证明信，他们同意了，我们再考虑，他们不同意，如果我们留了你，就会破坏两社之间的团结。"

"老牛筋"半信半疑，心里不痛快，又不敢发作。李和平不同意，你可以硬着迁出，但可不能硬着迁入啊！

"这个官腔打得好！"他走了。

他茫茫然跑回吉兴去交涉，张书记的回答，李和平说的话，如同一个印版印出的：

"你要迁回去，先拿来松青社的准许证。"吉兴公社自然不肯放。

"嗬，这个官腔打得好！"

第二天他又跑到松青社，得的结果，仍是"这个官腔打得好"！

三日之内，他在松青、吉兴之间往返跑了三趟，心里又急躁、又气闷，跺脚捶胸，一肚子的怒气发泄不出。最后一次来到松青社，一见李和平，大喊大叫：

"和平啊，你是逼人上吊啊！""老牛筋"抓着帽子抹擦头上的汗水，疲乏，懊丧，口苦心焦，他坐在凳子上，如同挨打了的孩子一样，低头无语。

"好吧，不要证明了，可是你得当众检讨。"

"老牛筋"像被什么东西刺了一下，霍地站起来，用非常吃惊的眼神看着书记，后来甩了甩袖子，二话没说就走了。第二天清早，小钮又来乡政府，向书记笑了一阵才说："老倌逼我向你来说情。他说，他不会检讨。"

"你回去说：他不检讨，群众就不能同意你们迁回来。不但要检讨，而且还得检讨得深刻。"

一月十六号，松青公社召开社员会，讨论一九五九年春耕生产"大跃进"的规划和措施，"老牛筋"当真来了。一见和平，一把将他拉到大门外的田埂上，悄悄地说：

"和平，你高高手我就过科（去）啦。我只检讨迁入好不好，说到迁出，那真是大姑娘说媒——难张口啊！"

"你这人真是难缠，检讨一下还要来一个要价还价，你想吧，检讨迁入还是检讨迁出？假如你不迁出，怎个会提到迁入哪！"

"啊啊，原来是这样！对，你说得对。这样嘛，可得下细想想。"

他一直在门外走来走去，想迁出，骂自己，埋怨老伴和儿子（恨他们当初不阻挡他），几次想提起脚来往家跑，可是他知道：跑了还是要回来……后来忽然间急中生智，想出一个他自己认为既方便，又新鲜，也许还能打动老乡们的办法。

会场上的汽灯，已经暗淡下来，群众讨论已经结束时，他走进会场。李和平向大家提出：钮进金要求迁回小干坝，党委认为他应该当众检查，如果检查好，大家认为可以了，就答应他迁回来。——"钮大爹，你检讨吧。"

李和平退后，钮进金上前。他双手抱在胸前，两眼看看脚尖，向这面转下身子，又向那面转一下，然后抬起头，脸上羞得像个大姑娘，动了好一阵嘴唇才说出口："老乡们，我错了！我不该搬出小干坝。现在我请求回来，不是串门子，是和大家一同生产的。旧戏里有一出戏，名叫'败子回头'，我就是你们一个败子；可是败子回了家，他有心改邪归正，你们留下他吧。年青时，我爱唱灯。我在检讨以前，先说一个快板：

老钮名叫进金，活了五十五春。

为了生产跃进，一时头脑发昏。

硬说干坝不好，盘田年年焦心。

不听书记劝告，迁到吉兴西村。

不信公社力量，不信群众干劲，

不信能修水库，不信干坝翻身。

有眼不识泰山，想来真伤脑筋。

现在我来检讨：要求搬回小村。

从前犯了错误，请求老乡开恩。

让我迁回干坝，一定好好做人！

一定听党的话，再也不发牛筋。"

"老牛筋"能检讨，已经够新鲜了。检讨用了快板，又是新鲜上的新鲜。群众轰的一声笑起来，喊起来：

"好啊！好啊！！"

"不消再检讨了！"

"迁回来！迁回来！"

"我们给你搬家去！"

注意："老牛筋"又从西面山坡回来了！这回是三辆牛车，钮大妈坐在最后一辆车上，"老牛筋"还是走在车后面。看吧，又来到山峡口了，"老牛筋"又站住了，你听见他说的是什么：

"小干坝，我们又回来啦，对不起你，可是我已经检讨过啦。"

钮大妈没哭，笑起来了。

一九五九年九月十四日

李双双小传

李凖

【关于作家】

李凖（1928—2000），原名李铁生，曾用名李准，河南洛阳人，中国共产党党员。1953年，在《河南日报》上发表了个人首部短篇小说《不能走那条路》，后被调入河南省文联从事专业文艺创作。1960年，发表短篇小说《李双双小传》，产生广泛影响。1980年，当选为河南省文联副主席、河南省作协分会主席。1981年，凭借短篇小说《王结实》获得全国优秀短篇小说奖。1984年，与李存葆联合担任电影《高山下的花环》编剧。1985年，他创作的长篇小说《黄河东流去》获得第二届茅盾文学奖。1990年，担任中国现代文学馆馆长。1993年，担任电影《老人与狗》的编剧。1996年，当选为中国作家协会副主席。主要作品有长篇小说《黄河东流去》，小说集《春笋集》《彼岸集》等。

【关于作品】

《李双双小传》以"大跃进"发展中人民公社运动为背景，描写了一位豪爽而勤劳的农村妇女李双双，积极参与"大跃进"农事生产活动，且勇于大胆反抗，冲破丈夫喜旺褊狭保守的传统观念，为人民公社兴办集体食堂，提高食堂卫生，实现炊具机械化，热心创造出了"跃进"面条和台阶式煎饼机，满足社员需求，办好食堂。李双双办事公道，深受群众满意，深受她的鼓舞和影响，丈夫喜旺也转变了思想，自觉上进不断进步，提高自我觉悟。

小说语言朴素自然，充满着浓郁的乡土生活气息，叙述笔调生动幽默而富有喜剧氛围，同时善于运用民间口语，传神达意地来呈现个性鲜明的人物性格，极富文学感染力地塑造出了李双双这一农村青年妇女泼辣豪爽、积极善良的人物形象。

《李双双小传》关于人民公社期间农村妇女精神面貌巨变的描写，引起了广泛关注。1962 年李准担任编剧改编成电影《李双双》后，获得第二届大众电影百花奖最佳故事片、最佳编剧等奖项。此后以电影剧本为基础，《李双双》又被改编成豫剧、话剧等艺术形式呈现出来，农村妇女李双双积极能干的劳动者形象，广为深入人心，给人们留下了特定年代里难忘的印象。

一

李双双是我们公社孙庄大队孙喜旺的爱人，今年有二十六七岁年纪。在人民公社化和"大跃进"以前村里很少有人知道她叫"双双"，因为她年纪轻轻的就拉巴了两三个孩子。在高级社时候，很少能上地里做几回活，逢着麦秋忙天，就是做上几十个劳动日，也都上在喜旺的工折上。村里街坊邻居，老一辈人提起她，都管她叫"喜旺家",或者"喜旺媳";年轻人只管她叫"喜旺嫂子"。至于喜旺本人,前些年在人前提起她,就只说"俺那个屋里人",近几年双双有了小孩子,他改叫作"俺小菊她妈"。另外,他还有个不大好听的叫法,那就是"俺做饭的"。

双双这个名字既然被这么多的名称代替着,自然很难有露面的时候。可是什么事情都有变的时候,一九五八年春天"大跃进",却把双双给"跃"出来了。她这个名字,不单是跃到全公社,又跃到县报上、省报上。李双双这个名字被人响亮亮地叫起来了。不过话还得说回来,她这个名字头一次出现在人们面前,还是在一九五八年春节后,孙庄群众鸣放会上的一张大字报上。故事也还得从那个时候说起。

一九五八年开春,全乡群众打破常规过春节,发动起来一个轰轰烈烈向水利化进军的高潮。孙庄的男女青年们,都扛着大旗、敲着锣鼓上黑山头修水库去了,村子里剩下的苦力,也都忙着积肥送粪,耙春地下红薯秧苗,可是终因劳力缺少,麦田管理怎么也顾不过来。

这时候,社里党支部发动群众鸣放讨论这个事,要大家想办法解决。社里开了个动员会,第一天,大字报就在街上贴满了。这天,乡里党委书记罗书林同志正来孙庄,他和社里老支书老进叔,看着一街两行房山墙上贴的红红绿绿的大字报。就在这时候,他们被一张大字报吸引住了。

这张大字报的字写得很大,字迹写得有点歪歪扭扭,可是上边的事却写得格外新鲜。上边写的是:

家务事，

真心焦，

有干劲，

鼓不了！

整天围着锅台转，

跃进计划咋实现？

只要能把食堂办，

敢和他们男人来挑战。

下边写的名字是"李双双"。

这一张大字报贴出来不要紧，可把罗书记喜欢劈了。他念了一遍又一遍，拍着老进叔的肩膀头说："嗨，老伙计，这可有了办法了。这一张大字报重要得很！要是能把家庭妇女弄出来，咱们这个'大跃进'可就长上翅膀了！"他接着就打听这个李双双是谁家的。

老进叔想了想说："如今这些年轻媳妇们，我都还安不清位，这都是不常开会那一号。"

罗书记说："你打听打听，这个人可要好好访访培养。能想出来这一条就不简单，有股子冲劲！"

提到"冲劲"，老进叔说："这么说来，兴许是喜旺媳妇。"罗书记说："怎见得是她？"老进叔说："那个小媳妇可能拿得出来了！去年大辩论时候，上到台子上发言的就是她。就是平常开会少一点。前两天我见她跟喜旺还干仗哩！"

两个人正谈论着，树影儿已经正了，地里的人也都回来了，围着过来看大字报。老支书就问他们："这个李双双是不是喜旺媳妇?"有人说"是",也有人说"不是"。

有人说:"这就是喜旺家写的,去年冬天扫盲上民校时候,她报的名字就叫李双双。"

还有人说:"那个媳妇利利洒洒的,读书心眼可灵了,她能写出这几个字。"

大伙正在议论,恰巧喜旺推着小车从地里回来了,喜旺有三十四五年纪,比双双大着七八岁。他原也是个贫苦出身,解放前在镇上饭馆里当过两年小学徒,后来因为端菜打破了两个八寸瓷盘,怕挨掌柜的打,就偷跑到外边在吹鼓手班子里混了二年,一直到解放后,才回到村里。

大伙看见喜旺,就叫着他问:"喜旺,你看这是谁写的大字报,是不是您小菊她妈?"

喜旺听说双双贴了大字报,先吓了一跳。他忖着:"这个'出马一条线'的货,该不是把前天和我吵嘴的事掀出来了吧!"他又见乡里罗书记和老支书都在这里看着那张大字报,更是不能承应。他哼着哈着走到那张大字报跟前先念了念,心里一块石头才算落了地,又听见罗书记说:"写得好!这张大字报写得真好!"他才慢慢吞吞地说:"就是俺做饭的写的。"

喜旺话音一落地,大家轰的一声笑起来。喜旺听着别人笑,还只当是别人笑他吹牛,急忙证实着说:"你们不信哪!真是俺小菊她妈写的。她就叫李双双,她会写字啊!她不光在这里贴大字报,平常写的小字条,把我们那个屋子都贴满了。"他这么一说,大家笑得更厉害,罗书记笑着问他:"平常她写的小字条上都写些什么?"喜旺红着脸说:"女人家,她懂得什么。写得都和这张大字报上差不离。什么:'我真想学习呀,就是没时间。''啥时候我也能不做饭，去参加'大跃进'！'还有什么：'裤子的裤字，去掉一边的衣字，就是水库的库。'……可多啦！床头上，窗户纸上贴的都是，我都记不清。反正我那个做饭的，是个有嘴没心'没星秤'的人，你们不用和她一般见识。"喜旺说着就去撕山墙上双双写的那张大字报，老支书却拦住他说："你这是干啥？人家写的大字报，你怎么就能随便撕。人家这是鸣放啊！"

喜旺听说这是"鸣放"，忙把手缩回来了。罗书记打量着他笑着说："喜旺啊！你爱人李双双这张大字报写得好得很，这个建议对咱们全乡'大跃进'要起很大作用。人家不是不懂什么，是懂得很多。我要把这张大字报拿走了，乡党委要专门开会研究这个建议。"接着他又拍着他的肩膀："哎，以后要改改习惯了，怎么老叫'俺做饭的''俺做饭的'，人家大字报都出到你的床头了，还不民主点。"

罗书记说罢，把那张大字报折起来装在口袋里，和老支书上社里去了。喜旺这时却弄得像个丈二金刚——一时摸不着头脑。

二

喜旺推着空车子往家一路走，一路想着。

他想，别看我那个女人，她编两句顺口溜，却连乡里罗书记都看得那样金贵。不过也好险哪！好在她还没有把我们打架那个事给亮出来，她要真是写我一张大字报贴在街上，说不定大伙还要和我"辩论"一下。哎，这个直性子女人，以后可真得小心点儿哩。

说起来喜旺和双双前两天打架，还有一段缘由。双双娘家在解放前是个赤贫农户，她在十七岁那年，就嫁给了喜旺。才过门那几年，双双是个小丫头，什么事也不懂，可没断挨喜旺的打。到土改时候，政府又贯彻婚姻法，喜旺才不敢老打了。一则是日子也像样了，害怕双双和他离婚；二则是双双也有了小孩，脾气也大起来。有时候喜旺打她，她就拼着还手打喜旺。喜旺认真地惹了她两次，可是到底也没惹下。村里干部又批评他个没理，后来也就干脆把拳头收了起来。可是家里里里外外的事情，还是他一个人当着家。合作化以后，实行男女同工同酬，双双虽然做活少，可也有人家一份。喜旺这时候办个什么事，也得和她商量商量。不过双双孩子多，很少开会，也很少下地。喜旺也乐意自己多做一点。照他自己看法是，这也少找我许多麻烦。

喜旺也确实喜欢双双。他喜欢双双那个火辣辣的性子，喜欢她这些年变化得敢说敢笑的爽快劲儿。双双人长得漂亮，又做得一手好针线，干起活来快当利落。前几年纺棉花，粗拉拉的线一天能纺半斤，织起布来一天能织一丈三四。就是这几年孩子多了，喜旺也没断过新鞋穿，秋风凉的时候，孩子们总是能换上干干净净的棉衣服。可是喜旺也有不喜欢她的地方。那就是在他看来，双双嘴太快，爱在街上管闲事、说闲话。因为多管闲事，就断不了要跟一些人吵嘴，有时候还得喜旺出面给人家赔不是。逢到这种时候，喜旺总是恨恨地说着："哎，这女人心眼太聪明了，她少个心眼倒好了！"

从前年冬天起，村子里扩大民校，双双上民校了。她这时一心一意学文化，和人家吵架事情少了，喜旺也乐得安心起来。他想着："这样也好，每天能画两个字，倒把她心给占住了。反正水总得有个渠渠。"

村里各家在前年安有线广播时，喜旺家里也安了一个小喇叭碗。喜旺喜欢听梆子戏，听吹唢呐；双双喜欢听新闻，听报告。两口子一人一段，也不矛盾。可是喜旺却没料到双双自从学了文化以后，又听广播又看报，倒是越发要闹起"事儿"来。她不但在屋子里贴满小字报，前天还和他干了一架。

打架是在正月初七那天。双双看着青年们都上黑山头水库去了，又听说还要把红石河的水引到村里来，在村东边挖一条大渠，这时她就要求着也要去修渠。

喜旺说："你算了吧，队里又没派你的工。"

双双说："没派我我也要去。我在家憋闷得慌。人家都'大跃进'哩，我就不能走出来这个家！"

喜旺说："什么'大跃进'呀，还是挖土！"双双撇着嘴看了他一眼说："就你的保守话多，我非去不行。"

喜旺拗不过她，只得由她把小孩子寄给邻居四婶，去村东参加修渠了。

双双修了两天渠，脸吹得红扑扑的，话也稠了，笑声也响了，可是也更忙了。特别是做三顿饭。每天人家不下工她就得跑回来，忙着烟熏火燎地烧火做饭，可是还没等吃到嘴里，队里就又打上工钟了。

初七那天晌午，双双回来得稍晚了点，一到家里，就看见几个孩子哭着要吃饭。她累得浑身没一点劲儿，孩子们又闹着吃饭，急得一心火。她掀开帘子到屋子里一看，喜旺却早回来了，直杠杠地躺在床上吸烟。

双双看了很生气，她说："孩子们哭成这样子，你也不哄哄，你倒清闲！"

喜旺却在床上只是吧嗒吧嗒抽烟，也不吭声。

双双一面从笼里取出两块馍，塞给孩子们，一面洗着手和着面说："你又不是不会做饭，你要回来先把面和好，我回来擀，也省点时间。就会躺在床上吸烟。"

喜旺这时却伸着两个指头说："哎！我就不能给你起这个头。做饭就是屋里人的事。我现在给你做饭，将来还得叫我给你洗尿布哩！"

双双一听这话，心里就窝着火。她说："那你也得看忙闲，我忙成这样了，你就没有长眼！"

喜旺说："那是你自找，我可养活不起你啦！"

双双正在切面，她把刀往案板上一拍说："将来社里旱田变水田，打的粮食你不用吃！"喜旺说："你说不叫我吃就行了？将来还得你给我做着吃。"

双双听他这样说，气得眼里直冒火星。她把切面刀哗地一撂说："吃！你吃不成！"说罢气地坐在门槛上哭起来。

双双在一边哭着，喜旺却装得像个没事人一样。他躺了一会儿，腆着个脸爬起来到案板前看了看切好的那些面条说："这就够我吃了，我自己也会下。"说着就往锅里下起面条来。面条下到锅里，他又找了两瓣蒜捣了捣，还加了点醋，打算吃捞面条。

双双在屋里越哭得痛，喜旺把蒜臼越捣得咣咣当当直响。双双看他准备得那样自在，气得直咬牙。她想着："我在这里哭，你在那里吃。你吃不成！"想到这里，就猛地跑过去狠狠地朝着喜旺脊梁捣了两拳。

喜旺挨了两拳，嘴里喊着说："好！你反天了！"他拿着蒜锤扭过身来正要还手，却被双双一把抢了过来，又猛地推了他一掌子，把他一下子推到院子里蹲在地上。

双双把喜旺推蹲在地上，自己却忍不住咯咯地大笑起来。她笑得那样响，把满脸泪花都笑得抖落在地上。

喜旺从地上爬起来正要出气，却被双双上去扭住他说："走！咱们去找老支书说理去！就是兴你这样；我参加'大跃进'你不愿意，你嫌不舒坦，不美气，故意找我岔子，你这是啥思想！走！"

喜旺本来想狠狠地揍她两下子，可是听双双这么说，自己知道理短。何况今天这个事，又是他故意给双双穿小鞋。因此他也不敢再打她了，更不敢和她同去见老支书。他急忙挣脱两只手，站在大门跟前故意气昂昂地说：

"你去吧！你前边走，我后边跟着！"

他话虽是这么说，自己却先溜了。

三

两口子闹了这一场，双双又是生气，又是好笑。不过她心里却有了心事，她想着："光是这样闹，也不是长法，得想个法子。"

这天夜里，双双把孩子都哄睡，又把灯拨了拨，一个人坐在窗户前在纳鞋底。她一面纳着鞋底，一面想着心事。正在这时，忽然村东一片火光把她家的窗户纸都映红了。一阵人声喧闹和欢笑，紧跟着是雨点子般的镢头铁锹挖着石头块的响声，一阵阵地传送过来。

双双从窗户洞里往村东看了看，知道这是引红水河的人们在搞夜战上工了。灯笼吊了一长行，像一条火龙。在灯笼下边，是一条黑黝黝的人群，镢头和铁锨挥舞着，起落着。石夯重重落下的声音有节奏地响起来，小伙子和姑娘们的清脆夯歌声，像一股潮水一样，一股脑儿向着双双家的窗子里涌进来。

"外边'大跃进'干红了天，我还能叫这个家缠我一辈子！"双双想着，只觉得心里扑愣愣的，脸上热乎乎的，再也无心做活。

正在这时，忽然"吱呀"一声门开了，走进个人来。双双还只当是喜旺，故意赌气不看他。

"哟！好大的抬神哪！你是瞌睡了吧！"

双双急忙抬头一看，原来进来的是南院长水媳妇桂英，先笑了。她说："我还只当是俺那个主回来了，原来是你呀！"

桂英说："怎么，你还不想理他呀？"

双双说："我十辈子不理他也不想他！"

桂英说："算了吧！你没听人家常言说：'天上下雨地下流，小两口打架不记仇，白天吃的一个锅里饭，晚上枕的一个枕头！'"

双双说："我们就是这一个锅的饭吃不到一块呀！"

两个人说着都"咯咯咯"地笑起来，由于笑得太响，把床上的小孩子也震得翻了个身，她们忙止住了笑。

双双小声问桂英："你孩子们呢？"

"也是才哄睡。"桂英说。

"你怎么不睡？"

"睡不着。你呢？"

双双说："我也睡不着。听说再过几天渠水就要从咱这大门口流过来了。"

桂英说："喜旺嫂子，你说咱这一号可咋办！人家都'大跃进'哩，咱们怎么'大跃进'？前天我们长水上黑山头水库了。我也要去，人家说咱这孩子多的一号不行。我说我去水库上做饭，人家说没人带小孩！"

双双猛地站起来问："水库上成立食堂了？"

桂英说："是啊，前天把大锅大笼都拉去了！"

双双把鞋底一撂说："嘿！他们水库上能成立食堂，咱们村里怎么不能成立食堂？"桂英也拍着手说："是啊！这倒是个办法。"

两个年轻媳妇一高兴，劲头也大了，办法也多了。她们商量着如何办食堂，如何安置小孩，越说越有劲，一直说到半夜，还嫌不解渴，双双就拉着桂英，连夜去找老支书。

到了老支书家里，老支书在工地上还没回来，只有进大娘在家里。她们把要求办食堂的事和进大娘说了说。进大娘说："你们想这个办法正是茬儿，今天夜里正开会研究挖劳力办法。你们这个办法好，去'鸣放鸣放'，管保行！"

双双说："怎么'鸣放'呀？"

进大娘说："糊大字报！你们会写字，把你们想的，字写得大大的，情往街上糊了！……"

进大娘说着，双双就拉着桂英说："走！管它三七二十一，咱先写一张糊上再说。"两个人兴致勃勃地走了。

双双回到家里，看见喜旺已睡下了。她又点着了灯，找了张纸，写起大字报来。正写着，喜旺醒了，他看见双双在聚精会神地写着字，就叫着说："喂！睡吧，别熬油了，凭你再画字也考不了个秀才！"

双双却不理他，只管写着，她一直写到东方发白，才编成快板，拿出去贴在大街上。

喜旺再也没想到双双写的大字报这么中用。

他推着空小车回到家里后，坐在院子里看着双双只管"嘻嘻嘻"，"嘻嘻嘻"地傻笑。笑得双双不耐烦，就冲着他问："你笑什么呀？只管笑，像吃了呱呱鸡的肉了！"

喜旺眯着两只眼说："小菊她妈，你不简单呀！"

"什么简单不简单的，有话你就直说呀，吐半截，咽半截！"

喜旺说："你写的那张大字报，给乡里罗书记看见了。罗书记说你那个顺口溜重要得很，乡党委会要专门开会研究。"

"真的吗？"双双听说后高兴得几乎跳起来。喜旺却接着说："我说你呀，以后可别乱给我捅娄子了！这大字报可不是随便糊的。你懂得什么政策！这食堂是怎么个办法子，社里还能开饭馆子？"

双双说："你就记着开饭馆，我们说的是办公共食堂。全村各户把粮食对到一块，选几个好炊事员做饭。像水库上那样，又省人，又省柴煤。我的好大哥，以后呀，你也别想拿捏我了，我呢！这个煤渣坑也跳到头了！"

喜旺听她这么说，先嘀了两声说："我还不知道你是想要插翅膀飞呀！那行不行？七家八户放到一块吃饭。净想鲜点子！乡里要能准了你这张大字报，哼！……"

双双说："那也说不定，真要准了怎么说？"

喜旺说："我头朝下走三圈！"

喜旺话音还没落地，忽然房檐下挂的有线广播小喇叭碗响起来了。

广播说："告诉各社社员们一个好消息，为了组织更大跃进，乡党委根据群众要求，要在孙庄办一个群众公共食堂。……"

双双听了这几句话，高兴得撒开腿就往街上跑，她跑到大门口，进大娘、四婶、桂英等一群妇女却正向她家涌来。她们都吵着喊着：

"双双！咱们那张大字报顶事了，乡里要咱办食堂了！"

"走，现在咱就去找地方盘炉子！"

"谁会盘炉子呀？"

"现成的人，喜旺嘛！喜旺会盘大吸灶火！"

"借大锅，东头二毛家过去杀牛有一口大锅！"

霎时间，喜旺家院子里像赶春会似的挤满了人，这一群妇女吵吵嚷嚷，又是笑，又是闹，把喜旺推推拥拥，找地方盘炉灶去了。

四

食堂地址找在村十字路口南边，富裕中农孙有家的旧车院里。三间北房粉刷得雪白粉亮。屋子靠南墙窗户下，盘了两个八面通大吸灶煤火。煤火上放着两口大白印锅，煤火两厢放着两个牛腰粗大双缸，在房子东头，架起来一块一丈二长八尺宽的大柿木案板。

大件家具都借全了，孙庄农业社的群众公共食堂就要冒烟了。在院子里，村里一百多户人家集合在这个新食堂院里，在选食堂的炊事员和司务长。

开会时候，老支书说了说乡党委支持大家办食堂的要求，并且说干就干。最后轮到选炊事员时，大家轰的一声吵开了。

双双头一个发言。她涨红着脸提高嗓门喊着说："喂！我提议叫四婶当个炊事员。四婶是个贫农，人也干净，做活也牢靠。再说，都知道四婶心事也好！"

双双刚说完，大伙就赞成着说："四婶算一个！四婶能行。"

"人家绝不会抛撒米面。"

"可是咱现在都是大锅大笼，还得要个棒实点的人哪。"

"再选个男人！"

喜旺这天也参加会了。他本来只是在一边抽着烟来看热闹，可没想到这时候却有人提到他的名字，那是桂英。

桂英站起来说："哎，我提个人：喜旺哥，咱们都知道喜旺哥是做菜的高手。人家干过馆子，什么炒菜溜菜都行，可咱们连见过都没有！大家说行不行？"

"行。"大家应和着。还有人说："添上喜旺这个棒劳力连挑水都有了！"

"有了喜旺，想吃鸡想吃鱼都不挡把！"

"喜旺行，喜旺为人和气。"富裕中农孙有本来不愿意办食堂，可是看大家都这么说，他也在一边应付着。

又有人接着说："要是咱这食堂有喜旺这炊事员，就是吃根萝卜菜也会有味。"

大家你一句我一句说着，可把双双喜欢坏了。她自从和喜旺结婚以来，还没见过这么多人夸奖喜旺。她想着："这'大跃进'真是把有什么本事的人都用起来了，看他多受大家欢迎啊。"双双想着，可是就在这时候，喜旺站起来发言了。他发言时特别神气。旱烟袋不抽了，从耳朵缝里取出来一根纸烟吸着，先咳嗽了两声才说："刚才大伙都选举我，叫我进食堂，可是这食堂活我干不了。有人会说你从前在山北白木店大镇上馆子里都干了，还差农村咱这个食堂！这里边有个原因，这叫'不读哪家书，不识哪家字'。从前在馆子学徒是分着面案、菜案、流水案。我学的是菜案。你要说弄个鸡子，弄个鱼，不管清蒸红烧咱不外行，可是蒸馍、做面条，这是面案……"喜旺这一派话还没说完，群众就嚷着说："就是选你这好做菜手嘛！"

"会推磨就会推碾！将来咱们这食堂也要吃鱼吃鸡子，你得往前看哪！"

"水库里鱼都长得一斤多重了！"

双双这时也笑着指着喜旺说："他会蒸馍，也会擀面条。平常在家里他自己做嘴吃可会做了。"

喜旺见双双揭他的底，就愣着眼说："就你长着一张嘴！你什么时候见我做嘴吃？"

双双也不让他，双双说："前天你还做哩！怎么你就是不会擀面条，不会蒸馍？放着排场不排场，放着光荣不光荣！我就见不得'牵着不走，打着倒退'，'狗肉不上桌'这号人！"

双双这几句话说得像刀子裁一样，把全场群众都说得哈哈大笑。喜旺挽着袖子还要说什么，老支书说话了。老支书说："办食堂是咱们全体社员福利，是为咱生产能更好'大跃进'。大伙既然选住咱，那就是看咱能给大伙服务，也就不用推辞了。"老支书这话虽然说得不多，却句句都是叫喜旺听的。喜旺这人平常虽说有点流气，对老支书却是非常尊敬。他红着脸说："要是这样，那我刚才说的不算，'俺做饭的'说那个算就是了！"

他这一句话刚说出口，大家又轰的一声笑了，连老支书也笑了。喜旺这时脸涨得鲜红，他搔着头皮想着，忽然感到这个称呼是多么背时啊！

五

食堂头一顿饭吃的是小米绿豆面条，群众叫作"鲤鱼穿沙"。因为是做头一顿饭，老支书、队长玉顺都亲自下厨房了。炊事员除了喜旺和四婶外，又选了桂英。司务长暂时找不到人，就由孙有家的老大孩子金樵担任。这金樵原是个小学毕业生，后来因为年龄大了，也没考上中学，就在社里劳动。老支书这天一早就到了食堂。到了食堂后，先烧了一阵火，然后抓住一副扁担水桶，咕咚咕咚地往水缸担起水来。

喜旺看着老支书年纪这样大，还来干得这样泼，自己有点过意不去。他把几块面擀开以后，交给桂英们切着，自己夺过老支书的扁担和水桶就去挑水。他一口气挑了三十来担，把两个大水缸挑得弥楞满沿才算不挑。

吃饭的时候，全村的男女老少都来了。双双也带着小菊、小笛、小笙三个小孩子来了。她看着喜旺穿着雪白的工作衣，戴着白帽子，衣服上边还绣着大红字儿。她又看着他忙着给大家打饭收饭票，大家也叫着他找着他；好像他也会说了，会笑了，猛地年轻了十几岁一样。

吃饭时候，双双远远瞟着他只是笑。她故意把面条在碗里挑得大高往嘴里吃着，吃得很香的样子叫喜旺看，意思说：我也吃上你做的饭，好气气他。喜旺看见了却只装没看见，把脸埋在一边。

老支书还没吃饭，他挨桌子问着群众，了解对食堂的意见。他走到双双跟前问："双双这食堂饭好吃不好？"双双笑着说："太好吃了。这多省工夫呀，吃罢饭嘴一抹情走了，只说赶跃进，什么心都不操了！"她说着看了喜旺一眼，喜旺心里说："好，你现在算是熬成人了。"

吃罢饭，喜旺在食堂里洗刷一毕回到家里。看见双双正在给小笛子、小笙子两个小家伙洗脸、擦粉抹胭脂，换新衣裳往幼儿园里送。他进到屋里也不顾这些，先长长地"哎"了一声说："他娘的！真把我使坏了，浑身上下都零散了！"说着往床上咕咚地一放。

双双知道他这个爱表功的脾气，却先不理他，任他在那儿哼呀咳呀漫天地扯。孩子们收拾好后，进大娘来了。她是幼儿园的园长，来领小笛子和小笙子。进大娘把两个小孩领走后，双双这才回来在暖水壶里倒了一杯水，抿着嘴微笑着，双手端着放在喜旺跟前。

"光累得慌？"双双轻声问。

"我身上像抽了楔子啦。"喜旺故意装得愁眉苦脸地说。双双又打了一盆洗脸水端过来说："看你那个脸，涂得像个敬德。就这你还吹着你是大馆子出来哩。头一条卫生你就不讲究。现在是'除四害'，要是兴'除五害'呀，连你也除了！"

喜旺翻身坐起来说："我挑了四十担水！你去试试！"

双双说："我不用去试。我知道那活有多深多浅。我要是做饭回来，绝不会像你这样哼呀咳呀……"

喜旺洗着脸说："说大话使不着人！你如今算是站到高枝上了。"双双说："哎，那我也没闲着。都是工作啦！老赵说这炊事员还是重要工作。"喜旺接着高兴地问："小菊她妈，你只说面条擀得咋样？"

"好。又细又长!"双双称赞着说。

经这么一夸,喜旺高兴起来了。他说:"嗨!你是没吃过我做的好饭。就这面条,配上点鸡汤,再加上点鸡丝、海米、紫菜!那你吃吃看。现在食堂东西不全,从前……"他正要往下讲,双双说:"我不听我不听。"喜旺说:"我没说完,你知道我说什么?"双双说:"又说你那当年'山北白木店',你当我不知道!"

喜旺咽了口唾沫说:"那可不是。"

双双看他扫了兴就劝他说:"你怎么老摆你那个'山北白木店',我就不想听。那是旧社会。那时候你在那里是挨打受气。你做的东西再好吃,是给那些地主恶霸坏蛋们做的。咱自己家里吃的什么!端起碗来照见人影,糠窝窝捏都捏不起来。过个年也没见过一个白馍。如今这食堂虽是家常饭,可都是为咱自己劳动人民干的。你也不要吹你那个,我想着咱要能这样'大跃进',将来粮食大丰收了,猪喂得多了,鱼养得多了,总有一天,非超过你们那馆子饭不行。另外你知道你这两只手进到食堂,能腾出来多少双手啊!今天我调到猪场,就喂了三十八头猪,到年底我们计划喂一百五十头。可是过去我在家里就只能侍候你。"

喜旺点着头想着:"说得也在理。"他想了一会儿,漫不经心地问双双:"小笛她妈,我今天听人家说马克思过去就说过叫办食堂,你读过这本书没有?"双双说:"我还没读过。可我听说是恩格斯说的!"喜旺说:"不,是姓马!……"

六

麦收后,全乡成立了人民公社,孙庄划做了一个生产队。这时黑山头水库修成了，红石河渠也修成了。一条清凌凌的渠水从孙庄村中流过去，在庄子周围，都改成了水稻田。

公社化以后，群众干劲更大了，公社的力量也雄厚了。黑山头水库下边盖了一片几百间红瓦厂房，榨油厂、面粉厂、机械厂、洋灰厂都办起来了。在山里，公社还办了几个大牧场、林场和育苗场。就在孙庄的西边鲁班庙周围，一下盖了几千间猪舍，这是公社的万头猪场，双双她们原来在大队喂的猪，也都集中在万头猪场里。

孙庄生产队夏季小麦获得了特大丰收，食堂又办得较早，所以每天不断有人来参观。可是每逢人家来参观一次，老支书总得批评喜旺一次。因为他们食堂里总是弄得不够卫生，不是发现还有苍蝇，就是碰到个老鼠。

喜旺每天清早和双双一块出来上班，到天黑两个人又一块下班回家。两个人见面，双双总要说他们猪场的新鲜事。比如一个猪下了二十个猪娃呀，人工授精的新技术呀，特别是近来双双研究出来"肥猪肥吃，瘦猪慢吃，按类分槽"的办法，还得了一次模范。不过喜旺每听到她说猪场的新鲜事，就唉声叹气地说："我这活不能干，比不得你那个活，光得罪人！"

双双说："哪有什么得罪人，你不偏这家不向那家，有什么怕。"

喜旺说："你哪里知道，是人都长有嘴，特别是打饭时候，你净听二话了。"双双说："我就不信，你只要公公道道，他们说也不行。就怕你是个'软面筋'，人家谁夸奖你几句，给你戴个三尺半高帽子，你就对人家不一样！"

喜旺听了，却不吭声。

这天后晌，喜旺正在蒸馍，对门孙有过来了。这孙有有五十多岁年纪，因为他儿子金樵在食堂当司务长，食堂院又是他家的房子，所以是常到食堂走动，看看这，摸摸那，唯恐人家把他的房子弄坏似的。

喜旺在揭着笼，孙有蹲在一边凳子上看着和他排话。

孙有说："咦，喜旺，今天你这个馍蒸得好，面和成了，揭开泛白不泛青！"喜旺说："这算是你懂得，就这是新麦面。"他说着拿起来一个热蒸馍说："给！尝尝！"孙有拿着蒸馍吃着，话稠起来了。他说："喜旺，如今咱们食堂是一天吃两顿馍，前几年就我那个家里，你是知道，像这麦罢天里，一天三顿干的，有时半晌还外加一顿贴膳！"喜旺听孙有这么说着，心里说："你从前一天吃三顿干的，我可没吃上三顿干的，我觉着我那一群小家伙能吃上这食堂饭就不错了。"可是他这个人就有这个，心里这么想，嘴里不能这么顶出来。他却也故意装着叹着气说："唉！现在这事儿吧，难说！"

这孙有看他随和老实可欺，就又向他提出了要求。他说："喜旺，我有个事想央央你：明天是我老大周年哩，想做几碗供菜。家里不方便，想放到食堂做，趁趁你这高手。"喜旺平常在食堂里只做家常饭，正想"露一手"。又听孙有左夸奖右夸奖，脑子就有点晕晕乎乎了。他说："你把东西只管拿来吧，这还央着我啥能处！还能叫你作难！"

夜里，孙有过来了。他说的是做五碗大菜，却只掂了一只小鸡。喜旺看他只拿来一只鸡，心里说："你这倒是叫我作难哩！"可是既然答应了人家，少不得只得拿着食堂东西往里填。搭了油盐酱醋还不算，青菜粉条也浪费了一大筐。那金樵是司务长，看着却只装没看见。

喜旺给人家忙了大半夜，自己反没吃一点东西。最后剩了半碗菜汤，孙有说："剩这些你吃了吧！"

喜旺说："你不知道，做啥不吃啥！光气都开够了。"

"端回你家里。"孙有撺掇着说。喜旺说："我家里那几口人都不吃腥荤。"其实倒不是他家里人不吃腥荤，他是怕双双。他知道双双平常是见不得这种事情的人，进食堂时，就不断和他叮咛这些事情。

喜旺虽然这么小心，可是没有不透风的墙。没过上两天，这个事就在群众中吵开了。初上来人们还在风言风语的估猜，后来就有人干脆在食堂贴出了大字报。

喜旺是个胆小的人，一见大字报，先吓了一跳。他寻思着："这事情将来要是弄得水落石出，少不得要扯住我一批麻。干脆，不干这个炊事员算了，也省得得罪人生闲气。"

回到家里，他看见双双，先长出了口气。

双双在猪场的食堂吃饭，还不知道这个事情。她问："又怎么了？"喜旺摇摇头说："这食堂我干不了啦！"双双说："干得好好的，怎么就干不了啦，光怕麻烦怕得罪人还行？"喜旺本来是正想这么说，可是反被双双先堵住了。他这时一想。只得又想出个办法来。他哼了两声说："小菊她妈，你不知道我有个恶心病，我从小学馆子时得的病根。一开见热蒸馍气就恶心。这些年我只说好了，谁知道天一热它又犯了！我不是怕出力呀，现在到地里不管推粪锄地我都能干，就怕开这热馍气！一闻到它连一口饭也吃不进去。"

双双看他说得那样可怜，信以为真。她说："那你不用发愁，和老支书说说，找个人替你就是了，反正都是'大跃进'嘛！"喜旺拿着工作服说："你把这给老支书送去吧，叫人家赶快安排个人，我明天得看病去。"

双双不识是假，就拿着工作服上大队部了。到了大队部，恰巧碰见老支书在和四婶、桂英等几个人说话。双双不知道他们在说什么，就过去把喜旺犯了怕开热蒸馍气的病说了一遍，她还没说完，桂英和四婶却忍不住"咯咯咯"地笑起来。双双说："你们不信他真的有这个病啊！"老支书说："双双，他不是这个病，他是害的政治没挂帅的病！你看，这是人家贴他的大字报！"说罢把一张大字报递给了双双。双双接住那张大字报一看，只见上边写着：

"炊事员孙喜旺：前天夜里孙有去食堂里，编着说给他大哥做周年，你用食堂的东西给他做了五个大菜，浪费了食堂的东西。都像你这样，咱们食堂还怎么能办好？"

双双看完这张大字报，气得眼睛都发黑了。她想着："我早叮咛，晚叮咛，只说他'大跃进'以来思想变好了，谁知道他还是这样一盆糨糊！"想到这里，她眼里憋着泪，嘴唇都气白了。

老支书好像看透了她的心事。他给了她个凳子让她坐下，然后微笑着说："双双，这也不奇怪。这就是人的旧习惯哪！如今就得和这些旧习惯做斗争。要是认不清那些富裕中农，他何止光想沾食堂点光呢！叫他想着食堂垮了才好。所以现在不管干什么活，非得'政治挂帅'不行。"

双双问："什么是'政治挂帅'？"

老支书说："'政治挂帅'就是要听党的话。不管干什么活，都要想到这是革命工作，都是为咱们'大跃进'干，为咱人民公社大发展大兴腾干，也是为咱们群众能早日过幸福日子干。思想能通到这个线上，就避邪了！就不会推推动动，也不会上那些富裕中农和坏蛋们的当了。"

老支书这一派话，对双双影响极深。她平常只想看喜旺在食堂只要不偷不摸，公公道道当个正派人就行了，没有想到还必须"政治挂帅"！这时老支书又对她说："喜旺他不想干算了。他这人也太邋遢了。可就是下边找不到个强实人。食堂可重要得很呀，今年夏天咱们干这几千亩水稻，一月几遍水，要争取丰收，食堂办不好可不行！"

双双听老支书这么说，反倒干劲来了，她说："老支书，我去食堂当炊事员怎么样？本来办食堂时我就想去，那时候大伙都说喜旺他有技术。现在我愿意干！我保证'政治挂帅'！"

双双话还没落地，桂英就嚷着说："大伙早就看到你身上了，我们拍手欢迎你！"四婶也高兴地说："双双行！不会像喜旺那个'面筋'样！"

老支书说："行，你就去吧。猪场我和他们说说，他们新近还要拨来一批团员。"接着他又指着双双拿的工作衣问："这是什么？"

双双红着脸说："工作服哪！人家叫我来给你交差来了！"桂英抢着说："走吧！这工作反正跑不出你家的大门！"说罢和四婶挽着双双的胳膊往食堂里去了。

喜旺在家里，正在拿着个唢呐跟着有线广播上的唢呐声吹着学着。双双走进屋子，他正吹得有劲。

喜旺见双双回来，急忙放下了唢呐。双双把工作服往床上生气地一撂，他忙问："你怎么又拿回来啦？"双双问："我问你，你害的什么病？"喜旺说："怕开热蒸馍气呀！"双双把眼一瞪说："胡说，你怎么给富裕中农孙有捣的鬼，你说说！"喜旺看她揭了底，马上愣住了。双双接着就数落着他说："平常我和你怎么说，结果你还是弄个这！你没有想想，咱过去过的啥日子！现在党领导咱们'大跃进'，办人民公社，还不是为了咱们赶快过好日子。咱们不光是要听党的话，听毛主席的话，还得热爱党，保护党提出来办的一切事情，谁破坏，就和他斗争！可你办这个事算什么？"接着她又把老支书说的话和人家揭发的那大字报事情对喜旺说了，喜旺惭愧地耷拉着头不吭声了。临末了他说："小菊她妈，反正都怨我糊涂，你说怎么办？是不是你再给我写一张大字报检讨检讨。"

双双说："要写你自己写，你就把你刚才说的写写。"喜旺说："那么明天我还得去食堂？"双双说："不用了。老支书说你政治没挂帅，不让你到食堂了。这工作服是我领的，我到食堂当炊事员了。"

喜旺吃惊地说："这么说，是你要顶住我这一角了！"双双说："我去绝不会像你那样！"喜旺点着头说："这我相信。可我干点啥呢，我去猪场吧！"双双说："猪场也得'政治挂帅'！"喜旺忙说："你也得往远处看嘛，这人十七还能长十七，十八也不能长十八！我一辈子就是个老鼠尾巴不会变了？"

喜旺央求地说着，双双扑哧笑了。她说："写你的大字报吧！"

七

双双头一天进到食堂当了炊事组长，来头就不一样。吃早饭时候，孙有因受了批评，心里不愿意，在一边故意拍着胸膛口说："哎！当炊事员可都得把心放到这里！"双双说："我不用放，就在这里长着！谁想来占便宜，不行！"双双回答得利落干脆。社员们都高兴地说："这一回行了，食堂里有公道人了。"到了上午，双双就把几个炊事员召集起来说："咱们这食堂呀！得大搞一下卫生。把这院子里的几堆砖头瓦块都清理，墙也刷刷，大家说行不行？"几个炊事员都拥护这个意见，金樵却说："队里忙成这个样子，哪里有人呢！"双双说："咱不要队里人，咱们白天做饭，夜里搞突击！突击干它几晚上就行了。"金樵说："夜里我还得结账。"双双说："你忙，我们几个干。破几夜上不睡怕什么。"桂英也说："我不怕熬夜，人家队里不也是搞突击？"金樵看大家都很坚决，也只得同意了。他说："这几堆砖头瓦块是我爹攒的。俺家将来打算盖房子下跟脚用。既然要清理，抬到俺北院算了。"双双说："行，只要你指个地方。"

到了夜里，几个妇女刷罢碗，收拾完毕，就趁着月明抬着箩筐干起来了。头一天夜里一直扫除到鸡子叫，把几堆砖头抬得干干净净。第二天夜里，双双从公社石灰厂里挑来了两担石灰，又扛了两个半截缸，绑了几个大麻刷子，和桂英几个通前扯后粉刷起墙壁来。连着粉刷了两个通夜，就把个食堂院漂刷得像粉妆玉砌一般。

院子里收拾好后，她们又把厨房里的炊具来了个大搬家，大洗刷。案板，木笼、锅碗瓢勺都洗刷得起明发亮，不见一个灰星。老支书来看了看，非常高兴。他说："这真是活怕人做。你们苦战这几夜，食堂马上就变样了。"双双说："这一次食堂评比，我们要争取做'四无'食堂。保险没有一只苍蝇、一个老鼠。就是得要点纱布，我们把案板、锅、水缸都要加盖。"老支书说："这个能办到。就是说的是'四无'，可要真正做到。别像上一次人家正来参观，偏偏从那个炕下边就跑出个大老鼠来。"

"就是墙角那个炕？"双双指着一个放着一排瓦罐的旧土炕说。老支书说："就是那个炕里。"双双说："不怕，今天夜里再苦战它一夜，挖它！"

到了夜里，双双和桂英、四婶等几个人又挖起炕来了。前几夜搞卫生，金樵只管在小屋子里拨算盘，并不来帮助。今天夜里，金樵听见有人在挖炕，却吓得什么似的慌慌张张跑来了。他一进厨房就问："你们挖什么？"

"挖老鼠洞，这里边有大老鼠！"双双一边掏着一边说。金樵说："这里边不会有老鼠！别挖了。"这几个妇女哪里听他，只顾往里边挖。金樵看她们挖得紧，就夺过来桂英的镢头说："你们过去，叫我挖！妇女家，没一点劲。"

金樵拿着镢头，净在边起磨蹭，却不往里边掏。好像这个旧炕里藏着什么东西。双双说："金樵，你怎么像搔痒似的，怕吓着老鼠！"金樵说："里边哪里会有老鼠。"双双说："你过来！"她说罢就往里边挖。可是她往外边扒着，金樵往里边扒着。惹得双双性起，一镢头狠狠地刨下去，只听见炕里"咣当"一声，把双双手都震木了。原来镢头碰着了一块硬邦邦的东西！

"什么东西！"双双和桂英齐声喊起来。金樵这时额头滚着汗珠子，他说："不会有什么，可能是个瓦片。"双双这时看出了里边有鬼，就喊着说："管它是妖是怪，咱们'除四害'，非把它除了不行！"说罢，忽里忽通扒起来。她们把炕顶一揭，却扒出来一部解放式水车。

　　这一部水车扒出来后，金樵脸都变成白的了。原来这部水车是他家在入社时藏起来的，已经埋了几年了。食堂借用他这地方时，因为搞得太快，他家还没来得及搬。双双说："金樵，你家这炕里，怎么会有水车？"金樵说："我也不知道，我爹他熟人多，可能是亲戚家放到这里的。"

　　双双看问他不出长短来，又看了看桌子上的钟，已经下四点了。就说："咱不管它是谁家的吧！先放到这里，天明汇报给大队。现在天也不早了，大家回去睡一会儿吧！"说罢大家都回家去了。

　　双双回到屋子里，听着喜旺呼噜呼噜睡得正甜。她怕惊醒他，也没敢点灯，浑身衣服滚在床外边睡了。刚睡下，却听见有人在窗户外小声叫着："喜旺！喜旺！"

　　双双仔细听了听，是老孙有的声音。她故意不吭声听着。叫了一会儿，喜旺醒了。喜旺问："那谁？"外边孙有说着："我，喜旺，跟你说个关紧事！"

　　喜旺哼着嘟囔起来了。到了院子里，开开大门，双双就听见孙有小声咕哝哝、咕哝哝说了好半天，也听不清说的什么，可是却听见喜旺说："不行，我以后得'政治挂帅'了！我不能管你这个事！"

　　接着，孙有又低声下气地说："喜旺，你看咱都是一个孙字掰不开，这事情一弄出去，我就丢人大了。是这样……"下边他咕咕哝哝不知道说了些什么，只听见喜旺说："什么'将来用着的时候，咱俩家一块用'！你还想留点私有尾巴呀！我看你这思想赶紧得拆洗拆洗了。我对你说，咱们两个根本不是一条道，你赶快给我走！你知道，李双双可不是好惹的！"喜旺说罢，孙有忙说：

"你别说了，你别说了，我自动交出来就是。"说着起来跑了。

双双在屋子里听着喜旺说的话，她差点儿笑出来。可是她还没有听清孙有的话。喜旺回到屋里后，她睁开眼问："刚才那谁？"喜旺说："老孙有。"双双说："他找你什么事？"喜旺磨磨蹭蹭地说："反正我把他赶跑了，你睡吧！"照喜旺想来，他走了算了，咱只要不跟着他走邪路。可是双双却坐起来说："他究竟说些什么？"喜旺本待不说，搁不住双双三问两问，他只得说："刚才孙有来，他说你们挖出来那部水车，只要你不张扬出去，别人都好说。将来水车能用着的时候，和咱合用！……"他还没说完，双双把被子一掀跳下床来说："原来这老家伙还想走老路啊！"说罢就往外走。喜旺忙问："你上哪儿呀？"双双说："找他去！"她说着把布衫大襟一裹就冲出去了。

喜旺见双双出去后，自己在屋子里感叹着说："哎！真是火见不得水！比点炮捻还疾！"

双双到孙有家没找着孙有，就直接跑到大队部找老支书。这时天还没亮，老支书和几个支委刚从水稻地里检查回来。听双双汇报后，大家都非常生气。玉顺说："前年他入初级社时，说他的水车卖了，原来藏起来了！"老支书说："这一次咱们可找到个好反面教员，平常咱们说这些人想走老路，有的群众还不相信，这一回可得叫群众好好讨论讨论。叫大家看看这些富裕中农存的什么心。另外，金樵啊，别看他是个青年，满脑子自私思想，有合适人得赶快换他。"

当天夜里，孙庄大队就着食堂院开了个群众大会。会上由双双和喜旺当场把孙有的私藏水车和拉拢喜旺的事说了一遍，群众纷纷起来和孙有展开了辩论，一直辩论到孙有承认了自己要走资本主义老路的打算，并且保证以后跟着大伙走才算结束。

八

经过了几次运动考验，双双被吸收入党了。双双自从入党以后，工作更积极负责了，孙庄的公共食堂，也办得使群众更加满意了。

经过教育，孙有情愿把水车作价入到公社。这时恰巧县委号召大搞食堂炊具机械化，大队就把这部水车搬给了食堂。双双和桂英等人有了这部水车后，就搞起炊具机械化来。

她们先在井上支了这部水车，又接了两条水管子，把水龙头直接安在大锅上和水缸上，这样就使吃水用水全部自流化了。喜旺走后，食堂里本来又添了个老杨专门担水，现在把老杨也腾出来支援猪场去了。

这几个妇女摸住了工具改革这条路，就越发胆大起来。

开头是公社的机械厂支援了他们一部轧面条机。后来因为机械厂忙，双双说："来吧！咱们自己干吧，什么不是人做的，咱们也解放解放思想。"她们借了一套木匠家具，找了些木料，又连夜苦战起来。先做了两部切菜机和一部淘米机，后来双双到公社医院参观，发现人家医院的保暖饭箱很好，就也仿照着人家那个样子，又做了两部自动保暖送饭车。她们前后不到半个月时间，就使炊具全部土机械化了。

春节后，全县举行了一次食堂大评比大检查，孙庄食堂被评为"全县一等红旗食堂"。同时，县委又提出"要饭菜多样化，要使社员吃好、吃饱、吃得有味"的口号。双双就在贯彻上级这个指示中，又和金樵斗了一场。

这时正是开春正月，公社正大浇小麦返青水。队里因为去年红薯收得多，每天食堂里要配着吃三分之一的红薯面。红薯面这东西做得不好，容易吃俗。双双看着每天中午的馒头和晚上的面条社员们都吃得很快活，就是早上的饭，三大锅总要剩半锅。这时她就和金樵说："金樵，咱们想办法改改样吧，这红薯面要是想办法改改样子做，社员们一定喜欢吃。比如说：咱可以吃煎饼，吃面条……"还没等她说完，金樵就噘着嘴说："红薯总是红薯，还能把它变成一朵花！"双双说："那不一定！我们昨天夜里就试了一种'跃进'面条。红薯面里掺一半白面，轧出来的面条比白面还好吃！"金樵说："我没听说面条也能创造！这是几百口人的大伙，不是你家里那个小煤火眼。"双双生气地说："我们计划的就是食堂能行通。你没有看见每天早上剩半锅饭！"金樵说："叫我看是吃得太饱了，放到从前，他们得吃这饭不得？如今一家大小来吃着还挑眼！"

双双听他话里有话，就马上火了，她说："金樵，你这是什么思想？现在不是从前，就得让社员吃好！"

"我也没让饿着他们！"金樵也大声说着。

双双说："可是你是不想把食堂办好，你这是促退派思想！"

两个人说话不及吵起来了。这时恰巧喜旺在食堂起恶水往猪场挑。

他看见双双拉着金樵说："走吧，到大队部找老支书去！"金樵把手一摆说："我不去！"把双双摆在一旁。这时喜旺生气了，他走过来顶住金樵说："你想怎么？李双双提的建议不对？我说你呀！说句不客气话：'身在曹营心在汉'，你脑子里就没有想把食堂办好那一格!"

这时群众也都围过来了,大家都非常气愤,议论纷纷,评金樵没理。大家正说着,老支书来了。他问明了缘由以后,脸都气红了。他镇定地质问金樵说:"双双这个建议有什么不好?上级几次开会叫大家钻研想办法,使饭菜多样化,你是怎么贯彻的?"金樵这时憋着气一言不发,老支书又指着他说:"看看你年轻轻的,可是你这个思想可落后得很哪!你是原封未动啊。"接着,他对双双说:"双双,你们试验你们的'跃进'面条跟油煎饼吧,试验成功了,咱们马上向党委报喜,这好得很。"

老支书说罢,大家都拍起手来。

吃罢晚饭,双双回家,喜旺关心地问:"金樵呢?"

双双说:"还在食堂。听说公社党委要研究他的工作。"喜旺说:"双双,我有点替你操心哪:那小子上过几天学,又是个干部。他是司务长,你是炊事员,咱今天给他弄这个下不来,以后……"

"看你又来了!"双双笑着说,"如今是党领导,咱只要立得正行得正,有理走遍天下,这有什么怕。咱为的是群众,为的是公社'大跃进',他想拿捏我也不行。他再促退就再和他斗!"

喜旺说:"话是这么说,谁知道上级怎么研究。"双双说:"你别操那个闲心了!我这么大个人,还能叫他吃了。我们倒是有个事要向你这个老师请教。"

喜旺说:"我也正有个事要向你请教。"双双说:"什么事,你先说。"喜旺说:"我们养猪场里如今号召要建立什么'猪档案',你知道,你平常写写画画,拨拨算算,可我就没得好好上民校。如今这'档案',可真把我挡住了。"双双说:"这个档案大概是把每一头猪从生下来就记下它的脾性、体重、害过什么病。"喜旺说："对！对！就是这个。"双双说："这好办，回头我给你看看就行了，可你也得学点新技术了！"喜旺插着说："我也有创造，你去看看，我那几十个猪喂得可胖了。"双双说："那就好。今夜我们要研究'跃进'面条，你说，掺一半红薯面，怎么才能擀得又细又长？"喜旺说："嗨！盐水和面再加点碱，走吧！走吧！我跟你们去。"

喜旺和双双到了食堂，他们研究了一夜，终于把这种面条试验成功。另外，为了能大量迅速摊煎饼，双双又研究出一种台阶式六个孔眼的煎饼灶。这种灶主要是节省人力节省柴，一个人一个钟头就能摊四百张煎饼。

第二天清早，队里人在地里突击抗旱浇小麦拔节水，青年们也在往地里上草木灰等磷钾肥料。

双双和桂英、四婶把面条做好后，又摊了几百张煎饼，一齐放在保暖饭车里，由双双推着，向着村西猪场旁的万亩小麦丰产方里来送饭了。

这时正是春天二月来天气，村外大队栽的桃树园，正开得粉红灿烂，远远看去像一片云霞。马路两旁的小柳树，也摇曳着软溜溜得像金线似的枝条，把一朵朵飞絮，弄得漫天飞舞。

在小麦丰产田里，脚下到处都响着淙淙的流水声音，从水面上，又飘送过来人们的欢笑声音。双双只有两天没到这边丰产方来，可是她发现那油绿绿的麦苗，就像手提着长一样，已经密密实实地扑住膝盖了。

她把饭车推到一个水车井台上的大柳树下，扬着手巾喊了两声，人们都说着笑着围过来了。

这时有个小伙子问着："双双嫂子，今天给我们做的啥饭？听说你没新花样了！"

双双笑着说："你们打开看看就知道了，多提意见啊！"

一个老汉接着说："吃李双双做这个饭，别的不说，真干净，挤着眼吃都不要紧。"

双双把大家招呼来后，自己就去推着水车，不让水断了。一个小姑娘叫着她说："双双嫂子，咱们来一块吃吧，你也休息一会儿。"双双说："我回去吃。"旁边一个老头说："哎！别叫她了，她这已经习惯了，早晚来送饭，非干一会儿活不行。"

双双在推着水车，大家在吃饭。她只听见大家打开保暖饭车以后，都高兴地吵起来了。

这个说："这是什么面条啊，像细粉丝一样？"

"你们尝尝！你们尝尝，筋丝丝的，比白面还好。"

"这就找不到红薯面嘛！"

又一个小伙子喊着说："你们看，还有热煎饼哩！"

"来吧！外焦里软，这煎饼就叫'老头美'！"

"双双嫂子！食堂放卫星了啊！我们要贴你们的大字报了！"

大家你一句，我一句说着吃着，双双在井台上听着，只是在抿着嘴笑。

她一面推着水车，看着清清的泉水，顺着渠道往地里奔腾地流着，一面听着大家呼噜呼噜的吃饭声音，吃得那样香，那样甜，那样有味。就在这时候，她忽然感到她们在食堂里滴下的汗珠，好像也随着清清的泉水，流到这苗壮茂盛的丰产田里，变成了小麦和米粮。

吃罢饭，双双推着饭车往村子里走着。到公社的万头猪场附近，猛地听到一阵熟悉的唢呐声音。

她走过去隔着围墙看了看，只见喜旺坐在猪舍旁一个老树墩上在吹着唢呐。他吹了一支曲子，一群小猪都规矩地走到猪食槽旁吃起食来。他又吹了一支曲子，一群克郎猪从食槽旁走到一片广场上，在跑着叫着。

双双简直看呆了，她心里说："真想不到，他还有这个本领！"就信步拐了进去。

喜旺见双双进来，就笑着说："你是来参观我这个工作了，你看看我喂的这些猪，这是小猪，这是克郎猪，这是肉猪！你看胖不胖？"他说着指着一群一群大小不同的猪介绍说。

双双笑着说："你倒会想鲜点子。它都懂得你这个号头？"喜旺说："那自然，我这支唢呐叫它们怎么就怎么。这些大猪一天长三斤肉！"接着他又小声地问："金樵呢？"

双双正要回答，忽然猪场上挂的有线广播广播起来了。

广播说："告诉大家个好消息，孙庄食堂创造了一种'跃进'面条和台阶式煎饼灶，今天公社要在那里开现场会，请各食堂派人去观摩。另外，孙庄司务长，公社党委已决定由双双担任。她已被选为咱们全县的特等劳模，本月十号就要往北京出席群英大会。"

广播罢了以后，喜旺感动得眼里含着泪说："双双！双双！党真有眼啊……"

这时，猪场的一群小姑娘向他们笑着喊着跑来。双双说："我希望你也努力喂猪！明年一道上北京。"

喜旺挥着手说："我一定要赶上你！"

一九六〇年二月七日深夜，郑州

社迷

郭
澄
清

【关于作家】

郭澄清（1929—1989），原名郭成清，山东宁津人，中国共产党党员。历任小学教师，《宁津日报》总编辑，《激流》文艺月刊主编，山东省文化局创作办公室主任，山东省文化厅党组成员，山东省作家协会副主席。1955年开始发表作品。代表作品有长篇小说《大刀记》《龙潭记》《决斗》《历史悲壮的回声》，短篇小说集《社迷》《公社的人们》《小八将》，中短篇小说集《麦苗返青》等。

【关于作品】

《社迷》描写了农业生产合作社社员高大，热心关注、参与合作社生产发展的故事。小说精心而独特地通过"嘴、腿、耳、眼、手"五个篇节来展开，将高大嘴上谈话不离社、经常往社里跑、耳中常怀社、眼里惦记着劳动生产、手巧不闲等农村日常生活中的点滴故事，写出了诚朴的高大爱社如家、积极走集体化人民公社的无限热情。

《社迷》叙述结构独特而巧妙，通过身体感官"嘴、腿、耳、眼、手"，以日常化的生活小故事联结起主人公的个人事迹，栩栩如生地塑造出高大一心为社的无私形象。小说语言质朴而真切，充满口语化的民间乡土气息。

《社迷》乡村题材小说以典型化的人物塑造，反映出社会主义农村农民的新气象，记录呈现出特定年代社会生活的风貌。

开场白

啥事也有"迷"。有"棋迷"，有"戏迷"，也有"书迷""财迷""媳妇迷"……所有这些"迷"，俺村都有。另外，还有一个"社迷"。

除了"社迷"外，别的"迷"都是"老资格"了，甚至有的是"祖传"。"社迷"成"迷"的历史虽短，名气却大。甭说当庄的老少爷们儿，就是周围三里五村，甚至全社、全县，差不多都知道他，真是隔着窗户吹喇叭——名声在外。

因此，村里人们都想给"社迷"作个传。这类问题，当然要找我这"写稿迷"。我能力虽小，胆量却大，便把这个差事一口应下了。

我从未写过传记，只能先在这里把"社迷"的外貌介绍一番。

嘴

"社迷"姓高名大。这高大五十挂零年纪，长得矮矮墩墩，胖胖乎乎，圆头秃顶，黑脸黄胡。他的嘴特别大，嘴唇特别厚（上唇微向外翻），说话有点口吃。但是，此人生来话多，并且说出的话儿还很有风趣。比如：我为了给他作传去访他（并没把原意告诉他），问他解放前有多少产业，他笑吟吟地说，"唔！产，产业么？不算少。不，不过大都是跟人家伙着的！就，就说吧——头顶上的天啦，河里的水啦，白天的日头啦，夜里的星星啦……"他一挥胳臂说，"哪，哪一样儿能说没有我高大的份儿？问，问属于我自个儿的吗？那，那只有三样儿——一是汗；二是泪；三是爹娘给抛下的眼！"

我补充说："四样儿吧——还有你这百十斤哪！"

"我，我这百十斤穷骨头么！也，也不属于自己，已经租给人家财主喽！"他说完咯咯笑起来。

接着，我又问他那时节几口人，他答得既爽快又干脆："两，两口人。"我问他是什么人，他笑着说："你，你猜吧——我们俩，寸步不离……"我说："是老婆呗。"他拍了我一下肩膀，哈哈大笑着说："傻小子！你，你娶了老婆，让她跟你寸步不离呀？"

我醒了腔，就势说："那你该说三口人呀！"

"还，还有谁？"

"灶王爷哪！"

"你，你知道灶王爷是干啥的？"他质问我一句，没等我回答，他又说，"他，他是管看家的。我，我没有宅舍，也没有家——他，他失业后，不知跑到哪一国去啦！"

我们的村子很大，我又常年不在家，对他现在的家境也不大清楚。问他时，他说："咦！这，这你还不知道——三，三千来亩地，七百多口人，猪羊满圈，骡马成群，有，有菜园，有果林……"

"你说的这是生产队呀!"

"你,你问的什么?"

"我问的你家……"

"社,社不就是家吗?"

公社化后,农业社改成了生产队,可"社迷"管队还是叫"社",并且,这"社"字经常挂在嘴上,他那犟嘴的本事可大啦——甭管别人谈论什么事,他张口准扯到"社"上去;甭管别人做什么事,他也总得跟"社"联系起来。有一回,"戏迷"正大谈唱戏,高大插嘴说:"唱,唱戏跟办社一样——非,非得大伙心齐,都往一个点上打才行哪!"又一回,"庄稼迷"们正品评庄稼,高大又答了腔:"咱,咱社的庄稼,跟咱的社一样——正,正在蒸蒸日上,一天好似一天……"还有一回,"戏迷"们冒着刺骨的北风去看夜戏,高大指着人家的脊梁骨嘲笑说:"这,这都是些傻瓜!那,那儿又不讲办社的事,有个啥听头?怪事!"

腿

按高大晚伴的话说,"他是个地地道道的死庄稼汉子",他活了五十多岁,往北只出去五里路,到过他姥姥家;往南只出去八里路,去过他丈人家;往东出得最远,到过十里开外的县城——那是近几年去参加了两次爱社模范会议;往西走得最近,只到过三里路远的丁庄——解放前给那村财主扛过活。他的活动范围虽然这样小,可他的两条腿并没闲着——一气就给地主蹬了二十多年的"脚蹬箩";并且为此落了个伤腿。直到如今,他走路稍微快了点，就现出侧着膀子蹬"脚蹬箩"的那种架势。

打从办了社，他那两条腿算是往社里跑熟了。十年来，不论刮风下雨，他没有一天不到社里坐坐。有时候，正赶上干部们开会，他就往门槛上一坐，竖着耳朵听起来，听着听着他总要插上几句，有时兴许还逗个笑谈。可是，干部们让他坐在会议桌边，他却不去，并说："那，那儿没我的位子！"有时候，他进去一看，社里没有人，他就拾拾这儿，摸摸那儿。并且，拾掇一阵，再歪着脖子瞅一阵，直到自己跟自己说："行！这，这样就顺眼了！"然后，这才拍拍身上的土，擦擦头上的汗，慢慢腾腾地回家去吃饭。有时候，他跑到社里一看，门锁了，也并不扭头就走。他先摸摸锁扣好没有，再两手扒着门缝往里瞅一阵，然后就坐到门槛上抽起烟来，把烟抽透，这才回家去。

他闺女家跟生产队部斜对门，他可从来不到闺女家去。有时闺女碰上他，让他到家里去坐坐，他说："不！我，我忙啊！"说着就又走到队部去了。有一回，晚伴收了半竹筐小枣，让他给闺女送去，他答应了。当他提着空筐回来时，晚伴问他道："送去啦？"他笑着说："没，没有。""枣呢？""吃，吃啦。""谁吃啦？""人，人家。"晚伴一听火了，半嗔半笑地给了他一笤帚疙瘩。高大不生气，却笑着说："你，你打屈啦！"

"屈什么？"

"没，没有脊梁的责任——该，该打的是腿！"

"瞎扯！腿不听你指使？"

"说，说良心话——我，我的心是上闺女家去的；可是它三迈两迈拐到社里去了！"

有一回，闺女生了个胖小子，高大乐得一夜没有睡好。天一明，他就一骨碌爬起来，要到闺女家去瞧瞧。可是他那两条腿就像认熟道一样，三迈两迈又迈到队部去了。一进门，两个干部正吵得脸红脖子粗。高大劝劝这个劝不下，说说那个也不听，一跺脚扭头走了。走出门，他一眼瞅见挂在门口上的那块红字大招牌，赌气摘下来扛回家去。一进家，晚伴吃惊地问道："呀！你怎么又扛了它来啦？"

高大不吭声，坐在炕头上吹大气。

晚伴一看这情景，以为又跟那年一样了——那是十年前，村里刚有一点办社的风声，高大就领着一伙人办起社来。但是，由于缺乏经营管理经验，再加社员成分不纯，有人故意捣乱，社没办出百日去就垮台了。"分家"的时候，这个争这东西，那个拣那东西，高大却指着农业社的大招牌说："我，我要它！"他把招牌扛回家，用红绸子包起来。晚伴问他："你还放着它有啥用处？快给我烧了吧！"

"不，总，总有一天，它，它还要挂出去的！"

高大说对了——没有半年，这招牌真的又挂出去了。今儿个晚伴见他又扛回招牌来了，怎能不吃惊呢！她正想去问个明白，忽然进来两个队干部。干部问高大为啥摘招牌，高大没有回答，却反问道："你，你们的架，吵，吵完没有？"

"完啦。"

"完，完了就再挂上去！"他跳下炕又说，"往，往后你们吵架，先把招牌摘下来再吵！"说罢，他扛起那块红字闪光的大招牌，又向生产队部走去。他晚伴指着他的背影跟干部说："你们瞧！他这两条腿走的这股劲儿！"

耳

一早，晚伴那机枪嘴就冲着高大"突突"上了。先说东院的媳妇怎么怎么精，队上分南瓜尽拣好的；西院的媳妇怎么怎么傻，推粪车子装得楞楞的满，也没多挣分……然后又说房该泥啦，自留地该锄啦……从窗纸发白一直"突突"到太阳老高，还没有住嘴。她这一套，高大听惯了，他只顾低着头修理绳套，不吭声也不插言。后来晚伴有点火了，揪着他的耳朵说："你听见没听见？聋子！"

"听，听见啦！"高大站起身向外走去。老伴喊住他问道："你干啥去？"

"卸，卸车去。"

"卸车？"

"社，社里拉化肥的车回来啦。"高大向窗外一指，"你，你听不见马铃响？"

"这也显着你喽？唉唉！"

"显，显不着我——你，你去！"

高大向外走去。晚伴指着他的背影又嘟囔起来，三嘟囔两嘟囔，竟放声哭了。这也不能怪她小题大做，因为高大的耳朵使她伤心不止一次了。

有一次，晚伴叫他去耪自留地，他满口应得当当响，可一出梢门就拐了弯。晚伴追上来抓住他的脖领子。"我，我的妈！"高大惊叫一声，回头一瞅，又笑了，"不，不去啦？"晚伴指着他鼻子质问："我说的什么来？"高大从容回答："耪，耪自留地去。""自留地在哪里？""在，在家东。""你咋往家西走？""你，你听！

社，社里的猪老吱吱叫，谁，是谁家的孩子又淘气哪——我去看看就走！""没法跟你生气！"晚伴知道硬逼不行，又改了笑脸说，"看看太湿就别耪——先撩地瓜蔓，再打棉花心……听见了没有？"高大又满口应下。傍晌时分，晚伴到洼里一看，高大正在耪队上的地，气得她浑身哆嗦，真想给他两巴掌。可又怕别人笑话，便凑近老头子的耳朵小声说："唉唉，你呀你呀，我说的什么来？""你，你不说太湿就别耪吗？""后边哪？""后，后边的我没听清楚……你，你别生气，耪了社的就耪你的。"

又一次，半夜三更，高大隔墙听到驴叫唤，就知是饲养员那个"觉迷"又睡过去了，忘了喂夜草。他披上衣裳跑过去，为此着了夜风闹起病，惹得干部来看，社员来瞧，请医生搬大夫，晚伴还煎汤熬药侍候他五六天。后来病好了，晚伴抱怨他说："倒霉就倒到你这耳朵上了！别人听不见驴叫唤，偏偏你就听得见……你看，叫你闹的，少挣多少工分？耽误多少事？——往后，耳朵不要这么长！"

"那，那是，那是！"高大一面紧应声，一面推开饭碗往外跑。

"又干啥去？"

"你，你听——'工，工分迷'连搭油都顾不得，研得车轴吱扭吱扭响！"话没落地人没影了。

最让晚伴生气的是高大的耳朵不光"招灾"，还常常"惹祸"。那天，他隔墙听到"工分迷"跟他老婆说话，抱怨给他记的工分少，他老婆还骂干部不通人情。高大抬腿跑过去，又质问，又摆理，并当面作证工分配得合理，把"工分迷"两口子弄得下不了台。"工分迷"老婆好要无赖，送走高大便指桑骂槐地闹起来。晚伴听了，气得肚子鼓得像蛤蟆，高大却泰然无事。晚伴赌气拽着他的耳朵质问："你听见没有？"

"听，听不大清楚！"

眼

　　高大的眼睛很小，并且，整天耷拉着眼皮，像个睡不醒的样子。但是，他看见的事儿却特别多。比如说：在每次收工的路上，别人说的说，笑的笑，唱的唱，逗的逗；可高大不说也不唱。他这儿瞅瞅，那儿望望，有时还抄起一把谷穗来仔细端详一番。别人回到家，有的往炕上一侧，抱过孩子逗上啦；有的找个树荫一坐，架起腿美上啦……

　　高大却又与众不同——他把大锄往门边一靠，转身就走。来到队部，找上干部，不问人家忙闲，他张口就是建议：不是谷子该追肥啦，就是棉花该整枝啦。兴许最后还要来上这么一句："耳，耳听是虚，眼，眼见为实——你们要亲自去看看，我不怪你信不着我！"干部要说看过啦，他就说："噢，噢！怪不得它们捎信来说谢谢你哪！"

　　村里有个话把儿："高大过眼，不长就短。"事实还真是这样。无论谁在他的眼前，就是一闪而过，也准有毛病。掏耙的过来了，高大"咚咚"两步凑上去，举起大镐"当当"敲两下。人家问他干什么，他说："这，这根耙齿要单干！"耕地的人回来了，高大拦住人家，抬起脚来搓搓铧头，并且说："你，你因为黑，没对上象，想让铧头跟你做伴呀？"旁边有人插嘴说："人家都快结婚啦！""哦！吃，吃饺子可别忘了我这搓铧头的呀！"他说罢，还要拍一下后生的肩头。久而久之，人们都摸准了高大这脾气。有一

240

回，一个小伙子下地回来，远远望见了高大，就把家什拾掇得一百妥当，心里想："我看他再挑啥毛病！"来到近前，他故意走得很慢，等着高大凑过来。这回高大没有过来，他边走边说："小，小伙子！你，你对诊疗所的那个小妇女，有点意思吗？""别瞎扯！""要，要不你总想跟她打交道哪？""没有的事！""没，没有的事留着头上的汗啥用？"小伙子醒悟了，扯下毛巾擦起汗来，并说："我算服了你！"

他服了，可还有不服的。"车把式"这天从城里拉农药回来，一进村正碰上高大。他抢鞭一吆喝，把个五挂套的骡马车调理得条条是道，道道在行，便主动问高大说："社迷呀！你看我驶车有啥毛病？"

"你，你让我说眼下？还，还是连过去都说着？"

"我从办社就驶车，你都说着吧！""车把式"得意地说。

高大想了想说："没，没啥毛病——我只是希望你长生不老！"

"这是啥意思？"

"十，十年啦！你连个徒弟也没教出来——你，你要老了，死了，这车怎么办哪？"

"车把式"脸红了，光搓脖颈子答不上话来。高大又笑着说："别，别看我这么说——我并不想学！"

手

高大那双手，虽然粗糙得像老柳树皮，可是却巧得出神。他从小没经过师，是铁活，是木活，是泥活，他都能动上手来。他这一套本事，过去人们还不大知道，因为他从没领过徒弟，也没开过作坊。自从办社以后，他一有闲空就跑到社里（现在是队部）去。有时候，拿来一把斧，一把锯，修修桌子，理理凳子，拾掇拾掇门窗。有时候，拿来一把锤子，一把钳子，修修犁耙，理理车辆，拾掇拾掇耘锄。有时候，又拿来一张泥板，一把瓦刀，自己和泥，自己搬砖，悄悄地又砌起墙根来。他干活从来不指使别人，可是有人主动帮忙，他也不拒绝，只是说："你，你要干，得答应我个条件——你，你是徒弟，我是师傅；我指挥你，你，你听我指挥！"接着，他的话就多起来了。一会儿："徒，徒弟听令——领砖上阵哟！"一会儿："徒，徒弟接旨——带泥上殿喽！"就这样，逗得人们直笑，不觉累就把活干完了。

高大的手不光巧，而且闲不着。在地里干活时，别人休息了，他就给人们修理家什。若没有家什可修理，他就拔苗旁边的草，或者找点别的事儿占着手。实在找不着活了，便掏出烟袋来，把烟锅插进烟口袋，挖呀挖，挖呀挖，挖起来没完没了，甚至有时直到又动手干活时，他一袋烟也没装，烟袋一插就干起活来。因此，村里有个话把儿："高大的烟袋——占着手哪！"

高大的手，还有一套特别奇妙的本事。有一天，"牲口迷"牵着一匹马到兽医站去，一出村就碰上高大。高大问他干啥去，他说马病了，要到兽医站去看看。高大让他站住，上上下下、前前后后把马打量了一遍，然后把手掌放在马后胯的上部，摸了一会儿，笑哈哈地说："它，它有喜啦！"

"怀驹啦？"

"对喽！"

"不对！怀了驹摸大胯能摸出来？"

高大拽着那人的手，按在马的后胯上："怎，怎么样？"

"不怎么样!"

"你，你不懂!"高大一挥手，"牵回去吧……"

"死了哪?"

"我，我偿命!"

后来结果证明——高大说得一点不错。

还有一天，一伙社员正往地里推粪，高大走过来把手往粪堆里一插，嚷道："别推啦!""为什么?"人们都不解其意。他解释说："冷，冷粪果，热粪菜，生，生粪上地果根坏——这粪不熟!"

后来试验结果证明——高大的说法又对了。

结束语

我费了九牛二虎之力，用了足足三个月的工夫，总算把"社迷"的外貌写完了。这天，我趁开社员大会的机会，洋洋得意地读给大家听。人们听后，都哈哈大笑。我问他们笑什么，大家七嘴八舌地说开了。这个说："人家高大的事迹多生动啊，叫你这一写算完啦!"那个说："你写的这玩意儿，是荞麦皮打浆子——连板也不沾!"……人们这一阵冷水，泼得我凉了多半截。不过，我想：高大本人会支持我。于是，我又去征求他的意见。他听了一遍，却一收笑脸，紧摆双手："这，这个万万使不得! 万万使不得!"他没容我张嘴，又说，"社，社里正忙，哪有工夫弄这闲篇!"他说罢，抬起屁股上"社"里去了。

于是，我只好就此搁笔。

一九六三年二月于河北宁津县